恣闲行走

WALK
LEISURELY

胡如奎 著

版 武汉出版社
HAN BOOK WUHAN PUBLISHING HOUSE

鄂新登字（08）号

图书在版编目（ＣＩＰ）数据

恣闲行走 / 胡如奎著. —— 武汉：武汉出版社，
2023.5
ISBN 978-7-5582-5925-8

Ⅰ.①恣… Ⅱ.①胡… Ⅲ.①散文集—中国—现代
Ⅳ.①I266

中国国家版本馆CIP数据核字（2023）第080618号

恣闲行走

ZIXIAN XINGZOU

作　　者：胡如奎
责任编辑：刘沁怡
封面设计：武汉柏思麦文化传播有限公司
出　　版：武汉出版社
社　　址：武汉市江岸区兴业路136号　　邮　　编：430015
电　　话：(027)85606403　85600625
http://www.whcbs.com　　E-mail:whcbszbs@163.com
印　　刷：河北华商印刷有限公司　　经　　销：新华书店
开　　本：787mm×1092mm　1/16
印　　张：15　　　　　　　　　　字　　数：242千
版　　次：2023年6月第1版　2023年6月第1次印刷
定　　价：78.00元

风景这边独好

——《恣闲行走》序

壬寅岁末，收到胡如奎先生散文集《恣闲行走》书稿，并嘱我为其作序。盛情之下却之不恭，认真通读了这部洋洋二十多万言的书稿，方觉这是一部不错的散文集，读后让人大开眼界，应该向读者诸君推而广之。

书名"恣闲行走"，语出元朝诗人王哲的诗句。恣闲行走就是随心所欲的意思，表明了作者创作此书的态度，即出乎本心，是毫无矫饰的真情流露。由此，我得出"风景这边独好"的认知，却也正契合了贾平凹大散文的主张。

细读书稿，觉得以下印象十分深刻。

第一，选材丰富多样。《恣闲行走》共四辑四十九篇，二十多万字，以"故乡""乐乡""他乡""心乡"互联，浑然一体，抒喜怒哀乐之情，叙古今中外之事，论经史文哲之理，纵横捭阖、跌宕起伏，既以翔实的笔触记叙了作者人生不同阶段的心路历程，又以散文笔法抒发了作者丰富的思想感情。文中呈现出的"地缘性""纪实性""史料性""艺术性"特点，可以让人一窥大散文的真容。

不同的历史时期，人们对于散文的涵义有不同的理解。古代，散文是指用散体文字写成的文章，序跋、碑诔、铭箴、颂奏、论说、游记、传记等都属于此范畴，既包括文学作品，也包括非文学作品的政治、历史、哲学等著作。对于当代散文，著名作家贾平凹提出散文要有大境界，反对把散文变成一种小摆设；同时，强调散文的面要宽，提倡各种题材形式皆可进入散文创作。胡如奎先生的这部散文集，正是这种主张的体现。书中传记、游记、札记、回忆、纪实、报告各种形式兼备，读书、交友、品茶、垂钓、赏花、观鸟不同内容纷呈，为当代散文的开疆拓域做了有益的尝试。

第二，描述真实感人。《恣闲行走》多以抒情散文为主，特别是辑一"流连故乡"以及辑二"漫步'乐乡'"，集中书写了作者的"乡愁"以及对家乡的赞美，显得情真意切，真实感人。

作者的故乡，是江汉平原上著名的茶乡——天门。对于故乡，作者在《乡愁》中说："故乡扎根在我的脑子里，融在我的血液中，永远挥之不去。"作者在文中深情地写道："进入天门竟陵，看小河民宅，水清柳绿，倍感亲切；观高楼阔衢，车流人涌，亦热血沸腾，于是，抬眼吟咏自拟对联：嚯哈，打开天门，茶神在此，三山五岳听令：还我一片绿色；嘿哐，驻足竟陵，流派往矣，五湖四海唱喏：留汝几许神奇！横批：得天独厚。"并由此引发作者细数由茶神陆羽到天门人喝白开水的"大象无形"；由重视个人性情流露的竟陵派在中国文学史上的地位，到对天门人性格的影响；由著名诗人胡天风给作者的深刻印象，到对后辈族人巨大鼓舞的万丈豪情。最后，以一句"这地方太费感情了"浓缩了一个在外游子的百般乡愁。

《三棵树》则以拟人的手法，将广字桥伯父家的梧桐树、汪家后园的皂荚树，以及另一伯父家的枣树的特征和命运加以表现，并由此引出奇人皮影王的故事，将人间百态、乡风俚俗演绎得淋漓尽致，让人感慨系之。

《鸽王，鸽王》是一篇别致的传记散文，文中主人公"鸽王"董四海是一位参加过抗美援朝战争，荣立二等功的特等伤残军人。因在战场上伤了脑子，转业后被安排到机关工作，常因分不清"敌我"而被迫"离职休养"。可是，他对两名穷凶恶极罪犯的揭露，却颠覆了人们对他的认知，"鸽王"重新回到了正常人的行列，人物的逆袭反转，给人留下无穷的思考。

第三，笔法形散神聚。读《恣闲行走》中的文章，感到作者娓娓道来，时古时今、忽人忽景、婉转自然的"散文笔法"运用自如，真正起到了形散神聚的功效。在《我们的大荆州》一文中，作者以"大荆州曾在我的生命里傲然过！荆州于我，有特别的关系性希冀和自豪"总起，然后，面对长江，思及古之楚国，吟咏屈子楚辞；缅怀"一去紫台连朔漠，独留青冢向黄昏"的王昭君，感恩浩浩长江带着无穷无尽的能量，从我们荆州走过！在"惟楚有才，于斯为盛"的感叹中，历陈荆州昔日辉煌，以"九州之一"、帝王之都、宰相之城的历史记述，让大荆州展现于世人面前。最后，落笔于今之荆州扬帆正当时的期盼之上，乃深得苏轼"吾文如万斛泉源，不择地而出，在平地滔滔汩汩，虽一日千里无难。及其与山石曲折，随物赋形而不可知也……"(《文说》)"散文笔法"之精髓，赋予了文章生动的神韵和意境。

第四，语言简洁优美。当代著名散文家秦牧说："短小的文章特别需要写得简洁优美。"这大抵是散文富有诗意、丰富多姿的内容所决定的。《恣闲行走》的语言特色，即简洁优美。我们择其示之：

忽然，听得桨声由远而近。快看！沁出影子来了，越来越清晰，人影船形越来越黑，像用了显影水一样，开始显似水墨画，后来就成了一幅剪纸。太美了！感叹中，人影船形已慢慢没入浓雾中，又恰似显影水慢慢干去。(《雾趣》)

"以正治教，以文化人。"我以为"正"是教育的总体原则，曾拟《正字律》悬挂于松滋一中校园。

"正"有"正统""正宗""正义""正气""正派""正确"等意思。教育只能"正"，来不得半点斜的、歪的东西。

……

坡中和楼东的两片竹林最吸引眼球，那翠绿给人以鲜嫩的感觉。若要和树林区别开来，我觉得在"调色"的时候，"竹绿"一定是掺和了金粉，略黄，绿得亮丽而富贵；"树绿"则加了香墨，略青，绿得馥郁而深沉。

微风吹过，竹林只有轻细的"沙沙"声，似天籁，催人眠，且催人入境。恍惚中，那"沙沙"变为了美妙的歌曲——"翠竹青青哟披霞光，春苗出土哟迎朝阳，迎着风雨长，比花更坚强……"(《高山仰止，景行行止》)

从上述文字中，我们似乎对"美是文艺的本质"(列夫·托尔斯泰语)有了更为具体、更为深刻的理解。

大散文，要求作者一定要有大境界、大情怀、大视野、大手笔。

境界是指事物所达到的高度和表现的程度，亦指一个人的思想觉悟和精神修养水平。大境界就是要以家国情怀写美景，抒真情。情怀是含有某种感情的心境，是出乎本心的，不虚、不妄、不私，无矫饰的真情流露。大情怀即家国情怀，大我境界。大视野就是要求作者以开放包容的心态，观察和看待世界，角度要广，景深要远。由此，方可集百家之长，成一家新貌。

读《恣闲行走》，似觉胡如奎先生正深耕其中！

是为序。

田永华

2023年1月6日于作家画苑

自　序

"自在逍遥，清静恣闲行走"是元王哲《郭郎儿慢·自在逍遥》里的句子，不甚流行，却为我提供了舒缓心情的方式。本人退休前后随性写了一些不大入流的文章，汇编起来，似乎暗合了这"恣闲行走"之意，因此，书名便题曰"恣闲行走"，当与不当，姑且这么称谓。

略略回顾，则不料，那隐约的写作意图竟集中在2019年自娱自乐的小诗里："在职执鞭上讲堂，退下研墨近文坛。闲来拙笔涂书卷，老将激情壮河山。云开日出花木暖，海阔天空鱼鸟欢。穷力拮得数万字，拼构世间锦上观！"

由于不精于电脑，有些文章得而失，失而得，最终积得四十九篇，摆在一起，便理出了"行走"的印迹。有"流连故乡"的，是因为我始终都脱不了天门人的底子，永远也忘不了乡亲、乡愁，思绪和笔墨也就免不了老在"故乡"上面打圈圈了；有"漫步'乐乡'"的，是我人生的大半经历，"乐乡"是工作、居住地松滋的别称，是第二故乡，我在这里风风雨雨几十年，经历的所有都是财富，而且所有经历都是属于自己的，因此，没有不记的理由；有"偶游他乡"的，可以理解为游历祖国的名山大川，体味别样的风土人情，甚至是观察异国风情、世界变幻，那可是真真正正地开阔了眼界，这些更容易激发写作兴致，开拓写作思路；还有"往之心乡"的，则是走进自我、走进内心深处，谁都会有静心思考的时候，闲下来之后，信马由缰，就会想得更多、更远一些，从而催生写作念头。

可"恣闲行走"许是一种心愿，人们往往到了想这样做的时候，才会有行动过晚的悔恨，才知道自己的认知面和认知量都有难料的局限。没有先知，未承想老来还会写这样一些东西，不然，何不在当初有机会的时候，多做些功课呢？

然而，恣闲行走，大多是写写而已，打发一下闲暇时光；少则用以亡羊补牢，消减一些先天的缺憾。

如此如此！

是为序。

胡如奎

2022年11月6日于松滋

目　录

辑一

流连故乡

UNWILLING
TO LEAVE
THE HOMETOWN

乡　愁

这一晃，离乡就是四十年了（恰合改革开放四十年）。在这四十年中，我主要的生活地是秀美的松滋。松滋是一个"望得见山，看得见水"的好地方。我在这里投放四十年的岁月之后，内心深处无疑已爱上这一片热土。但实话实说，"留得住乡愁"的，则始终还是我的故乡——天门。

在这四十年中，我还曾通过旅行、考察等形式，去过许多好看好玩的地方。而且每每如愿以偿之后，一般都是赞叹不已，回味无穷。但很快会由浓变淡，然后忘却。可以说，唯有故乡，四十年魂牵梦萦，绕于其中。自己都觉着怪了，我在那里生活仅十几年时间，还不及我现在年龄的三分之一，可故乡她就扎根我脑子里，融在我血液中，永远也挥之不去。其实我早就知道这叫做"乡愁"，只是一直不肯"多愁善感"罢了。年近花甲之后，似乎就有点挺不住了，尤其过完离乡四十年的"中秋"，心中全然挂念起故乡的人和物来。

第一挂记的是80多岁的老父亲。他身体还好，住老家汪场镇原粮管所宿舍，与继母相依相伴，倒也平安。但毕竟上了年纪，难免精神孤寂、生活困窘。劝其改变一下生活方式，比如出去随老年团旅游，他则立即表现出坚守"老窝"的执着，那是死活都不肯的，就连接他到我们这边来玩几天，也得费尽口舌。本来我们是想让他过来一起过中秋节的，结果被他毫不犹豫地拒绝。后来以其重孙9月底回松滋为诱，他才答应过来同过国庆节。

八月十七（9月26日），我们夫妇驱车去接老人家，沙市王同乡同学同行。

进入天门竟陵，看小河民宅，水清柳绿，倍感亲切；观高楼阔衢，车流人涌，亦热血沸腾。于是抬眼吟自拟对联："嚯哈，打开天门，茶神在也，三山五岳听令：还我一片绿色；嘿咂，驻足竟陵，流派往矣，五湖四海唱喏：留汝几许神奇！"横批："得天独厚。"此联虽拙，但饱含热衷故乡人文历史的情怀，是不是还很有点天门式的豪气豪情？

对联中的"茶神"指陆羽。翻开天门的历史，最显赫的人物应该就是陆羽了。

陆羽（733—804），字鸿渐，复州竟陵（今湖北天门）人。陆羽是唐代著名的茶学家，被誉为"茶仙"，尊为"茶圣"，祀为"茶神"。陆羽游历广，著述丰，为人正，大概历史上集"仙""圣""神"于一体的,唯此一人。

天门有此第一茶学家,但熟知天门的人一定也知道,现在的天门不产茶,天门人也普遍不喝茶,日常喝白开水;少量饮茶的人,相反是外来的人和舶来的习惯。我们有必要去考证天门曾否产茶、饮茶。但我得先说"以为有过",不是有趣得很吗?我们天门把开水瓶叫茶瓶,开水壶叫茶壶,还有诸如此类的茶碗、茶盅等,它们都是装开水的。这让我想到老子"大象无形"的美学观念。水为茶,不就正好是大茶无色、大茶无味吗?原来饮白开水可为最高的饮茶境界!

对联中的"流派"指"竟陵派"。竟陵派又称钟谭派,是明代后期文学流派,因为主要人物钟惺(1574—1624)、谭元春(1586—1637)都是竟陵(即今湖北天门)人,故被称为竟陵派。

竟陵派重视作家个人情性的流露,这兴许曾对天门人直率豪爽的性格产生过直接或间接的影响。

另外,因为我姓胡的缘故,此时尤为怀念族人胡天风爹爹(爹爹,天门对祖父辈的称呼)。他是我们家族近亲中成就最高的一个,被收录进文学史教材,冠"湖北著名诗人"。记得80年代末他回天门时的欢迎标语是:"欢迎著名诗人胡天风荣归故里!""胡天风是我们天门人的骄傲!"

我和天风爹爹只见过两次面,但成了永远的回忆。第一次是他回乡后到我们家里来。他得知我是当时胡姓家族中唯一的中学生,就始终让我随身陪同。看得出,他最主张亲人读书。他很随和、健谈,而且喜欢用欣赏的眼光看人。评价我的祖辈,他反反复复地称赞我祖父这呀那呀地优秀。记得当时让我好生遗憾,因为我祖父去世早,我未曾见过。第二次见天风爹爹,是我17岁的时候,那时我眼睛近视了,母亲害怕我以后干不了农活,说一定要找医生治好。我父亲就写信给天风爹爹求助。回信后,我拿着信只身到武汉去了天风爹爹的家。门牌号之类,现在我记不清了,只记得从曲尺形的巷子进去就到了。他的家是一栋低矮的平房,印象中是黑咕隆咚的,看不明了。当天已是晚上,进屋后,只有里间亮着灯,他叫迎我的人直接领到里间。他正和两人叙话,见我进来,起身拉我坐到他的旁边,把我介绍给那两人后再向我介绍:"这是武大的X教授,这是报社的X编辑。"然后说:"你看他们都戴眼镜,我也戴眼镜,近视没啥大问题,明天先到医院检查,没有别的办法就配眼镜。"接着问了几句老家的情况，就安排我睡觉，他们继续叙话。第二天，他叫小儿子请假，带我跑了几家医院，最后还是到眼镜店配了眼镜。从此，我就只好和眼镜"缘以结不解"了。走的时候，他送我5元钱，还有几斤粮票，感动得我差点流泪。概括地说，他对我很好。所以，回到老家我怎能不想到他呢？

诗人胡天风于1991年去世。生前因为"胡风案"的牵连，他受过许多磨难，大约1988年随胡风平反而平反。去世后，党和政府给了他很高的评价，社会各界也给了他很多的赞誉，我以为，"著名诗人"是一个最好的概括。胡天风是天门人的骄傲，更是胡姓族人的骄傲。后来我由他向上向下、向前向后延展开，为胡姓族谱拟对联一副，概构实情并激励后人："胡姓血脉串烧三教九流，帝王将相，先辈可歌可泣；古韵雄风劲延四面八方，日月星辰，吾侪且惜且行。"横批为"千秋功业"，而后改为"后继有人"。

乡愁思接杰出人物，但想得更多的是常人俗事。

中午，停留竟陵，老同学陈、张、高等招待吃饭。他们对我的饮食习惯非常了解，就是爱吃纯正天门风味的家常菜，所以不看菜单就在酒店大厅点了菜。

走进包间，六人上方桌就座，谦让间便议及座席礼仪。

记得我们天门民间请客是十分讲究的，程序规则严格，礼数繁复。在我的记忆里大致是这样的：一是红白喜事类正规桌席均安排中晚餐，不坐流水席，无论客人多少，都得一次性坐下。事先要安排一至二个"牵客"的人（支客师），开席前统一牵客，一个个往座位上请。带四条长板凳的大方桌，坐十人，上下各坐三人，左右各坐二人。座位有尊卑之分，自然客也有亲疏、长幼之别。看上去很"封建"，但礼节说白了它就如此。二是每桌都有一个"东道"（就是代东，席间指挥）负责接菜、摆菜、指菜、斟酒、敬酒等事礼，往往要由能代表主人、应酬能力强、懂礼数程序的人担任。

牵客、坐席、请菜、敬酒等过程中都有场面上的推却礼让，显得温文尔雅。吃菜的过程最讲究，先要"东道"把即将吃的那碗移到桌中特定的位子，然后他提起筷子指着这碗说："来，客人们请。"这时客人们才提筷子夹菜。只能夹"东道"指的那一碗，否则就是不懂礼数，会被笑话。夹的菜放嘴里后，筷子要随即放下，再等"东道"指菜。一般是吃完一碗才换下一碗。跑堂的随时撤走空碗。这样席上显得从容不迫、彬彬有礼。当然，没经历过的人听起来觉得好像在演戏，或者说是迂腐。但它就是真实地在天门这块土地上不知实行了多少年——这就是民俗,我觉得不可用科学观念来评述它。

所以,我在这里既不是为了论证什么,也不是为了硬性倡导什么,而是为了表达——"天门是我最热爱的礼仪之邦!"

我们眼前的桌上开始上菜了,先是一碗"醋烩粉蒸鳝鱼"引发了大家的话题和我个人的思绪。

第一个话题是老生常谈,"天门三蒸"是哪三蒸?议来议去,无外乎三种说法:一是指蒸肉、蒸鱼、蒸青菜;二是指三种方式——炮蒸、粉蒸、清蒸;三是说"三"指多,就是什么都蒸,"蒸蒸日上"。我觉得都有道理,没必要去考据说法唯一。

第二个话题是"天门三蒸"的代表作应该是哪个菜?一种认为就是这蒸鳝鱼,理由是:天门人对蒸鳝鱼研究颇多,炮蒸、粉蒸、清蒸都做,形式多样,桌上的"醋烩粉蒸鳝鱼"是粉蒸鳝鱼的升级版。而且天门人把蒸鳝鱼视为蒸菜上品。但外地人则认为鳝鱼特腥,蒸着吃,他们不敢想,所以蒸鳝鱼是天门的特色,也就理所当然地成了"天门三蒸"的代表。第二种观点认为是蒸茼蒿,天门人说"吃蒸菜"一般指的就是吃蒸茼蒿。又是都有道理,可我想的却是小时候吃粉蒸肉的情景。

大约是60年代末吧,我家的炊事员是我祖母(天门喊婆婆),她当过很长时期的家,经历过许多事,熟知农村人的不易,懂得节约的重要性,但在孙子们身上她每年怎么也要想法"豪爽"那么一回。一般是等生产队杀年猪分来肉,她不像别人家赶忙腌制,而是割下一块最肥的,精心蒸上,叫我们不要声张,但那浓浓的蒸肉香早已飘出了半截湾(我们那地方称村庄为湾)。我们倒没有那闲工夫去声张什么,兄弟姐妹们只顾死守灶台,等待开甄。时间到,都将手里的小土钵往上递。婆婆说:"不要争,从小到大,每人一钵。"当蒸肉到嘴,那个香,那个肥而不腻,那个豪放,简直无以言表。你说我会认为啥是"天门三蒸"的代表?舍蒸肉还有个啥?

我们上餐馆点菜还有个习惯,一般要点个用火锅炖着吃的主菜,就叫"火锅"。今天的火锅,绝对是一个旧的传闻、新的话题。那么火锅的主料是什么呢?同学陈说叫"yihuohai",是哪几个字就不知道。我们小时候听说过,据说是贝类水生物,属河鲜,只有"县河"中一小段出产。那就很珍贵了,很难吃到。

我反复地琢磨它那名称的含义,吃完之后我终于明白了——其实是我把它的名称用了三个臆造的字来表达，自己以为能和原意吻合。我取的是三个叹词——"噫嚯咳"，我认为这三个字可以反映对它的感知过程：你见到它——"噫，这是什么东西呀？蛤蜊不是蛤蜊，蛏子不是蛏子的。"第一次吃它——"嚯，味道不错！鲜而不腥，荤而不腻。"吃完之后——"咳，就是少了点，没吃止瘾！"这就是我理解的"噫嚯咳"，听着就想吃吧？

接下来一个同学讲了个"徐苟三吃蒸菜"的故事，有点不雅，就不复述了，但绝对好笑，笑得大家再也提不起筷子了。我们小时候就特别爱听或者讲徐苟三的故事，在天门讲徐苟三的故事是不觉得低俗的。"天门的徐苟三"是一个家喻户晓的人物，徐苟三的故事人们耳熟能详。俗也好，雅也罢，它是我们天门人自己的东西，大家喜欢。徐苟三是个歪才怪杰，有关他的故事，核心是在表现他的聪明才智，同时也表露出他的诡谲滑稽。虽然他是传说人物，但显得真实。有趣的是，汪场人讲他的故事时就说"黄坛有个徐苟三"，岳口人讲，说不定就说"蒋场有个徐苟三"，但都不把他"赶出"天门。说明大家既推崇他，又怕受到某种"牵连"。他的优点让人为之骄傲，他的缺点似乎又让人蒙羞。这样他就成了一位有血有肉的真人，成了天门人中的一员。你说，这样的民间文学艺术是不是早已深入人心呢？徐苟三是"阿凡提式"的人物，可在天门，徐苟三比阿凡提还要"阿凡提"！

据说天门的文化部门编纂了《徐苟三故事全集》，并将部分内容搬上了舞台，这都是功德无量的好事，以后我得找机会好好看看，再细细回味。

吃完饭后我先送王回黄坛镇七屋岭村看望老母。前年我送他回来过，未承想仅一年多的时间，这里的环境却发生了翻天覆地的变化。严重破损、凸凹不平的水泥路变成了鲜黑平畅的渣油路；路旁抛荒的农田变成了一排排长长的蔬菜大棚，新亮气派。王同学自豪地介绍："我们七屋岭村，现在是省级模范村。这就叫日新月异！"

见到王母，我感到既欣慰又心酸。我总觉得人这一生磕磕绊绊的，能活到80多岁，太不容易了；但每每看到老人们那老态龙钟、行动不便的状貌我就为之揪心。王同学对待老人方面做得是特别好的，几年前为老人翻修了老屋，让老人能有个安全、安稳的家；去年他父亲过世，他在不牵扯其他兄弟姐妹的前提下安葬老人，并想方设法尽量安排好老母亲的生活。熟悉农村生活的人就知道，这为整个家庭解决了一系列重大的问题和矛盾。他做到了向父母回报资金、回报精力、回报情感。我要为其点赞！同时我们深刻感受到，农村养老问题作为重大的社会问题亟待重视和解决。

我们走的时候，生活不能完全自理的王母拉着儿子的手说："你们真的都好吧？你们好我就好，不要挂念我哟！"儿子哽咽。

恋恋不舍、无可奈何地离开之后，我想王的心里会增加更多的挂念，这才是最直接的乡愁。

下午送王同学留宿竟陵，我们回汪场。

走进家门，两位老人等着我们，桌上堆满了大袋小袋的食品，估计准备了几天。我知道这是带去给我们的，就说："这是要搬家呀？"继母欢天喜地地介绍："这些是我们自己种的，绿色环保；这些是汪场特产，你们喜欢吃；这些是礼品，送给那边的亲戚。"我们一时不知说什么好，却之不恭，受之有愧——"可怜天下父母心啊！"我们不得不感慨万千。

第二天，过完早后准备出发，老爷子说："我们去了只过两夜就回来，不能影响你们。"我只好顺着他的话说："随你们的意思，过去了再看吧，好吗？"才勉强达成并不明确的共识。

车拐到竟陵唤上王后便迅速驶向返程，我说："还是早点离开天门的好，这地方太费感情了。"王颇有同感地说："的确如此！"

2018 年 10 月 8 日

（本文发表于《浼水》2019 年夏季号）

我们的大荆州

2019年11月底,我夫妇与内亲结伴游玩了荆州园博园。让我震惊的是,这里颇有点2010年上海世博园的感觉了。园子大,造物新颖,档次高,有境界,有品位,观赏性不虚,给人感觉仿佛是我们的"大荆州"又回来了!

我们的骨子里固有"大"的审美偏执——"我们的大中国呀,好大的一个家……"就唱出了我们对大中国的热爱之情,唱出了中国人的骄傲和自豪之感!

在具体地名前冠以"大"且耳熟的有"大上海""大武汉"和"大荆州"。"大"是大的范围、规模,"大"的显性优势和隐性实力,以及"大"的情感亲和力。大上海、大武汉是世人公认并享誉海内外的城市。那大荆州呢,也自然会有其称大的来头。

(一)

大荆州曾在我的生命里傲然过!荆州之于我,有特别的关系性希冀和自豪。我的故乡天门,在我小的时候属于荆州,在天门划出荆州的时候,我早已在松滋工作了,仍属于荆州,所以可以说我始终是个荆州人。在我的经历中,"大荆州"的称谓都叫顺口了。老的荆州地区,当时是湖北省最大的地区,据说面积33672平方公里,比居其二的恩施(24060平方公里)大9612平方公里,和现在海南省的陆地面积(35400平方公里)差不多。虽然新中国成立后荆州地区行政区划变更多次,但在1994年之前,基本上都辖有十二三个县市,是为"大荆州"。

我们在小学学写信的时候,老师教我们在寄信人处写"湖北省荆州地区天门县",实际上写不写"荆州地区"是不影响寄信的,但我们自此不漏写"荆州地区"就成了习惯。我想是我们爱做荆州人吧,因为大荆州就是大气。记得那些年有从外地过来谋生的人,多是河南、四川的,他们都如是说:"你们荆州呀真好,江汉平原,鱼米之乡啊!"当时我们从他们口中也确实对比出了荆州人的优越和自信。

其实在到松滋之前,荆州在我的脑海里是极其模糊的元素。在我们湾(村庄)里,没有听说有人去过荆州城,只有几个说去过汉口。汉口比荆州近,所以荆州城在人们心目中更加神秘、神圣。后来我父亲从黄潭(区公所)回家休假,无意中他居然说:"我刚参加工作的时候,到荆州进修了一段时间,上过老城墙。""哇,好行!"这是那时的赞美语,也成了我家少有的荣耀。再后来又追到一条,20世纪50年代初我族兄"小哥"在荆州城里江陵师范读过两年书,可他一直在潜江教书,就没有人提起。

1979年9月,我打起行囊,踏上人生第一道远程——到松滋读书。这也是我第一次丈量荆州——从荆州地区的东北到荆州地区的西南,两天的车程,中转站是沙市车站。住车站旅社(连续两三年,每次都这样)、吃鱼香肉丝、游中山公园,我第一次感受大城市的气息。虽然荆州、沙市当时还没有合并,但在我的认知中它们俩就始终是一体。"荆州地区好大哟",这就是"丈量"后的结论。

第一次过长江,我没有作"我住长江头"的定位呼叫,但我内心汹涌澎湃。我庆幸荆州在长江两岸,长江文明浸染荆州几千年。于是我面对长江,思及古之楚国,吟咏屈子楚辞;缅怀"一去紫台连朔漠,独留青冢向黄昏"的王昭君……总之,感恩浩浩长江带着无穷无尽的能量从我们荆州走过!

长江文明孕育出荆楚文化和文明,荆州借着"大"的优势和实力迅猛发展。

"惟楚有才,于斯为盛","斯"好像刚好指代了20世纪八九十年代的荆州,就高考而言,"高考大荆州"赫然立于湖北榜首十多年;"全国状元县"连续四年冠于荆州地区天门县的头上……

"忽如一夜春风来,千树万树梨花开",曾几何时,荆州的轻工业品牌纷纷上市并誉满神州,荆江牌开水瓶、鸳鸯牌床单、"活力28,沙市日化"……经常听说有人从外地带回来礼品,一看其产地,结果是"荆州"。

其实,荆州地区以农耕为主,田地广袤,物产丰富,主产麦、棉、稻、藕等,"农业大荆州"更是威名远扬。犹记20世纪70年代中叶,虽然天门的"剁基尾"政策颇受诟病,但棉花年产量突破了百万担,省里的专赞语是:"产棉的奇迹""农业的卫星"。那年月,好不轰动!作为荆州人,好不自豪!

(二)

我留松滋任教高中语文学科的几年后,大约是1985年吧,有个参加高考研讨会的机会才进城了。"进城",荆州人专指进荆州古城,不是进一般城市的含义。第一次进城,不管三七二十一,就安排自己和同伴在城里好好地玩了一圈。而后还自作聪明地总结出荆州就是"一座城、一位神和一个人",才算完成了一桩夙愿。

"一座城",从东门进,上城墙,往东北转,到小北门,时上时下,再到西门,也记不清到南门没有……巍峨的城门楼子印象相似,好像是东门最高最雄伟;小北门很复杂,具有代表性,里外两道门,中间围成个"院落",后来我才知道这是"瓮城",只记得城里人谦恭地介绍:"这东西不孬(读拐)喔!"现场听是很有风味的,明显的炫耀却不失低调,可觉着荆州人和这城墙一样自信而老成。据说1970年以前,荆州共有六个城门楼,分别是大东门、小东门、大北门、小北门、老南门、西门;1970年之后,为缓解古城内交通压力,报国务院批准后,古城又新开了3座城门,分别是新东门、新南门、新北门。新开的城门均没有瓮城,主要供车辆通行。

步行挺够呛的,我们只上了四个城门吧,此后就一个劲地感叹城门(包括城楼、箭楼、瓮城)和城墙的完整、古朴、高峻。

据考,荆州古城墙始建于春秋战国时期,曾是楚国的官船码头和渚宫,后成为江陵县治所,出现了最初的城郭。保存至今的古城墙大部分为明末清初建筑,经过三百多年的风雨。自此,大荆州在我心里有了"古荆州"的概念。

"一位神"是指关公。我发现城内好多地方都供关公。开始我的确是一无所知,通过打听才知关公是财神。武圣关羽成为财神还真让人费解,好在有城墙脚下下棋的几位老伯竞相为我们讲解。原来呀,各地有各地的财神,各行有各行的财神,所以财神很多,比如赵公明、比干、管仲等。武圣关羽成为财神,则和他的特殊经历与个性有关,来源出自《三国演义》,里面确有关羽和"金银"的故事。

话说刘备在徐州被曹操打败之后与关羽、张飞失散,于是就去投奔袁绍。曹操用计夺了徐州的下邳,关羽被困在一座土山之上,与他有一面之缘的张辽前来劝降。关羽身边还有刘备的家眷,于是他面见曹操,但定下三个约定:一是他只投降汉献帝;二是要对刘备两位夫人尊重赡养;三是一旦有刘备的下落会立马投奔。曹操爱才,答应了他的要求。

关羽在曹营中可谓是备受礼遇,曹操对他"上马金,下马银",只要关羽上一次马便会送他一提金子,下一次马便送他一提银子。后来关羽知道了刘备的下落,便去向曹操辞行,结果曹操闭门不见,张辽也称病不见。关羽知道他们的用意,便写了封信送到曹操府上,然后将之前所得的金银封好,再把经曹操相助得到的"汉寿亭侯"大印悬于大堂之上，就去找刘备了，这便是有名的"封金挂印"。由此可说关羽有当财神的潜质，重要的是他讲信用，不贪财，不贪图享乐，重情义。开始是卖豆腐、卖刀子剪子的行当奉关羽为财神，后来又逐渐扩大到别的行当。荆州人奉关羽为财神，不正好反映了此地讲信用、重情义等民风吗？所以下棋的老伯们最后强调说："关公才是最厉害的财神哦！"

"一个人"是指明朝的张居正。东门内侧有张居正故居，为后建。由于历史原因，真正的故居毁于战乱。后人还把其门前的街道命名为"张居正街"，"太岳路"也是因其号而来。由此看来，张居正尤为荆州人景仰，因为在人们心目中他才是最典型的荆州人，或者说他才是荆州人的典型代表。张居正生于江陵县（荆州），故称之"张江陵"。他是明朝政治家、改革家，内阁首辅，他辅佐万历皇帝朱翊钧进行的"万历新政"，史称"张居正改革"。张居正能兴利除弊、兴利为民、深谋远虑，为许多历史名臣所不及，堪称为人、为臣、为事的表率。

我个人以为这"一座城、一位神、一个人"将永远是大荆州之大的底气。

（三）

自打第一次进城后，再进城的次数就逐渐多了，谈荆州的场合及内容深广度也渐增，自然话题知识的积淀也就多了些。

说到"古荆州"，我又将众多的说道罗列为"九州之一州""帝王之都"和"宰相之城"。

先说"九州之一州"。原来九州又名汉地、中土、神州、十二州，最早出现在先秦时期典籍《禹贡》中，是中国汉族先民自古以来的民族地域概念。自战国以来，九州即成为汉族地区的代称，又称为"汉地九州"，分别是：冀州、兖州、青州、徐州、扬州、荆州、豫州、梁州和雍州。之前之后都有所变化，不细说，这里仅为明了荆州为"九州之一州"罢了。

《禹贡》是《尚书》里的一篇，托名为大禹所作，其实是战国后的作品。

《禹贡》有："荆及衡阳惟荆州。""荆"即荆山，在今湖北南漳县；"衡阳"在今湖南中南部。所以，"荆州"大体相当于湖北湖南二省全境，由荆山一带直到衡山之南地域，是汉族原居地区之一。自先秦至明清，荆州地域不断地变化着，但始终是一个十分大的区划。最大时,除两湖全部,还有四川、江西一部分,且涉两广。

又据史料记载,从楚文王元年(公元前689年)迁都郢(纪南城,今荆州区西北)到楚顷襄王二十一年(公元前278年)秦将白起攻克郢都,前后共411年,楚国共有二十代国王在此建都。其后有东晋安帝、南齐和帝、梁元帝、后梁、隋末梁王、唐代南都、荆南国等在此建都,可列数34位帝王。因此,荆州有着"帝王之都"的美誉。另外,从春秋时期的孙叔敖到明朝的张居正,从荆州一共走出138位宰相,凭着如此惊天撼地的数字,荆州又足以佩戴"宰相之城"的桂冠了。

可现在荆州却沦为了"三线城市",无怪有人说"荆州是湖北最憋屈的城市"。这就又回到荆州的当代史。

1979年,荆门从荆州独立出去,1983年撤县并市,升为和荆州平级的省直辖市。1994年经国务院批准,撤销荆州地区、沙市市,两者合并设立荆沙市,天门、仙桃、潜江三市划出为省直辖市。1996年荆沙市更名为荆州市,又将京山县、钟祥市划归荆门市管辖。这样就留下了过去"大荆州地区"大约一半的"荆州市",好在保留下了"历史文化名城"及其文化底蕴,保留下了荆州历史可反观到的辉煌。

(四)

今荆州确实是小了,其声誉也一落千丈,那拿什么来抚慰老荆州人的心呢?

我当真好不容易找到了一句解释,它是近代王国维《人间词话》第八则的题目"大小非优劣",可一读内容:"境界有大小,不以是而分优劣。'细雨鱼儿出,微风燕子斜',何遽不若'落日照大旗,马鸣风萧萧'。'宝帘闲挂小银钩',何遽不若'雾失楼台,月迷津渡'也。"本来仅仅是分辨表层"大小"的,不料进入了深层的"境界"。

静安先生是一位享有国际声誉的著名学者,《人间词话》就是他评词时表明观点的话,具有一般人难以企及的高度和精准度。从整体上来看,"词话"的理解难度是比较大的。为得到"大小非优劣"的效应,我才不得不小心翼翼地揣摩了"境界有大小,不以是而分优劣"的含义。

先要明确"境界"是什么。对如此精妙的概念,还是用静安先生自己的话来解说为好,他在另一则"词话"中说:"境非独谓景物也,喜怒哀乐,亦人心中之一境界。故能写真景物、真感情者,谓之有境界。否则谓之无境界。"

然后我才可以说"境界有大小，不以是而分优劣"的意思应该是：词里的境界是有区别的，有的境界是宏大的，壮怀激烈，比如"大江东去，浪淘尽，千古风流人物"；有的境界是细小的，委婉缠绵，比如"寻寻觅觅，冷冷清清，凄凄惨惨戚戚"。此大小均优，重在"有境界"。

因此，我以为地方事业发展的关键也应该在"有境界"，而不是总在已过去的表层问题上纠缠、纠结。我相信我们的荆州，只要能够充分利用好资源和条件（相对于"真景物"），能够人人投入真感情，就不愁无法取得长足的进步！我早已在内心情不自禁地呐喊着："我们永远的大荆州，加油！"

回到游园博园出园的时刻。

我们一群人走得是气喘吁吁，有的甚至汗流浃背、饥渴难耐。可到门口一看，居然不是"来时的路"，大家便更是沮丧，一个个像泄气的皮球。

好在门房边站着一排着蓝制服的工作人员，其中一位小姑娘连忙迎过来，主动问道："几位叔叔、阿姨是要到停车场吧？"我们答："是的。"她就用手指着告诉我们："这里是东门，停车场在北门，向左，走园内可继续游玩，但远一些；一般走园外，近点，轻松许多。"我们选择了园外，她便引领我们走到往北的大路上，然后微笑着挥手说"叔叔、阿姨们再见"，而后才转身回位。似乎是小姑娘说"轻松许多"的缘故吧，我们果真就感觉轻松了不少，小姑娘的引领就更让人如沐春风了。

到达北门，很快就解决了饥渴问题，这才发现园外仍有景可观，70周年国庆时那以盆栽花草装饰出的巨型长龙依然鲜活地雄立道旁，于是恭谨地拍了张照，意味着让中华民族图腾形象长久永恒！

我们依依不舍地上车回转，一色的新黑油路大气敞亮。不多时，我惊诧于前方标牌中的两个字——"方特"！果然是"荆州方特东方神画主题乐园"（荆州华夏历史文化科技园），这可又是一个不得了的建造噢！因为我知道方特在国内就十来家，全部落户在发展好的大中城市。来的时候我可能是打瞌睡了，此时我像发现新大陆一样，激动地说："方特！这家伙可择地方了，它表面上看像一般的儿童乐园，但它特讲品位，'非梧不栖'。"在荆州城区工作十多年的舅兄似乎明白了我的意思，说："不可用刚建市时的眼光来看荆州了。荆州是低落了些年，可现在又雄起了。"

于是车上的一番谈论,算是为我补上了近几年的课。

什么GDP位次的不断提升,这规划那宏图的实现,这产业那支柱的发展,某年月火车站投入使用,某年月飞机场已开工建设,旅游业突显出得天独厚的优势等等。这一切让我喜不自胜地归结:荆州,你再也不会"大意失荆州"了!

荆州园博园一游,我游出了当年帝王游玩后花园的感觉——好爽啊!

2019年12月下旬于松滋

(本文发表于《洈水》2021年夏季号)

三棵树

明天就是惊蛰,照理应是春回大地万物复苏之际,蛰伏的动物也要出来活动了,可这一轮的冬春据说是阴雨时长破纪录的一轮,年前年后就这么淅淅沥沥、淅淅沥沥地下了个不停,极难看到太阳的笑脸。所以,人反而蛰伏了,不是必须出门办事,就宅在家里不动。今天仍是阴雨天,在家里最享受的是欣赏有太阳的视频——2月28日,多云,正午时分,天亮堂了,住宅后院的桂花林显得无比鲜活;一大群鸟儿跳跃其中,并兴奋地欢叫着。于是我拿起手机录了个超长的视频,然后配了一则短文,就情不自禁地发了微信。

其配文为:

看,这是我家的后院,一片勃发的绿色!尽管她们都是宿叶,然而依旧靓丽。柔和的光穿透进来,正好消除了阴暗。树枝上一串串橄榄形的小绿果(桂花果),她是"香"的留存,诠释着树生更深厚的意义……听,这是我家的后院,一曲欢娱的合唱!演唱者的名字叫着"鸟儿",说出口,听入耳,都会觉着可爱,让人倍感亲切。这曲调虽有些杂乱,但要的就是这种纯天然……来我家做客吧,你若运气好,就可在现场一饱这眼福和耳福,那招待你的就会有这沁人心脾的绿色和歌声!

我家的桂花林由十几棵十龄桂花树组成,着实宜人。但涉及树,让人刻骨铭心的则是我儿时记忆中的三棵树。于是我的思绪便跳跃到了时空久远的故乡。

我的故乡是天门南部的一个古老的小村庄,名叫"广字桥"。

"养女不嫁广字桥,出门就往水里跳。"(流传歌谣)这一个性特征,说不定就是江汉平原之村庄在新中国成立前的典型写照。20世纪六七十年代也未见兴盛,全湾仅有二十多户人家,住在祖上留下来的防水高台上,坐北朝南,一长溜低矮灰黑的房屋,虽夹杂三栋自带天井的大屋,但那也只是一层高的破旧的壁子(用楠竹片织成板,然后里外都糊上泥,比苇干壁子高档)屋,仅有屋脊突出的"雕龙画凤"才略显曾经的华贵。屋前屋后都是树园或竹园,面积不小,大约每户都有六七百平方米。它们成了自然之物的家园。杂树成林,翠竹青青……它们在这里得到了繁衍和生息。最让我难忘的"三棵树"也正在其中。

第一棵,是我伯父(我父亲同祖父的堂兄)家的梧桐树。长在屋前台坡边,树粗接近两抱围,笔直的树干三丈多高,看上去就是一根绿色的柱子,不枝不蔓,干净平滑。柱子的顶端是密集的树枝和树叶。树枝也是绿色的,同样干净平滑。梧桐属落叶大乔木,春天发芽,秋天落叶,成叶呈心形,掌状三至五裂。这棵梧桐的整体形状酷似一株巨型的蘑菇,目测冠盖直径不下五丈。树的底部是树根,一般是扎入地里看不见的,但这棵树例外,看得见部分树根。台坡下方的一面有一大截没有土,于是树根在空中画个弧后再扎入土中,似飞瀑,似盘龙。

要想说广字桥的"三棵树",最有必要先请出一位"神"来,他就是湾里的名人——"皮影王"。

皮影王是我十分佩服的人物,因为他是奇特的读书人。他天生视弱,眼睛只看得见一点点"光",走路要用探棍,看书就根本不可能了,而且他还是一个完完全全不识字的文盲。正是因了他的残疾,从小就走进了皮影戏,走上了特殊的读书历程。其实他的读书方式很简单,就是听别人读。学徒时,师父教给他应学的内容;带徒弟后,徒弟念给他需用的内容。久而久之,他的积累就十分丰厚了。

据我了解,唱皮影戏得有两项硬功夫,一是手功,"掌签子";二是口功,唱曲子。难在口功,先要记大量的故事情节,从"祖王传说"到各朝演义,从"神话传说"到戏剧、小说,什么故事都可入皮影戏。其次,皮影戏的唱词主要是现编的,唱手必须有丰厚的文化积存。一般要学帝王起居录、宫廷礼仪用语、文人诗词歌赋、武将酒令剑曲、野人乡俗俚语,等等。一个出色的皮影艺人,其文化积存量恐怕要超出一般说书演员的标准。

童年无忌也,我曾随着他的客人进过他的藏书阁。才知道,三千多册图书在那里被打理得"眉清目秀"。

皮影王无疑在我们那地方是最优秀的皮影艺人,最厉害的是他记忆力超强,可以入耳不忘。所以,他知识面广,并且能从中悟出道理来,也被称作"有见地"。

那我们就来看他是怎么对梧桐树发声的。

一个夏天下午，我们一群人在梧桐树下乘凉，只听"哒、哒、哒……"，皮影王点着探棍过来了。他枯瘦枯瘦的，个不高，六十岁左右，穿着当时少见的黑汗衫、黑短裤，戴墨镜，头微抬，哼着小曲。

走近了，他说："大树底下好乘凉啊！这里是哪些乡邻乡亲哟？"不待回话，又说："好一个'自律型'的梧桐树！利己又利他。""皮影王，么子意思呀？""栽下梧桐树，引得凤凰来！失陪，买烟去啰。""哒、哒、哒……"离开了。

他的话我好一阵回味。"自律""利己"？这树一直无病无灾，春华、秋实、冬敛、夏盛，岁岁健硕，年年平安。估计这就是自律利己。

"自律""利他"？先看这乘凉的"乡邻乡亲"，一个小伙睡在树根床上，歪着头，"呜呜"地打着小鼾，软儿吧唧的，睡得好不香甜！还有三个中年男子在树根上放一把蒲扇围坐着打起了自制的纸牌，惩罚的纸条将其中一个贴成了"阴间无常"，笑得哥几个直不起腰。十二三岁的我和一个同岁的小伙伴，躺在树根边的麻袋上，仰望树冠，数飘落下的树籽。梧桐籽太好玩了，在树上的时候整体像一束花，每一瓣就是一只小瓢瓢，每只小瓢瓢的边口上，一边一颗豌豆大小的种子，摘下来，在锅里炒一炒，可以吃。我们争抢着看谁最先发现小瓢瓢从树上脱落，然后像纸风车一样，打着旋，渐渐飘落到地上。往往是一个没落下又跟来一个……可有意思了，好不惬意！

梧桐树叶都被人捡拾去做柴烧了。这树没人能上去，梯子都只能搭到一半，所以反而没有危险。种子、叶子都是自己掉下来后，大家再捡拾。我揣摩这些都是自律利他。

我觉着皮影王也顺带评说了树的主人。我伯父在生产队就只做过"三员"——技术员、记工员、保管员，一生与世无争，平平安安。

"栽下梧桐树，引得凤凰来。"其实据我仔细观察，梧桐树上不栖鸟，始终干干净净的。后来我才领悟到"引得凤凰来"的含义，我推测它指的是：伯父的四个儿子后来都各自娶妻生子，安居乐业。

梧桐树，你是一棵平和的树！永远想你、爱你！

第二棵树是皂荚树，长在汪姓家的后园，很僻静，它却很张扬。"爱恨情仇、血雨腥风"，曾闹出过非常大的动静。

全湾仅此一棵皂荚树，个头也不小，两抱围，五丈余高。树干上有刺，树枝上也有刺。那刺有多大？就那么一小指粗，一小指长。有的两三根长在一起，有的刺上长刺，像鱼钩的倒刺。哎哟我的妈呀，看上去让人肉麻。就因为有了这棵树，全湾的角落里、道路旁时不时就会冷不丁出现一爪刺，冷不防刺你个鲜血淋漓。

一次，我和几个伙伴在我家后园玩，突然跑来一只从未见过的大黄狗，只听它"呜呜"发声，吓得我们扭头就跑。可没跑几步，"哇"的一声，我的脚板被刺穿了。叫喊声吓走了黄狗，唤回了伙伴。他们帮我把刺拔出来，小指粗的血洞汩汩冒血，用了一罐头盒的壁土才将血止住，我疼得腿直发抖，从此恨死了那皂荚树。和我有类似遭遇的人不少，后来伙伴们说那树遭报应了，树干上被刻满了"王八蛋"，还被砍得刀痕累累。

但广字桥的人们心里明白，其实仇恨的成分多半在其主人身上。

皂荚树的主人是个趾高气扬专门挑事的主。我们不知道"贫协代表"是个多大的官，只知道他上可到公社打小报告，下可到大队打小报告。广字桥曾一度"鸡犬不宁"，不是今天这个被抓去受审，就是明天那个被抓去挨斗。尤其是所谓的"五类分子"，怕他怕得骨头都酥了。

他也是真狠，就连小孩子都不放过。有天晚上，大人、小孩都集中在梧桐树下乘凉，大人们要求皮影王讲个故事，皮影王说："讲就讲。皮影戏都不让唱了，这是什么王法？但我这故事也只怕不让讲，大家提防着点汪代表。"大家异口同声地说："好的，没问题。"于是皮影王压着嗓子，连说带唱地来了段《薛平贵征西》，大家听得那才叫个津津有味，意兴盎然。大家共同克制着，讲完就散场了。未承想，第二天，大队学校竟然停课整顿，汪代表进校主持批斗会，彻底批判"封资修"，听了《薛平贵征西》的都要到台上"亮相"，其中高年级的要作检讨。

据说他还要求把皮影王抓来一起批斗，是大队领导说皮影王世代贫农，不属于"封资修"，他才作罢。

放学后，高年级的那几个同学气得不行，边走边骂"汪王八"，最后还酝酿了一次大行动——"炮轰汪宅"。我们这些低年级的也纷纷申请参与。

晚上吹灯时分，大家伙儿（十好几人）埋伏到汪宅台坡下，然后派出两人爬到汪宅门前去点"炮弹"——两只墨水瓶，装满块状的生石灰，充水，拧紧盖。两人还没跑下台坡，只听到"砰、砰"两声，大家都往家跑，后面还传来女人的骂声和哭闹声。

大家虽然有些害怕,但觉得解气。

第二天才知道那"炮弹"威力无比,汪家的"风障"(大门两边的木板)被炸了个拳头大的窟窿,想起来还是很后怕的。汪又到学校要求停课,他老婆赶到学校制止,老师们也拒绝了汪的要求,事情也就这样过去了。

过了几天,皮影王招了低年级的同学们指点一二。之后,汪宅门前就经常出现一支喊口号的队伍——三五个八九岁的孩子边走边喊:"害人害己,伤人伤己!""天理昭昭,报应不爽!"反反复复喊得汪拿羊叉出来驱赶为止。

不久,汪为了赚钱又不背"投机倒把"的名,就把皂荚树卖给生产队做了队屋的地板。可怜的皂荚树啊,就这样轻易地被结束了生命,而且成了千人踩万人踏的"下贱货"。

这里还有个相关情节我怎么也忘不了。

队屋落成,我们几个小伙伴兴高采烈地去参加典礼,经过皮影王的家,正碰上他老婆从队屋回来,手里拿着一块崭新的砧板,对皮影王炫耀地说:"正宗的皂荚木砧板,漂亮吧?"皮影王斜偏着头,问:"什么?皂荚木砧板?你把汪家的东西往家里拿!"他好像眼睛亮了,准确地夺过砧板,跑进屋拿出斧头,三下两下将砧板劈成了几瓣。我们和他老婆在旁边怔怔的,不敢出声。

这就是汪姓皂荚树"恶性生命"故事的终结!

第三棵树是我另一位伯父(我父亲同曾祖的堂兄)家台坡边的枣树。

这可不是一棵一般的枣树,它会让看到它的所有人都感到开眼——高大得让人不相信它会是一棵枣树。树干超出一抱围,高居然是三棵树之首,大概有个六七丈吧!

我说的三棵树都可算作树王,比较它们仨,则各有千秋。

梧桐树居于村庄正中,向东三户是大枣树,距约五十米;往西四户是皂荚树,不过它在后园,和前两棵不在一条直线上。但只要在正南约一百米处选一点向北观望,就会清楚地看出:枣树最高;梧桐树树干最粗,树冠最规整、最浓密;皂荚树树冠最大(房屋挡不住它的上半截)。

这棵枣树虽然很大,但结的却是小蜜枣。当季的时候,鸟雀忙得"喳喳"叫,它们都是挑红的啄;小孩忙得整天待在树下不回家;大人也会你上我下,摘满兜了往家里跑。

枣树的主人我的伯父，是广字桥唯一上过20世纪30年代县学——岳口小学（县长兼任校长）的，人本来就斯斯文文，加之又是地主成分，哪还敢管摘枣、打枣的事！就只得"堂前扑枣任西邻"了。这句诗引自杜甫的《又呈吴郎》，是写"西邻"的可怜与无助，下一句是"无食无儿一妇人"。我这里却是想说枣树主人的无奈与无助。要不是几个儿子有时还在喊"不要伤了树"，那树及采摘权就完全是全湾共有了。

枣的数量大，摘的难度高，总要闹腾个十天半月才会慢慢消停。在我的记忆里年年如此，但出过一次大事——

又是一年秋来到，又是一年摘枣时！

一个晴朗的下午，大人们都"大干快上"出工去了，枣树下就成了孩子们的乐园。尤其是那天还有个"明星"上树表演——汪家的儿子上到了平常人未及的高度，然后用力摇晃树枝将枣摇落。好家伙，动作比猴子在树上玩得还要惊险！

正好皮影王从树下经过，一粒枣砸在了他的头上。"谁家的小子呀？小心点哟！这是一棵十分威严的树，千万别伤了它！"说完，哼着曲走了——他是无须出工的，靠"赶酒"维系生计，却比一般人日子还好过一些。

我真切地看到汪家仔无声地向皮影王作了个鬼脸，然后继续他的行为。

"唰、唰、唰……"枣子纷纷落下，如同天降冰雹，树下一片欢呼。

正闹得不亦乐乎的时候，突然"咔嚓"一声，紧接着"嘣！"汪家仔重重地摔在了地上。大家围上去叫喊，他却完全没有了反应，吓得大家没了主意。好在一哑巴嫂跑来，将其提起后，反复抖动了好一会才听到了出气的声音。

去田里叫大人的伙伴发明了一个说法，说人落地的声音"像打土雷"，可他说话是严重的"夹舌子"，大家听不懂，他急得跳脚，最后还是他父母听明白了，才一起赶回来。这是附带出的小笑话，传了好多年。

汪家仔摔得可重了，命总算被哑巴"唤"回来了，但双腿骨折，一年多才恢复。

后来，人们都不想把"遭报应"之类的话说出来，可皮影王说："这正是教育汪的好机会，我去找他说。"

记得是1975年，又来了个"剁基尾"的运动，就是要把社员的"自留菜地""自留树、竹园"全部归还给生产队，用以扩大棉花的种植面积，完成"天门棉花百万担"的任务,规定以屋前屋后"滴水"为界,滴水外的所有植物都要挖掉。

怎么会出这样的规划?这该有多么大的破坏性啊!人们心里在滴血,可姓汪的则兴奋得上蹿下跳。

开始行动的当天,汪和皮影王在梧桐树下相遇了,皮影王直截了当地说:"汪啊,丧尽天良的事不能干啊,要为后人积点阴德哦!"汪知道自己说不过皮影王,吞吞吐吐地溜走了。

几天之后,皮影王牵头组织人向上求情,力保枣树和梧桐树,但被回绝了。

在一个风雨如晦的早晨,大队革委会主任、民兵连长带领十几个民兵,个个手操利刃来砍树了。随着两声沉闷的巨响,广字桥人的心被震得七零八落。尤其是老男人皮影王仰天一声哀嚎,如丧考妣,感天动地!

第二年,门前屋后果真种上了棉花。也许是死去的树还魂了吧,那棉花长得一律超出人头,但基本不结桃,有的即便结了几个,由于不透阳光,很快也就烂掉了,最后徒增了几担柴火。那些为之死去的树们、竹子们、原有生态中的众亲们,你们死得好冤啊!

皮影戏解禁后,皮影王编唱了《招魂》来纪念那些树,我曾为之感动,为之高竖过大拇指。

因此忆树,我要高赞皮影王:"皮影王,你是个了不起的读书人!"

"叮叮……"深夜还有朋友在回微信,恐怕他是看了视频和短文之后悟明白了——"生活中有绿色和鸟声是多么美好,如果生命中一直伴随着绿色和鸟声,那又该是多么美妙!"

不错!其实我觉得,他要是懂了我那"三棵树",他的人生感悟还会深刻得多。

2019年3月5日于松滋

(本文发表于《浥水》2019年夏季号)

凿壁偷光

我们这代人接受的教育可以说是一种特别的粗放性的教育,粗放到近乎儿戏——到了读书的年龄可以不去读书,去读书的可以读书也可以不读书,不去读书的可以完全不读书。

以1977年恢复高考为界,之前,中小学生好多时候尽去参加劳动和各种各样乱七八糟的社会活动了,想读书的反而得偷空自学,因此,我把它称作"凿壁偷光期";之后,有人上了中专、大专、本科,还有人读了硕士、博士,算是揪了个"青春的尾巴",我就把它叫作"亡羊补牢期"了。

我们的"凿壁偷光"可以说完全不同于西汉匡衡的"凿壁偷光",估摸着也不会再有来者,仅为那个特殊年代的独有读书方式罢了。因此,我想简单做下回顾,或许可以全新地诠释一下"凿壁偷光"式的读书方式,体现它应有的意义和价值。

我是20世纪60年代末上的小学。一天上午,队里的大伙伴、小伙伴们都喊着:"要开学啰,要读书的去报名啰!"于是一堂兄拉着我的手说:"都这么大了,跟我上学去。"我就跟着他到大队小学报了名。记得老师问了我"你父母亲叫什么名字""你自己的姓名、年龄""需要老师给你取个学名吗"等问题,答完就报上名了。我没有让老师取学名,三年级时自己取了一个,读初中时又取了一个,后一个使用至今。

在我的印象中,读书不交钱,一般是交一担棉柴。所以,我妈知道我报名上学后,高兴地说:"读书好,我抽空给学校挑担柴去。"晚上还用染过的黑红色的大布给我做了个"漂亮"的书包,又批准我拿仨鸡蛋去换作业本和铅笔。从此我就"小呀小儿郎,背着书包上学堂"了。

一年级开了5门课:语文、算术、唱歌、做操、劳动,发了语文和算术课本。

语文课本的内容实在是太简单了,一口气就可复述完。"第一课,毛主席万岁!第二课,共产党万岁!第三课,中华人民共和国万岁!第四课,千万不要忘记阶级斗争!第五课,我们一定要解放台湾!……"再加一个附录:"笔顺歌:先横后竖,先撇后捺,从上到下,从左到右,从外到内,先里头,后封口,先中间,后两边。"

几天学一个字,玩儿似的,轻松得很。

算术课,先是认数字、写数字,之后就是个位数的加减法,天天玩用线串着的高粱棒子(当时普遍运用的算数工具)。

唱歌、做操、劳动课就更是轻松好玩了。再就是参加"运动",几乎大队的所有集会和活动都让我们去闹阵势,什么欢庆会、游行呀,批斗会、忆苦思甜啦,还有迎送检查团,包括欢迎插队知青、欢送新兵入伍等都拉我们参与,好像这一些都成了我们小学生的专属了。

所以,从一年级开始,我们的学业负担轻得让现在的娃们无法想象。那剩余的时间和精力去做什么呢?那时候的小孩是必须要做一些力所能及的家务事的,再就是拼命地去找"娃娃书"(有的地方叫"小人书")看了。

这娃娃书其实大人小孩都爱看,因为它一是题材广,也算包罗万象吧,什么抗战打蒋、抓特务斗地主、学英雄闹革命,等等,无所不有。当然百看不厌的就是《地雷战》《地道战》《鸡毛信》《敌后武工队》《铁道游击队》之类的了。二是形式直观,上面是画,下面是文字。画是连环画,即便不识字也基本看得懂故事情节。识字的通过文字能更准确地理解画面;不识字或识字不多的,还可反过来通过画面认识一些字。

看娃娃书容易上瘾,和后来的看电视、打游戏、上网一样。但当时就是这些娃娃书增广了小学生的知识面。

我读一年级的时候,通过看娃娃书,起码多识了高于课堂十几倍的字,不到一年,读娃娃书的解说文字就基本不成问题了。要是只按课堂进度,可能就认那百十来个字吧。

一年级的语文课主要是识字教学,第一学期大约教四五十个字。教学模式是这样的:"我们今天来学这个字——'毛',毛主席的毛。毛,就是毛主席的姓。"其他的,老师就不敢讲了。然后就领读:"毛,毛……毛主席的毛。"十遍、二十遍之后,"请大家把手举起来跟着我写——撇、横、横、竖弯钩……"十遍、二十遍之后就下课了。也许是为了缓慢的缘故吧,课堂上一色的唱腔。下次课又得唱十遍、二十遍之后才动手在作业本上写它个十遍、二十遍。

后来的课文只要是内容丰富点的和带有点情节性的,同学们就喜欢,就会留下深刻的印象。比如《红井》:"沙洲坝有个大'红井',井又深来水又清。个个爱喝'红井'水,人人想念毛泽东!"这不就记得很清楚?再像《仇恨的伤疤》:"贫农张大爷,左手有块疤。大爷告诉我，这是仇恨疤。过去受剥削，扛活地主家……干活慢一点，就遭皮鞭打……"当时能倒背如流。还有一系列有关英雄人物的课文，像《邱少云》《黄继光》《董存瑞》《雷锋》《草原英雄小姐妹》《少年刘文学的故事》等，到现在我都有很深的印象。充分说明同学们对学习是有能力、兴趣和渴求的。这些课文相对浅易了点，都是当时特殊政治背景下的产物，也是历史上最独特的教材了，我以为弥足珍贵。只可惜搬家的时候把这些课本弄丢了，实在遗憾。

算术学到三年级时，增添起我浓厚的兴趣，那是因为调来一公办校长代我们的课。他的教学方式是"小先生制"——大家推举，老师考核认定，不料本人享此殊荣。基本模式是：老师指定教学内容，"小先生"和同学们一起预习，老师检查"小先生"的预习情况并帮助形成教案，"小先生"上台讲解，老师加以认可，或者纠正补充。然后做课堂作业，老师只批改"小先生"的，其他人的由"小先生"批改。老师要求特别严格，"小先生"执行得也特别到位——小样可威风了！字不得潦草，格式要正确，所有直线都要用三角板比着划，答案要准确。若是在放学之前，检查合格一个就放走一个。现在看来，这可不是典型的以学生为主体的教学模式吗？

这一教学方式坚持到我小学快毕业的时候，小学算术可以说是学得风生水起。可不多久，那校长就被提升走了。

细细想来，这一模式的成功在于两点：其一是没有考试排名的压力，师生都放得开；其二是教学内容量不大，而且单一，这个便于操作。

小学读到四年级时，学校又大兴"勤工俭学"之风——熬制墨汁、墨水，补车胎、胶鞋，修锁配钥匙，学木工修理课桌凳。我还真学会了这样四门手艺，但最大的收获是踏入了小说的殿堂。好像当时只有长篇小说。我看的第一本叫《江畔朝阳》，激烈的阶级斗争下，情节惊心动魄，深深地吸引了我，一寸多厚的书，竟然三两天就看完了。从此以后就一部接着一部地看，到了初中时这几乎就成了我的主业。书的来源主要靠访、借、换。未承想，"四门手艺"派上大用场了，居然成了我"换"书的主要资本。我至今仍清楚地记得，十二岁就上门给人打鸡笼，且收获大大的：先是获取了"不可轻易示人"的《野火春风斗古城》，后又有一个意外收获——主人是我们学校的老师，他说学校送他出去专门进修了汉语拼音，问我愿不愿意学。我为啥不愿意呢？三五个晚上就学会了，学的还是系统的"汉语拼音方案"。立马成了同龄人中少有的懂汉语拼音的一个。

读五年级的时候开展"批林批孔"运动。我们知道了林彪妄图"克己复礼",尊崇孔子,所以批林就要批孔。老师让我们从批判的角度接触了一些旧文化中"腐朽"的东西,但说实话,我们反而感到新鲜,于是下工夫背下了"批判材料"《三字经》《女儿经》《神童诗》等。知道了它们来自旧书,由此就想到了我家最隐秘的阁楼上的一堆不知尘封多少年的书。趁没有人时上去打开,发现全是竖版的书,黑色繁体字,加有很多红色的圈圈点点。后来一有机会就带着字典上去边查边读——拼音派上了大用处。但终究读得似懂非懂的,或者说大多内容基本不懂,现在只记得读了《增广贤文》《幼学琼林》《声律启蒙》《东来博弈》之类。后来还翻看过大部头的《资治通鉴》。单独的一大捆是医学书,《本草纲目》就在其中,还有手抄的"汤头歌",蝇头小楷,像字帖一样。几年后说给父亲听,他说是我祖父留下的,让我别把它们弄丢了。红卫兵来破"四旧",只说我们家那些坛坛罐罐上的帝王将相、才子佳人之类要处理,没有搜到书。一直到高中毕业,我都时不时地上去翻看那堆书。可最后搬家时,我不在场,实际上是我不知道,那些书最终还是下落不明了,让人想到几次悔几次。

我上的初中是"五七中学",只有当时的人们才深知"五七中学"是怎么回事。不过,现在你可查百度。它是落实毛主席的"五七指示"应运而生的。1966年5月7日,毛泽东给林彪写了一封信,这封信后来被称为"五七指示"。在这个指示中,毛泽东要求全国各行各业都要办成一个大学校:学政治、学军事、学文化;能从事农副业生产,又能办一些中小工厂;生产自己需要的若干能和与国家等价交换的产品,同时也要批判资产阶级。"五七指示"也成为"文化大革命"中办学的方针:学生也是这样,以学为主,兼学别样,即不但学文,也要学工、学农、学军,也要批判资产阶级。学制要缩短,教育要革命……

所以我们上初中后就基本停课了,主要任务是"学、批",我们班就搞过卫生班,拉练到几十里外的山上去采草药,其实就是挖半夏;搞过农机班,成天三五成群地帮人看护拖拉机;又搞木工班,跟着木匠师傅打课桌凳,因为本人会点木工,在此自然就大出风头了;学农是较为长期的,"五七中学"有专门的农场,还要到生产队支农。但我个人真正的兴趣是看小说。

我太喜欢我们学校那个环境了。学校坐落在一条南北向的公路东面,就三排房子分列三面:南面一排房子四个教室,北面一排房子四个教室,东面一间做厨房,厨房山头一排"丁"着的房子是办公室和教师寝室,三排房子的中间是操场。学校没有院墙,没有大门,操场直接和公路相连——那也可算是一个宽敞的大门。学校好像也没有校牌,南北东全是农田,倒像是个农场场部。我说喜欢,大家看明白了吧——出入自由!其实教室也出入自由了,窗扇没有一面是完整的,门没有一块是完好的,墙上也有穿得过人的大洞。还有我没说的公路西边,那简直就是一个看书的天堂。顺着公路是一条高十几米的干渠,渠底要高出公路至少三米,从未看到流过水,所以干燥得很。两边的渠坝都有树,阴凉又挡风。主要是渠道内侧有估计是"放牛娃"挖就的一个个藏身洞,有的里面还有干稻草,躺在里面,舒服得没得说。尤其是躺在里边看书,那就别提有多惬意了。

其实当时读书是要耗费大量气力的,需要排除的干扰实在是太多了。首先有很多书是禁读的,被称为"禁书"。但我们管不了那么多,因为我们不管读什么书本来就是背着人的,书又难搞得很,所以,我们只要逮着汉字的印刷物就读。其次,学校不管是否上课,都一律有"课程安排",不允许看课外书,尤其那"贫管会"(贫下中农管理学校委员会)管得严。贫管代表是一个"小老头",虽然他个头不高,但面相却十分威严。被他抓住,那可不得了,他一定吼叫着说:"你们搞么什鬼(什么鬼,方言)呀,就不怕'毒草'中毒,还敢看'黄色书'啊?我搞你们处分!"这种时候,一般是班主任出面:"我来看看,哦,好在看的是革命书籍,我来教育!"狠狠教育并加以处罚之后,才到贫管代表那里"销账";家里呢,普遍认为看书就是偷懒,放了学得帮着做事。再次,白天应该听"课程安排",晚上不能"点灯熬油",每户的煤油只有那么一点可怜的计划指标,根本不可能让你用来读书。总体来说,读书就是违纪违规,甚至是大逆不道。

怎么读呢?采用最多的方法就是叫同学捎假,自己留在渠道的洞子里读书,多半时候都是同班文同学"伴读"(这"伴读"可厉害了,锲而不舍地参加了几次高考,最后考上了湖南大学,留长沙工作)。当时我们十分小心谨慎,会尽量选离学校远一点的"洞点"。晚上偶尔去打夜工的灯下读也还不错(大寨式,农村常打夜工,场地往往吊几只煤油或柴油灯)。

那都读些什么书呢？能记得名字的大致是这样一些：《前驱》《林海雪原》《青春之歌》《创业史》《西游记》《水浒传》《吕梁英雄传》《雁翎队的故事》《四世同堂》《家》《春》《秋》《高尔基作品集》《钢铁是怎样炼成的》《少年维特之烦恼》《鲁滨孙漂流记》等。其实内容五花八门，不尽是文学书，很多现在记不清了。

这"游走"于乡间的文学作品，主要有四个来源，一是"老三届"的毕业生在相互传递，有时候走了点弯路就传到我们手里来了。二是知识青年爱看书的有一小部分，他们可以带来大量的著作，只要和他们搞好关系，"有借有还"，"不轻易示人"就成。逮国外的作品，他们是唯一的渠道。三是亲朋好友有意无意收藏和弄来翻看的书。但最终"高手在民间"，自从我交好了邻大队的"老分子"，就基本实现"点单读"了。可好景不长，几个月之后，那不大"食人间烟火"的"老分子"就下落不明了。有人说他跳长江了，但准确地说是不知所终。

当时读书的收获没有考虑过，只求情节刺激和用来"讲故事"刺激一下别人。

两三年之后，在我们相对固定的读书圈（其实是一个不小的社交圈）里，最后寻来寻去已找不出新的书来了。直到校园里传讲"武打故事"，就给人带来了新的兴奋点。只是同时学校的"课程安排"里"课"逐渐多了起来。

真正说，我们"五七中学"的老师是有明显优势的。虽然他们头上"戴"着七七八八的"帽子"，但有真才实学，而且这一批老师只要有机会就会尽量给我们灌输一些知识，即便有时会有风险。

我们的班主任、数学老师姓饶，是清华大学物理系毕业的，记得他给我们讲函数象限的时候，边讲、边作图、边用三角板比画，我们一下子就听明白了，频频点头。我们的语文老师姓马，是武汉大学中文系毕业的，当时全校都学习毛主席发表的新诗词，记得他讲"安得倚天抽宝剑，把汝裁为三截……"，模拟巨人的讲解和表演，其声音身姿，仍回响耳边、浮现眼前。还有一位上"农基""工基"的老师姓彭，是哈尔滨工业大学化学系毕业的，据说原来还是副部级干部，到农场给我们讲"生物防治"，真是头头是道，津津乐道……至今我都忘不了这些老师。遇到他们，我觉得是我们生在那个不幸年代的一大幸运，我非常想念他们。

再往实里说，那"学、批"方针下的教育，学生的写作数量是可观的，质量的提升也总会有一些"从量变到质变"吧。最拿手的应该是写批判稿，那"阶级烙印"的事实、铿锵有力的反诘、压倒一切的阵势,使文章威风凛凛,气贯长虹。其次是写讲学讲用稿,学有所得,用有实效;以天下为己任,为人民做好事;胸怀祖国,放眼世界。文章劲头十足,如:"东风劲吹红旗飘,祖国形势无限好……"就是十分来劲的开头。"我耳边忽然想起……教导,于是我就……"这是高境界的原委和动力。最后又都是"我一定……"意思是更上一层楼,总是这样光明地结尾。再就是写村史、家史,"满纸血泪史,满腹阶级仇,满腔民族恨"。然后就是有写心得日记的任务,日记本成为我们那个时代最精致的学习用品,制作得里外兼美了,方好参与最后的公开展示。

再说到这"五七中学",我对它是有感情的,在这里,我从初中读到高中,最起码它给了我个读书的地方,即便是就此踏入社会,那好歹也算是个高中毕业生吧。它还让我们遇见了高考,成了我们升学的通道和桥梁。虽然它在我们即将毕业的时候被拆除了,至少它是我们求学路上的重要驿站。它仅仅存在十年时间,刚好是我老姐那一届进去扳砖(方言,做砖坯)烧窑做起来的,又刚好是我们这一届将其一砖一瓦捧着离开的——这大约也是一种缘分吧。后来我曾故地重游,只可惜校址已成了庄稼地,有幸的是渠道还在,看书的洞子还在。

回想起来,小学六年、初中两年、高中两年,我们也刚好是"十年寒窗苦"!虽然没有苦出多大的成就,但同样苦出了心志。它和其他学校一样,它也是孕育梦想的摇篮。在这里我曾想过当一名作家,当时就尝试过将村史写了近万字;也是在这里,我曾想当一名人民教师,这个理想后来得以实现。我无悔于自己所经历的中小学时代,因为不管是什么样的经历,它都可算作是我人生的财富。

回顾至此,窃以为"十年儿戏就这般,契合一诗自评判"。其诗云:

> 欲化少年整库序,
> 规范人生靠读书。
> 教育没落师位卑,
> 凿壁偷光方为术。

戊戌年冬于古韵壶斋

(2018年12月7日 大雪)

乡间武魂

"乡愁"是被植入骨髓的永久性兴奋剂，有了它，人们就根本不忌惮坦露出身地的隐秘了。最近因了一个"武"字，心就又回到了故乡天门广字桥。

记得正是"青梅竹马"的时候，一根棍棍可以玩一天，一句话则可乐老长时间。

"朱义德放将！"——小时候做吓唬人的游戏时就喊这么一句，当然一般还伴以手指枪或小树枝、小竹枝枪之类。

朱义德何许人也？据说是南三四里地截河一带最厉害的武者，有的说就一接骨医生而已。我曾做大人的"尾巴"到过他家，一间类似厨房的小屋，围一堆抱臂勾腿的人，有的还歪着嘴直"哼哼"。从人缝里钻进去，原来是一乌衣乌帽的老头，慈眉善目的，却整得一小伙子鬼哭狼嚎。老头则轻言细语地说："一会儿就好，接骨是有点疼的。"我连忙钻出来，议论的人说他是道士，我不知道啥是道士，只看他和一般人不一样，倒觉着有点像圈乡的算命先生。

那啥叫"放将"呢？人们说得那可就叫神了。说朱义德内功了得，你若邪念作恶，他就会在咒念中派天兵天将来收拾你，轻则断胳膊折腿，重则要你的命。到他这里来看病的，他事先都知道，若是做坏事受伤的，加收诊疗费；若是做好事受伤的，分文不取。这和"放蛊"似同非同。"放蛊"纯粹"邪乎"，而"放将"则杂以尚义。因之，朱义德非凡人，乃神人也。我们那地方尚武，所以，称他为"武神"。

"朱义德放将！"吓死那些作恶的人！

我回忆的是真人真事，它却胜过虚拟童话世界的神奇！

十岁左右的时候，我也入了武行。那年冬天，携六人到宗里上拜师"打艺"。"打艺"就是"习武"的意思，但我们那地方没有说"习武"或"练武"的习惯，均讲"打艺"。估摸着"打"就是"做、练"等意思。比如："打桌凳"就是做桌子、板凳；"打篮子"就是编篮子。"艺"，专指"武艺"。所以"打艺"就是"习武艺"的意思了。

宗里上，西两三里地的村落，户户姓胡，全称"胡家宗里上"，最初是我们家族老祖和分家后老大居住的村落，所以多是我们的晚辈，一般年岁大的才是我们同辈。

我们拜的师傅约莫30岁，也是我们的侄辈，我叫他"师傅"，他叫我"小叔"，他的老父母叫我"小兄弟"，只有他人高马大的侄儿偶尔叫我们"小家伙"，其实也很友好，但也遭到大人制止。于是吾以为尚武之家更尚礼尚德，特喜欢。

我们是白天上学，晚上打艺。打艺不收学费，拜年或辞节提一斤烧酒或十来个鸡蛋就成。师傅和他父母对我们可好了，从不呵斥，更不打骂，我们像在自己家里一样，相当于放学后结伴到他们家里去玩。七人中，本人年龄最大（打艺一般三五岁启蒙，小鄙早超龄了），天然为领班，也对大家的行为有所要求，主要说切莫讨人嫌。一共坚持了约两年，学了些皮毛，随着年龄的增长，其他方面的负担加重，打艺就终止了。

学的东西大致是蹲马步、打拳（二八战、长拳、锁掌等）、翻跟斗、玩柴火、舞狮……

学点东西还是挺不容易的，必须吃苦。回想起来，蹲马步要有耐力和毅力；打拳要有悟性，比如气运丹田就是言传不了的；翻跟斗要胆量和技巧合一，最初还要不怕冷，冬天也得上水挑去练习，从水里起来，只用稻草烤火；"玩柴火"我以为是对"动兵器"的委婉说法，正说明武者反而是不大主张"动刀动枪"的。"柴火"有斧钺、棍棒、大刀、长矛、双锤、双节棍、单剑、长耙……还包括长板凳、背靠椅、农具等。

舞狮子是最危险的，基本动作是跨越障碍和爬高，这是针对春节拜年和大型庆典"狮子盘台"而产生的。过去，我们当地条件好的村落有请舞狮队拜年的习俗。定某一晚上，舞狮队来到村里，一般是由东到西，家家到户户落。每到一户，"狮子"先是在门前叩拜，接着跳跃半人高的临时门槛入户。我们学的一律是双人狮，做跨越障碍时，舞头的要掌狮头，还要用膀子夹着舞尾者的头，然后喊"一、二、三"，才一起跳过去，所以必须连贯协调。入户后拜中堂，逗过几圈，"吃"掉桌上的礼品（烟、糖之类的，舞头的可以把手伸进狮子的舌头里帮着吃），再简单地玩几个花样动作就结束了。接着走下家，碰到有钱又讲礼数的人家，就要"取红"了。"红"是用一匹红布包裹的礼品（一般里面还有一条烟），然后将其放到屋梁上。"取红"则是先搭人梯，然后"狮子"爬上去将"红"叼下。过程中，往往欢呼声不断，挺喜庆的。

大半夜时结束，倦得都快睁不开眼了。但当分到几颗糖、几块点心的时候，大家就又一阵嬉闹逗赶了起来，整个活动过程没有倦怠了"喜悦"。

"狮子盘台"则是方圆十多里的盛典。不一般的准备工作是，要借近百张无漆新方桌，确保稳定性好，不滑；再收一堆旧草鞋，垫桌脚防滑用。开场了，鞭炮齐鸣，锣鼓喧天,人山人海,中间有一用单桌向上摞的高台直入云端。先是十来人在地面打艺,待鼓点激越时"狮子"出场,然后在锣鼓的指挥下,做着各式的动作,一层层往上爬,人们屏气、欢呼、鼓掌。这一上一下,大约就是半天时间,到场的人无不兴奋到极致,对舞狮的人无不佩服到极点。我们只见过师傅舞头,他大哥舞尾的"盘台"。我们一时找不到更丰满的语言来表达,就说:"师傅真的是打艺的师傅!"

师傅带徒弟是一发一发的,结业一发,再来一发,只有大型活动才都来参与。我们这一发就我们七人,主要项目是打拳。每天大约是晚上六点至九点,以集体训练为主。师傅教完动作就在旁边喊口令,纠正个别动作。打拳是要发声的,根据动作"叫响",一是整齐,二是来劲,有气势。"嗨""嗨、哈""噫、咋、嗨"……喊得山响,小儿郎飒爽英姿,虎虎生威。但师傅说,他教的拳多为守式或防式,少有攻式。打艺的宗旨是:打出强壮的体魄、倔强的性格、坚韧的毅力、高超的技艺、谦让的心态、正直的品德。

师傅的学历不高,但观念高。我们当时对他的话似懂非懂的,当然就不十分在意。后来我曾怀疑过"倔强的性格""谦让的心态"之必要性,也未能悟得我之"主我"和"客我"。

俗话说:"曲不离口,拳不离手。"师傅说:"拳一离手,功夫就走,久而久之,啥都没有。"

回想起来,我之于拳,早已被师傅言中,练至通晓可数套路,就随之离手了。因此,若是现在来捡拾"留存",所幸就还剩些美好的回忆。

再回到说师傅的功夫,还有两件事尤让人记忆犹新。

一是师傅遇到过一起工地事故。他谋生的职业是泥瓦匠,在一次为新屋调中枋的时候,他骑在枋尖上作业,另一端的木工失手,枋子掉下去了,于是将师傅挑向空中,好在他是"练家子",只见其张开双臂,飞身落地,由蹲式反弹直立,再顺势缓缓做了个拳尾收式,当场表明啥事没有,用现在的话说,特酷!

二是师傅偶遇了一支寻仇的队伍。原来师傅的堂弟在南二十里地的岳口娶回一位美女,结果情敌想来夺爱。乌泱乌泱二十多名壮年男子,手提刀和棒,扬言要灭了某某家。师傅听晓,怕出大事,于是主动迎上去阻拦,并自报家门,称"有话好说"。对方领头的几位不分青红皂白,凶上来,举棒就打,师傅连挡数棒。在对方喘息之机,师傅大喝一声,运气将身旁一棵碗口粗细的柳树推倒,大有鲁智深"倒拔垂杨柳"的余风,惊得那壮汉们是目瞪口呆。待醒悟后,相互撞着胳膊发信号退缩而去。

师傅佩服的是他自己的师傅。北六七里地的浍湖有个以练气功为主的打艺馆,馆主就是师傅的师傅。这人更是个传奇人物,艺深到"点穴治病,又点穴夺命"。当然,"治病"为实,"夺命"为虚,但均可言其武艺高强。师傅总说,你们好好打,打好了送你们到师公那去学绝招。可惜我们没有人去成,也无缘目睹师公的尊颜。

打艺的第二年年关之前,西四五里地的汪场粮站,传出了一件骇人听闻的事。说的是高手遇到了更高手,高手就被更高手的指功给抠了。

粮站那一尺见方的售票窗前挤满抢购供应粮的场景我是见过的。每天限量发售,想买到粮的最佳选择就是晚上不睡觉去排队,站前面的就都是这么做的。可据说越是紧张的时候,就越是有人插队,闹得"摩擦"不断。后来还说有一位会轻功的小伙子几乎每天都从人们头顶踏过去替人插队,说他可厉害了。几天后,就又有人"千真万确"地说:"粮站买粮的高手被更高手给抠了。"开始我们不懂,后来听人解释才知道:就是那"轻功小伙"又一次插队替人买到票后走出人群时,就像一摊泥一样缓缓地趴在了地上死了(也有的说回到家里才死),有人掀开他的棉袄一看,其腰间有两个乌黑的手指洞,是被高手给抠死的——说得就这么"有鼻子有眼"!

而且接着还有了续篇,说特派员从浍湖请来指功高手帮忙,很快就破了案。此高手鹤发童颜,目光犀利,见地高超,名曰某某某——这不就是师傅的师傅吗?我们听师傅说过他的名字。

说高手到场验尸,先看手脚,就说这死者不会轻功,特派员证实说,他就是街上混的小无赖;再看伤口,说确为用指高手所为,指法为外省流派。特派员说赶快查外省人口,结果只有广字桥有七八个外地砖窑匠。说师傅的师傅一眼就从他们中间认出了用指高手。那用指高手对自己的所为供认不讳,并且具备因果。外地人没有粮本,在这里买粮本来就难得不得了,加之有人捣乱,那就忍无可忍了。

这传说,说着说着,居然说到了广字桥,难道还不证实一下?于是第一个问题会问他们是不是外省人?这个问题,我就可证实,那砖窑匠是河南的,我们一群小伙伴曾把他们的一句话当歌唱过："我们河南老乡为你们扳砖!"和着他们的口音,后来我们还改为:"你们河南佬为我们扳砖!"第二个问题,有人看到他们中的一个被抓吗?就有人出来说,晚上抓的,我听到过响动。我说我们直接去问问他们,就又有人告诉我说,砖窑厂完工了,他们人刚离开。就这么巧吗?我遗憾得直摇头。

但当时我仿佛就有了这样的经验,你越是传得确切,而且巧中套巧的,也许就越是不可信。我现在想来还纳闷呢,当时离得那么近,就怎么没法证实呢?后来我倒觉得这种现象很特别,也挺有意思的,根本就没必要证实什么。

但还有人傻傻地说,死了人的那天我也在那排队买粮啊,我怎么不知道死人了呢?有人则当场反驳,高手过招,连你都看得出来,那还算啥高手呀?说在场那人就说,也是。但看他挠头摇头的样子,显然是想不通。

我以为,当时这么传,不管真实与否,最起码表明了人们惩治邪恶的愿望。

另则,是实是虚让你摸不清,这也许还正是武林的奥妙与高深。从此,师傅的师傅就更加神秘了。

再后来,我们不上武学了,则来了个天天和一位武林高手周旋、玩耍的机会。

南一里地的夏湾,和我们广字桥田挨着田,中间却隔着"楚河汉界"。一是他们属白茅湖棉花原种场,国营单位,称我们为"农村",以示他们和我们的区别,并显示他们的优越性;二是田与田之间,先是有一条主要供他们走大型拖拉机的公路,是当时较大的路,再是公路靠他们那边筑了两三米高的堤坝,供巡视田间用,然后堤坝下是一丈余宽、一丈余深的壕沟,最后加一"管湖佬"(专门看田的,过去那里是湖区,所以就有"管湖"的说法)。如此一来,夏湾和广字桥就分得很开了。但实际这是他们的一厢情愿,路北的好几个"农村"生产队,可以说每天都有几十、上百的人活跃在农场的田间。他们那机耕的过千亩的地就那么一大片,不就是北方的青纱帐吗?进去了你到哪去找啊!

那人们要进去干嘛呢?主要是割牛草、寻猪草、捡野豆……也不排除趁其不备顺点嫩玉苞(玉米)、青毛豆什么的。有的纯属好玩,甚至在里面扎蓬打牌。所以,他们的管湖佬很重要,选派的都是厉害角。

不知从什么时候起,居然来了一名武林高手。听说他姓傅,五十多岁,天门城关人,原为天门武术队总教练,被打成右派后下放到农场接受劳动改造。他的形象在我的脑子里也很特别,好像他老是在过热天。浓眉大眼,国字脸,戴一藤条安全帽;上衣不穿,总是拿在手上当"拂尘",膀子和胸肌肉鼓鼓胀胀的;下身穿原色大布长过膝盖的短裤,腰上勒蓝布巾(至少缠两圈后勒紧);严肃少语,但并不是一副凶相。他是很负责任的,一天到晚都在那堤坝上走来走去。但管理范围太大,难度也就大。堤坝直线长两三里路,西头是村落,有一大片树林,影响视线,东头向南九十度转弯过去,两个方向的就更难兼顾。那壕沟在平面上跳是跳不过的,但只要在对面半壁上挖个坎,实际上成了从上往下跳,利用"抛物线",一般人就跳得过去了。

若被老傅抓住会怎么样呢?他对我们还是像对学生一样,"都给我站好了,一个个作保证再不进田。"保证作完,他就说:"都给我回去,好好反省。"

但有个懂点武功的小伙子冲撞了他,那可就惨了。小伙子太冲,先是硬性攻击,被老傅捏住了手,疼得直叫唤;而后骂他右派,又被点了胸,整个人就蔫了。老傅说:"五天后你得来找我。"小伙子还不服,骂骂咧咧地走了。可不到五天就在家里倒床不起,家里人用板车推着他来找老傅,老傅问他还骂人吗,小伙子连连摇头,老傅才在他身上点了几下,为他解了穴,他便顿感轻松,好了。

从此老傅威名大震,人们个个敬畏。

后来我们和他成了好朋友,我们发现他非常喜欢和小朋友在一起玩耍,还特许我们在不破坏庄稼的前提下,进到田里寻点牛草或猪菜。我们苦苦地哀求他教我们功夫,可他始终一笑了之。实在顶不住了,他就先是跟我们开了个玩笑,再又为我们做了次表演。

一天放晚学后,刚好是我们打艺的七个人缠上他,要他指点,还把学的拳打给他看,他边看边说好,一套下来,他坏笑着说:"你们篮子里的镰刀呢?"连忙看篮子,里面空空的,环顾四周也没有,他就说:"你们往上看。""咿呀,我的天啦!"七把镰刀全挂在高高的白杨树树枝上。然后,他叫我们让开,就用右臂撞击了一下树干,七把镰刀便纷纷落到他的面前。这是怎么做到的?我们一个个都惊呆了。

再一次,我们去找他,正好他抓到一个砍树的,是我们队里的孙老头,说是找两根"晒花(棉花)杆",砍好往回走的时候被抓住了。老傅放走老人,对我们说:"你们有人可以把这树从一头直立起来吗?"我们一看这不可能。这时候他不说话了,只见他屏住呼吸,用右手抓住树干细的一头,运足气,树干慢慢弯成弧形,再看树蔸那头慢慢离地升高,他蹲马步,根本看不出费了多大的劲,树干就倒立起来了,他把树尖放在掌心,我们围着他逗闹,树也不倒。玩够了,他又用手握住树梢,慢慢将树放平。表演结束,掌声、欢呼声不断。最后,他让我们把树抬回去,还是给了那孙老头。送我们时,他也用了"下不为例"以自圆而又圆他。

一年后,他女儿来把他接走了,听说直接接省城去了,还说又在省城做了武术教练。

广字桥的东面是农田,五里开外的村落怪怪的,叫做"鬼湾",据说那里就只有巫师,没有武师。

按照方位忆述了儿时接触和听闻的武者,应该不会有太大的出入和遗漏,只是悔恨当初未出即时之作,即便是20世纪八九十年代写作"武"的文章,那都是非常时髦的。

可惜之前的几十年我在做教书匠,算是从文了,忝入末等文人之列。几十年间,一直就没有回味过曾经有过的"武味",真的好不惭愧哟!今天茫然忆及,才知晓那"库存"也是至爱,以至于慌乱中写得零碎而又臃肿。可目的是要用文字裹住儿时那尊贵的乡间武味,使过去那正宗正义的乡间武魂长留人间。请各位看官谅解!

2019年6月15日

曾闻生灵向天歌

生灵是指有生命的东西,而生命像魔幻似的,谁琢磨得透呢?

"呃、呃、呃"的叫声是什么意思? 谁知道?"曲项向天歌",也许只有天知道吧!

假若天知道,那就还有人类的"童心"知道,因为它拥有"天真"!

——题记

退休之后,无形中就有了"归园田居"的感觉,似乎这才意识到自己也是"少无适俗韵,性本爱丘山"的。

可我的少小生活地天门老家没有"丘山",刚好是"大洪山结束的地方",意为天门原名之"竟陵"(结束山陵),属典型的江汉平原地貌。

而我所处的生态圈小得可怜,其实就是生我养我的村庄——广字桥。广字桥是条状分块的,南面是由西向东的"广沟",一条排渍、灌溉的小河,河上有一小石桥,就是"广字桥",前身为木质。这桥没有可观的架构,也没有瑰丽的传说,只有时间的留存,才被逐渐演变为这里曾经的村名,于我则仅标记出一个故乡的符号。

桥往北是集体的仓库屋、禾场、牛马棚、养猪场之类。仓库屋后面(北面)是一溜堰塘,粗放鱼鳖、杂生菱藕,炊饮食用、淘洗浇灌。再北是自留地、家用禾场(整体连成了西东向道路)、台坡,台上是住宅,略带自由弯的一长条,确切数字是20户。住宅北是竹园和树园,竹子多为桂竹,禾本科刚竹属植物,高达20米,进园像进多柱的凉棚;树为杂木,品类繁多,有不少百年古树。此之外四周都是农田,直至和周边村庄相连。

这一生态圈则是不少动植物的栖息地,也是我儿时的嬉戏园!

伏案时无意间怪想,常人在"呱呱坠地"的时候好像没有把地砸个坑的,往往是被地碰哭了,但基本没有由此而恨地,反而和地建立起了独特的情感。所以,人们只要稍有行为能力就开始接触地了。我们60后小时候一般刚学会走路,就会拿着小铲开始铲土玩泥。

记得是暖春晴朗的早晨,艳阳悬于门前的东南方,那个与我相隔一个"花甲"的

"我",正眯缝着眼,拎着小铲,来到台阶旁的滑道前,蹲身后仰,滋溜一下就滑到了坡下。无须拍土,站起来就跑到禾场边的水洼中,本未穿鞋的小脚一阵踩踏之后,便开始掏泥。

今天他算是玩出名堂来了,一上午造出一块一尺见方的泥田,里面还栽满了小苗苗,有从粪堆里拔来的瓜秧、棉苗,有从篱笆脚下扯出的菜芽、树枝,整体像棋盘。不是有说"人生如棋"的吗?难道就这么开局了?来找娃回去吃饭的老娘见了高兴得不得了,抱起鼻子、眼睛都分不清的泥娃娃好一阵乐,倒真像得到了宝贝似的,猜想起来,大概是了不起就得一侍弄田地的传人吧?可能!由于家里长期是"半边户"的缘故吧,老娘多么盼望男劳力啊!因此,她喜欢男孩,"男,田力也"——这就是她最朴素的愿望!

后来他还真有点貌似农人的模样了,小身影或渐大的身影常在菜园、竹园、树园出没。外人都看得出,他是打心眼里喜欢这生机盎然的园地。

由于喜欢,平时就是有心人,居然"自觉能动"地在门前屋后插种了花卉,还不乏稀有品种,台坡边的含羞草是之前人们连听都没有听说过的东西,小朋友人人爱玩;破坛子里栽的墨菊,人们绝对不会想到它本是观赏的极品花卉。此即说明,他的童心就在这些物类身上,他的初心就在这片土地上。

他喜欢这里的生态物,是不带任何杂念的。他不仅喜欢这里的植物,而且喜欢这里的动物。

大多时候他和小伙伴们一起,喜欢上什么就玩什么,这种玩只不过就是生态圈里的自发游戏而已。起初玩的是低级动物——昆虫。最常玩的有三种昆虫:蜻蜓、蝴蝶、知了。玩法多是用洋线拴住后让它飞,有时用手牵着飞,有时在另一端绑上小树枝之类让它拖着飞。觉得好玩就做了,没考虑这些玩物的承受力,也许这正是真正的童心,没那么多理智。而且他只知道小动物们本土化了的名字,比如三大昆虫分别叫"丁丁""蛾子""知矣"。丁丁里最大个的叫"老虎丁丁",黑白花和黑黄花的,有些凶猛,捉它的时候,它会扭头咬你一口,很有点疼,接近出血的程度。它力气也最大,拖得起大点的重物,可以玩较长的时间,是难得的上品。我们现在知道蛾子不是蝴蝶,但在广字桥根本就没有"蝴蝶":漫天飞舞的是白蛾子;在竹林里有大的花蛾子,黑带黄的和黄带黑的,有的还泛蓝光,很漂亮,他们却叫它们"鬼蛾子",怕碰着不吉利,只驱赶,不捕捉。知矣有大的有小的;有会叫的,肚子上有两个弧形的口;不会叫的,我们叫它"哑巴",没人玩。

捉萤火虫集中在几个晚上,大人、小孩一起,手里拿一洗干净了的"靛水瓶"(墨水瓶)、扇子或衣服,喊着追赶那闪烁的亮光,并将其扑扇落地,再用手捉入瓶中。最热闹时是小伙伴们三五成群在一起疯唱儿歌:"萤火虫,晃起克,晃起来,到我的门口搭花台!"反反复复就这么两句。一般捉到五六只,瓶子就很亮了,就可以得胜回朝。回到家还假模假样地用它照着看会儿书,然后藏到床边,半夜醒来再偷偷玩会儿,到第二天早晨就没了光,可能是已经死掉了。

玩"麻木子"(金龟子)。这东西喜欢三五成堆地停在椰树的伤口上不动,只要你悄悄爬上去,就能抓到一两只。用竹签扎入其背部的缝隙,然后拿着竹签,它的翅膀就会扇动起来。贴近脸面有习习凉风,便笑呼"小小扇子"。

捉"铁牯牛"(天牛),玩打斗游戏。这家伙难抓,一般要在皂荚树上找,可皂荚树的刺是极其恐怖的,稍有不慎就会让你鲜血喷涌。所以,一旦拥有一只那就神气了,可以吓唬鸡、鸭和小娃娃。

观察屎壳郎推粪球,居然也饶有兴趣。屎壳郎有大有小,大的大过蚕豆,小的小于黄豆。观赏它滚粪球,还是看那大个头的过瘾。至今都佩服它是天才,滚得圆,滚得准。它是倒着推的,可有障碍物时,它能避让得恰到好处。后来我们听老人说,这东西放火里烧熟了很好吃的。尝试之后,就再也不浪费时间看它滚粪球了。

儿时喜欢玩昆虫竟然到了观察、研究其蜕变的程度。取蛆蛹至火柴盒,放置一天或两三天,拿到耳边摇动,有"嗡嗡"的叫声,说明已穿出苍蝇了,就将火柴盒拉开一点缝,把苍蝇导入"靛水瓶",就成观赏物了。若直接用瓶装蛹,则很难成功。这是经验,未思虑过道理。

考验胆量的是去挖"地知矣"(知了幼虫)。白天观察好地形,一般在密树丛的土路上,晚上差两个小伙伴,带上手电筒、小铲直奔目的地。那环境格外阴森,晃着手电筒本来是为壮胆的,却容易照到异形物,还是被吓得一跳一跳的。但有了寻宝的意念,就只好硬着头皮坚持。好在按经验不难找,在光滑的路面上,若发现一点向上的新土,或者已露出小洞,那里面就有一只即将爬出的地知矣,只要用小铲挖一铲,它就出来了。挖个两三只,就逃也似地往回跑。回家后,用草帽窝子将其扣在里面,第二天一早就准保能看到新知矣了。刚出来的知矣略带绿色和黄色,看上去都嫩嫩的、干干净净,如新抽的鲜芽。但往往在你不经意间,它的颜色就变黑了,爬着爬着就飞走,留下个空壳,壳可以卖钱。地知矣捉回来,用来扣它的物件有讲究,不能用光滑的,如用升子(粮食量器),第二天你会看到,地知矣的背部裂开,知矣的身子出来一半,头却还在里面,早死去了,下面还留下一摊很难洗掉的黑水。原因其实很简单,帽窝粗糙,它可以往上爬一截后蜕壳,这是它的习性。

有能力抓得到鸟后就迷上了养鸟,抓到什么就养什么。当时"洋靛子"(书上好像称蓝喜鹊)多,成群结队的,"嘎嘎嘎"地叫唤,只要出晒食物它们就来了,闹得主人烦心,属于讨厌的角色,谁还会养它呢? 可他养。一旦从树上掉下一只小的,他就冲上去,和一群大的"洋靛子"抢。当然人的力量总强大些,但抢到手也免不了被飞来的大鸟啄几下,有时候疼得流眼泪,却还是为获取了战利品而高兴。把小鸟捉回家,先一阵忙乎,又是喂水,又是喂食的。鸟食,多是用水搅和的麦麸,不管对不对它的食路。然后用自制的鸟笼装了出去显摆,引一串"鼻涕佬"跟着游行。有时也把小鸟贡献给大点的玩家诱捕大鸟,一般当天效果是比较好的,捕到大鸟也会反馈回来,但大鸟是养不过夜的,通称"气死了"。

斑鸠,大家叫它"野鸽子",一般是养不家的,但他创下了一个奇迹。一天刮大风,他家树园掉下一个鸟窝,捡起一看,里面有两只没长毛的小鸟还活着,一碰它就张嘴要吃的。连窝抱回家,先按自己的程序喂。几天后,一位堂兄认定它是"野鸽子",就说要按养鸽子的套路做,把食物换成鸽子喜欢吃的嫩高粱粒和嫩玉米粒。几天后就开始长毛了,可其中一只在喂食的时候,可能用力过大,嘴巴被掰脱臼了,第二天就死去了。哎哟,好不伤心喔! 自此之后,剩下的一只,喂养起来就格外小心了。记得那时他还没上学,时间有的是,所以给予了它无微不至的关怀和爱护。好像也不是多么地艰辛,喂着喂着,毛就长齐了,不几天就又学会飞了。先是怕它飞走,就关笼子里不放它出来。后用绳子拴着放飞,发现它并没有走远的意思,就解去绳子。再后来,它就好像成了家庭的成员,大多时候在悬挂的笼子里睡觉,吃饭的时候就飞下来跟着人转悠。然而家里有一只善捕食小动物的猫,养鸟尤其要防它。可防着防着,那养成心爱之物的"野鸽子"还是在下来吃饭的时候被那该死的猫给叼走了。小小人儿好不心痛哟!

他上小学后,学到了不少东西,有同学说"我们这地方适合家养的野鸟是八哥",并且流行一句行话:"窝八哥会说话,洞八哥会打架。"所以一般会养窝八哥。此话他记心里了,放学后,就到树园去探寻,可无意间找到的是洞八哥。一次他从生产队仓库屋旁经过的时候,发现墙上"跳眼"里就是一对八哥的家,找人帮忙搬来梯子上去,就摸出了一对小八哥。养过月余,它就大了,果然敢和鸡斗。可他老表家养的一只已通人性,眼睛也红了,据说这是要开口说话的表象。后来他家后院一棵大树上的喜鹊窝被八哥占了,试着爬上去,一次就成功了,摸到窝里有两颗蛋。从此天天观察,隔天上去,倒练就了爬树的本领。为了保险,待小八哥长出粗毛的时候,就用绳子将其绑在窝上了。最后捉下小鸟的时候,还顺便将鸟巢掀下来做柴烧了。可能是捉迟了,八哥大了的缘故,它不吃麦麸之类,不几天就死掉了。再去掏更高的鸟巢的时候,被老娘碰到,就明令禁止了。

后来他就在家里养兔、养狗,还养一些别的小动物,如他曾把老娘在麦地里捡回的野兔给养家了;在堂屋过梁上固定一块瓦,几乎每年春天都有一对燕子来养育一窝儿,野燕也就成了家燕,人们说"挺吉利的"。再如用罐头瓶养泥鳅,并将其挂在显眼的地方,说能作天气预报,即每当泥鳅上下翻卷的时候,那就表明要变天了,很灵验。他还养过瓢虫、草蛉之类的,意欲对棉花进行"生物防治"。

他时常念叨小学同学李志义、陶汉洲、刘公平、夏德学等(听说刘公平、夏德学已去世,十分怀念),他们曾送给他三四只大小不一的小兔,大约一年之后就成了一个种群,兔子、兔孙满屋跑,成天围着小主人转。这小主人就不轻松了,放学之后还得去寻兔草,但他乐意。

那些小生灵就是亲近小主人,他那床下总有四五个兔子洞,母兔生产、育儿都在洞里,这是以洞为房的家兔品种。所以那床下日日夜夜都是热热闹闹的,颇有生气。

一只狮毛小花狗是父亲用自行车从十多里外的黄潭区公所驮回来的,平常祖母拿洗锅水喂养它,只有小主人偷偷地喂给它成坨的饭和粥,所以它对小主人格外亲近、唯命是从。平时它看家,更有护卫兔群的责任。

人们不知道喂养这些小动物做什么,当时绝对不为吃肉、不为赚钱。只有他自己知道，就是喜欢，为养而养！也许那些小生灵们也会有一种灵动的感应："我们就是喜欢这里，喜欢我们的小主人！"

他读中学的时候，眼睛出毛病了，看不清黑板。老娘说，赶紧到大医院去治，治好了才好回来寻兔草。可到武汉走了几家医院，医生都说，近视了，只能配眼镜。回来把情况一说，老娘泪如泉涌，说这可咋办啦，在农村戴个眼镜，还不让人笑话死？

可后来他"跳出农门"了，老娘心里踏实了些，但并不见特别高兴，也许还在想，那田谁来种？那"工分"谁去挣？还说："你的那些小东西我替你养着，等你回来。"而他则真的和那些小生灵们难舍难分。

他生活在广字桥的十几年里，最让他痛心疾首的是 1975 年的"剁基尾"。

所谓"剁基尾"是将农户的自留地全部收归公有，只留宅基地，左右以墙根为界，前后以屋檐滴水为界，竹子、树木一根不留，全部毁掉后种棉花，为的是好实现"天门棉花百万担"的大目标。

不料此举伤了这生态圈的元气。剁基尾时他已是少年，亲眼看到了倒下的树流出汁液似的泪水，看到了走兽惊慌逃窜的狼狈形影，也听到了雀鸟离开时的哀鸣……这就似戳到他的心尖一样，痛彻了肉体和心灵。

"羁鸟恋旧林，池鱼思故渊。"过去广字桥的生态圈已不复存在，林木不见了，那些小生灵们去向不明，老娘也到另一个世界里去了，那没有"丘山"而有"似丘山"的境地，"我"也好，"他"也罢，还能回得去吗？

2022 年 4 月 21 日于松滋

漫步"乐乡"

辑二 ——

STROLLING
IN THE
HAPPY HOMETOWN

哇,娃娃鱼!

7月26日,中伏酷暑,苏总育文特邀同学到自己的娃娃鱼养殖基地去纳凉解暑参观。

两车7人从新江口出发,往南西过碧岛山庄进入山道,只拐"两个弯"——左一个弯,右一个弯……右一个弯,左一个弯……再过"两个坡"——一个上坡,一个下坡……一个下坡,一个上坡……约30公里后,一个掉头式的左转,下一个60度陡坡,走200米碎石农用车道,再上个45度的坡进栅子门,这就到了!于是想来,此番"曲径"了,再"通幽"可能就是此行的逻辑!

鱼贯下车,左拐向右上台阶,就到了一个狭长的水池边。顶烈日沿水池长边列队前行——此道只有两脚宽,队伍整齐!大家说笑着,向老板询问着许多问题,但眼力始终集中在脚下。像走钢丝一样走完约30米长的窄道,左转进入工房休整。片刻工夫,过道式的工房就让你收住了汗水。在这里吃块西瓜,里外都有了凉爽的感觉。原来这里的水是从山洞中流出来的,非常凉爽,超越水空调的效果。再回顾走过的水池,这才惊诧其水色的特别——嫩鲜绿!——我觉得很可能这就是朱自清先生笔下的"女儿绿"吧!更有趣的是成群的鱼儿半浮在水中,看上去一动不动的,好像是在摆造型,又似乎只是在静静地享受这"宜居"环境的特赐。哦,好一派身处高档处所的优雅!

休整完毕,我们在工作人员的指导下换上雨靴,带上头灯,向工房进门的对过走去,再走一左弯水池道,便来到了20平方米的尖拱形山洞前。洞口用砖石封住,再装一家用防盗门,仿佛是为了强化此为"通幽"处!

老板先指看洞左石刻——接近洞脚处有"大梁"二字,正楷阴文,是否和历史上的大梁有关,无处可考。老板说旁边还有"响手洞"三字被炸掉。说明此洞曾叫"响手洞",现叫"响水洞",松滋市涴水镇响水洞村也因此而得名。至于"响手洞"如何变成"响水洞",则有待考察。

老板再指拱顶,则见突出一猪头,神形兼备。说还有一只被震掉,可惜!仅存一只也足以标志出农家特征,似乎表明是天然养猪场。那养殖娃娃鱼适宜吗?

老板用钥匙打开防盗门,里面有一道厚厚的门帘,挑开才是幽深的黑洞和拂面的冷气。尾随老板进洞的连我仅3人,还有几位说之前进去过,也有说怕冷的。过门帘,先将脚踏入消毒水箱中消毒。关门放帘后,打开头灯,手照远近,见随地形棋布四五平方米的鱼池,老板说其总面积600多平方米。鱼池中间或侧面留有两腿宽的巷道供人行走。池深约80厘米,白瓷砖铺底。由外向里,分别是一龄鱼至四龄鱼……一龄鱼约1斤左右,四龄鱼3—6斤……听完简短介绍,灯光打入池底,"哇,这就是养殖的娃娃鱼!"乍看和鲇鱼差不多,近门的是"小不点",一龄鱼吧,10来厘米的样子,低头看才得见它比鲇鱼多出4条腿。池底很薄的一层水,盖不过鱼身。打头的几个池中都是乌黑的小鱼,每池好几十尾,基本不动,即便有慢慢蠕动的,似乎就是在想改变下体姿。向里走十多米远,有条横向水沟,上搭一块预制板为桥,一般人上去有点眼晕,加之明显的低温,腰腿有点毛病的同伴退出了。剩下我们三人前行到三龄鱼池边,鱼的个头大了许多,肥大的鱼好似松狮犬一样呆萌。尤其是这里有变异的品种,灰、黑中夹杂白、黄、粉红,漂亮极了,颇具观赏价值。再经过两个上下台阶就到了可进入的终点,这里是商品鱼区,四鱼龄及以上,个个体态丰腴,闲散地趴着"酣睡"……这一溜下来,老板说看到的鱼有一万几千尾。这规模委实不小!

准备回返的时候,老板将灯光打向洞顶和四周,这只是一个普通的溶洞,高约20米,宽10多米,深大约上100米。它只能算是洈水湖中的小者,没有近旁新神洞的"奇",更没有不远处颜将军洞的"趣",但它更加"实用"——养娃娃鱼再合适不过了!

响水洞必有其响的特点。你听,洞顶钟乳石还是"活"的,向下滴水,滴入水中的就有"嘀嗒"声,更有潺潺流水"哗哗"不断……若再加之娃娃鱼"哇哇"的啼叫,那可不就是天籁了!但据说,其实娃娃鱼的啼叫声是极难听见的,当然我们没听见,老板说也从未听见过,最终还是唯有水声,所以至今响水洞仍名副其实。

回返的途中,我发现一股小水侧出洞壁,细细的,薄薄的,轻柔透明,内心像受到它的扶揉一般,于是仿效朱自清先生,拈得这么一句:"亲爱的,我拿什么比拟你呢?我怎么比拟得出呢?……我送你个名字,从此叫你'女儿唇',好么?"并且,我觉得响水洞的所有的水、石、鱼尽类此耳!它们均给人以强烈的亲近感。

快出洞口,打个冷噤。出得洞口,没有想见的跳入火炉的感觉。未进洞的同伴都在洞口乘凉,这里也很舒适。再抬头看"猪头",想的是此洞着实冬暖夏凉,是当时农家最佳的天然养猪处。现在老板用来养殖娃娃鱼,真佩服其有触类旁通的头脑、敢想会干的胆识和能力。那么,我觉得他的事业不成都不行!

于是鄙人有诗章腹中云:

> 驱车浥水响水洞,纳凉解暑未落空。
>
> 冬暖夏凉宜居处,古老物种享于中。
>
> 人入其间偷凉爽,神鱼酣眠莫惊动。
>
> 穹洞奏得天籁音,是水柔情扶怀胸。
>
> 保得生态养殖业,人与自然乐无穷。

未为行家,难以即其妙,仅为感触而已。

7人聚齐了,开始热议娃娃鱼及其养殖事业。本人对娃娃鱼只有本次粗略的接触,还不便发声。于是找到网中词条:娃娃鱼学名大鲵,是世界上现存最大的也是最珍贵的两栖动物,被称为"活化石"。它的叫声像婴儿的哭声,因此人们叫它"娃娃鱼"。大鲵还俗称"大山椒鱼",源于其身有山椒味道……接下来的内容有:体态特征、生物学特性、繁殖方式、分布范围、种群现状、资源意义与保护、人工养殖等。这可以帮助我们对娃娃鱼有个全面的了解。

最后参观孵化池,它在室外水池的最低处,一串方形小池,深约1米,池底侧有一横向洞口,老板介绍说那是种鱼白天的栖息地,晚上它会出来活动。种鱼单尾重40多斤,母鱼产卵后,公鱼就会去向卵块射精,一系列的生物过程和科技辅助之后,才可孵出蝌蚪式的小鱼。表述起来很简单,但做成功则很难。因为大鲵孵化项目的科技含量高,成功率低,而本基地已达到相对高的孵化率,所以成就了大鲵养殖的高新尖成果。

参观完毕,回到车上,虽然早过饭点,但大家一路仍兴奋地继续着娃娃鱼的话题。大家共同认为,在保护生态环境的前提下,开发利用生态环境来产生效益是符合时代精神的明智上策。娃娃鱼人工养殖业找到了延续古老物种生存链的新途径,也开发出了其价值利用的新形式,前景一定美好。若还能得到政府的进一步扶持,就能做大做强,做远做广,做优做美!娃娃鱼养殖业定会大放异彩!

松滋娃娃鱼养殖基地仅此一家,老板苏育文,原本是名教书匠,但是娃娃鱼丰富了他的人生。他年已过"知天命",却仍保持着一张娃娃脸、"吹火笑"的青春容貌,这是天生的一种对事业充满信心的神态。他还时而表现出脖颈微微侧挺,眼睛紧盯一方不动的特殊神情,又表明了他性格中倔强与执着的一面。我们对娃娃鱼的认识,大多来自他的讲解。只要谈及和接触"娃娃鱼",那就是给他打了一针"兴奋剂",他便滔滔不绝地给你讲出一本本养殖经和营销经,以及其中无穷无尽的乐趣。从本次的接触中,我们才知道,他已成为"娃娃鱼"业界中的翘楚,也是我们同学中的又一骄傲!

离开了响水洞,但耳边仍有洞中的水响,脑子里将会永久地存储下娃娃鱼那蠕动的身姿和那满脸皱褶的憨态容颜。

2017 年 7 月 29 日(盛夏)

(本文发表于《浈水》2017 年冬季号)

乡愁情思下的与初小镇

乡愁悠悠,似云,飘浮到叫作故乡的时空里。留恋旧的,裹挟着纠结;欣赏新的,萦绕着惊诧。没有取舍,那故乡的云,飘去还飘来。

响水洞村,响水洞人的故乡——中国式的故乡。时值隆冬,这里却云蒸霞蔚。展观一图——"浣水镇响水洞村规划"。石破天惊——赫然映现出一串新奇的文字:与初小镇[注1],生态原乡旅居小镇,田园综合体,乡村文旅综合体!

乡愁浓浓,像酒,一点一滴醉心头。蓬勃发展是最大的愿景,谁不渴望故乡日新月异,万象更新?

响水洞名声炸了,村建"小镇"——6.96亿元的返乡投资——满满的乡愁,注入4800亩土地。

2018年12月4日,"噼噼啪啪",点燃了开工的鞭炮;"咚咚锵锵",敲响了开工的锣鼓。

乡愁绵绵,如雨,滋润心田。思念、想念、怀念……常念"小时候",不忘"那个事""那个理""那个情"。就是这一丝的念想,先给你一个名字——"与初","不忘初心、方得始终","我要给你个发展中怀旧的意味!"

> 空山曲溪响水洞,
>
> 刺篱炊烟悠然乡。
>
> 钟灵毓秀归游子,
>
> 回馈故里情意长。

"我们来策划!"国内外、省内外的专家聚过来了,原来他们尽为浣水人。策划案如行云流水般出台,与其说是用智慧,倒不如说是用情感。

这就是浓浓的乡愁——策划案保留了开发域内的全部人家。205户,户户不动——祖业、祖产、祖屋、祖坟,它们是乡亲的根基,故园的念想,乡愁的源头!

【注1】:与初小镇建设项目最终不幸夭折。

土蜂仍在这里建巢,将其收入蜂箱就安家,适时割下一块,甜得你嘻嘻哈哈;大白刁仍在水库里戏耍,下一网,满眼尽是白花花;扩大大鲵养殖基地,娃娃鱼,那可是响水洞的"宝贝娃"……

策划案尽量让青山绿水保持完好,让习惯习俗得以延续,设计者说:水车"隆隆"响于溪旁,连枷"啪啪"响于禾场……这就是我们的理想。

响水洞坐拥山、湖、洞、溪、林、田和民居,策划案中做足"留"的文章。讲究主题鲜明——留"生态"应留之物,保乡愁该保之事!

乡愁漫漫,是路,振兴乡村是发展之路、理想之路。"留得住乡愁"——建特色小镇、特色田园综合体,是在打开乡村生活的未来!

我是地球村的一角——可通、可达、可联、可共、可居、可养、可游、可乐、可学、可想。生态和谐,以人为本。自然在我村,我是小自然;社会在我村,我是小社会。

与初小镇,未来已来,我先来——省市首项大型特色田园综合体工程,计以五年为期,完成五大项目:基础农业、文化景观设施、旅游度假设施、休闲运动设施、旅游地产。建立六大支撑体系:生产体系、产业体系、经营体系、生态体系、服务体系、运行体系——它们以现实为基,穿越历史,跨入未来,全乎为——过去、现在和将来的社会综合体!

诗文无以表达其全,所费笔墨仅为例说——十万尾大鲵生态养殖基地、百亩亲子农场、自然生态教育基地、原乡农事嘉年华拓展基地、茅仙洞酒文化体验中心、与初小镇风情街、民宿联盟……建设子项共计四十多个,其中有最原始的泥垒草盖、刀耕火种;更有最先进的高楼豪院、网络互联。

与初小镇,巍巍乎,这下人了——国家战略,与国际接轨,而且大为普遍的乡愁。

与初小镇,区区也,这番小了——乡村规划,与洈水景区相连,而且小到个人的思绪。

憧憬走在与初小镇上,感受天人合一的物我,感知时空无限的境界,我投进自然,自然拥抱我;我投入情感,情感呵护我;我投身物化环境,环境回馈我。

我走向小镇,就是走向我家,就是走向世界,走向未来!

2018 年 12 月 31 日于松滋

好大的"蜘蛛网"

立冬(11月7日)的前后几日都是晴天,温暖如春,几个爱户外活动的哥们就想找个新鲜点的地儿去玩。11月10日,哥几个聚上车,目的地——北河水库。打开导航,有两条路线可选,城南走322省道,城北走332省道。选定城北,绕四环线上了332省道。我是第一次走,觉得四环线和332省道都好宽好新啊。四环线还没有完全贯通,往南通往哪我也不知道。出城的332省道单向就有三车道,路面刷得乌黑,像用刚开采的镜煤铺就;黄白线油漆则像刚从盒子里泼出的一样新鲜;中间栅栏更是白得纯净。冬阳柔软,恰好耀出一片清新,"仿佛整个世界都是新的"。某曰:"日新月异也!"杨君立马接过话题道:"真的,整体发展快,单就路而言,发展得像蜘蛛网了!"

好大的"蜘蛛网"!好形象的比喻!

我脑子里迅速出现了一个个可以想见的道路"航拍"镜头——北京先是一环至六环,然后纵横交错且向各省市区辐射——太像蜘蛛网了。上海先是内环到外环,然后向外发散。武汉九省通衢,但也是一环、二环、三环……再东西南北与各地相通……蜘蛛网!——圆圈套圆圈再加辐射线的蜘蛛网!连松滋也成了这样的格局,一环、二环、三环、四环,再就是322、332等辐射线。

之所以我会想到蜘蛛网的比喻,是因为我对蜘蛛网有过特别的认知。

小时候,我住老屋天井旁的厢房,早上起来,太阳已经出来了,迈出门槛,每每第一眼看到的就是天井角上的蜘蛛网。蜘蛛网很大很大,直径超出半米,整体上看,基本是圆形的,从中心向四周是辐射线,然后是一个个与每条辐射线相交的同心圆,辐射线则以落到依附点为止。蜘蛛网在我的印象中是一个漂亮的花网。尤其是早上网上结着细小的露珠,迎着阳光,晶莹剔透。穿过它望天,有时会觉得金星、蓝星闪烁,甚是有趣。可看得久了,也看得细了,却往往找不到外沿线依附在哪。如此神秘,自然带给童年许多天井上和天井外的遐想。

"蛛网外沿的辐射线到哪去了?"

好似那探寻未知的冲动留存到了现在。

一个激灵,车左拐上了到张家畈火车站的老路。双向两车道,却代表了松滋三四年前的公路水平,比老沙刘路还要直很多。刘君诙谐地用松滋话说:"过去我们走这条路像过年的!"现在走也还过得去,路还算平坦,车又不多。

几公里之后,路的尽头正对火车站。

所谓火车站,那是一条三四十米长的平房,虽然中间突兀一点,但还是显得矮小,实在看不出它昔日的光辉,仅仅有"火车站"三个字似乎可以作为现代文明的提示。站内外看不到几个人,也没火车响,所以开车的杨君也就没有稍作停留的举动。向右拐,碾上典型的乡村公路。其特点是:窄、弯、坡大。转过一座山,反而听到了火车的轰鸣声,山坳下一列灰黑的货车缓缓驶过。其实我们是转到了火车站的背面。刘君介绍说:"这是枝柳铁路,70年代,我家的兄弟参加过工程建设。"

我们走的方向大约是西南,感觉是向南上了一个坡,就看见"松滋欢迎您再来"。杨君说:"这就到了宜都,离北河不远了。"

最后还是那条乡村公路,陡坡上山,再下山,杨君提醒:"这又回到了松滋。"经过几户人家,水泥路就没有了,上土路,几十米,再就什么路都没有了,车停在了一户农家门前。于是我在心里说:"这才下网了。原来外沿辐射线落脚在这偏僻的地方。"又傻想,如若回到天井边去找,就一定能在离蛛网远一点的地方找到想要找的依附点。

今天我还特别留意了新发现:公路蜘蛛网有诸多的层级!

首先是个体之间存在大小主次之分,与一线城市、二线城市、三线城市……基本吻合。比如以"京""沪"起头的线路,就给人以高贵的感觉。哪怕再复杂的交叉、重合,"京""沪"始终都是显赫的。

其次是个体内部,一环内是核心,不仅路重要,而且是政治、经济、文化的中心。然后,其条件地位等随发散而减弱。我们所走的30公里左右的路程,就是注脚性的段落。从新江口到北河水库,先是四环、332省道、一级公路,再是老县道,然后是典型的"乡村公路",最后是"乡间小道"。

北河水库则是别样的一个层级。

我们下车,从密集的柑橘林的罅隙中觑得坡下就是水库的尊体。

我们飞快地从梯道下坡,再冲坡小跑急刹就到了水边。"若把北河比沧水,具体而微更秀美!"某君喊。

太阳在我们的右前方,那就是东面吧。这一面波光粼粼,轻烟浩渺。顺着岸边望远,则是一线青黛。

正前方倒是没有雾霭,青山绿水,"眉清目秀"。可水中有个小岛,擦边才能看到对岸钓鱼人缩小的显影。

左边是一条极长的回水湾,钓者一字形排开,望到终端都成了费劲的事。好一幅繁忙而悠闲的场景!好多个虔诚到呆傻的"蒙太奇"!

水岸一律红黄色的泥石,干净鲜艳。往上三四米就是林木山头。这里分不清水是什么向,山是什么形。

眼前的水绿带灰黑,清不见底。"四米开外四米深!"旁边的钓者说,"此为野水。"

"土著"说:"今后更野,这里再不准承包养鱼了,要让水库完全恢复自然生态。"

中午我们到停车的农家去吃饭,陈君说:"出点小钱,吃一次典型的农家饭看看。"卤豆腐、炸胡椒、酸盐菜、时令豆子、青菜,加两荤:炒鸡杂、炖鱼。

要说的话,炖鱼最有特色,锅、汤、鱼一个颜色——黑!看了怕动筷子,但尝了的人都说好吃。我能猜到这是用了土榨坊榨的油的缘故,于是才敢大胆地吃,幸好没有错过"鲜、香、嫩、滑"的美味。

吃着吃着,气氛就活跃了,老板娘带着孙子和我们边吃边聊开了。从她口中得知,她儿子、媳妇外出打工去了,只有两老和孙子天天在家。丈夫带着两个帮手上山摘柚子去了。

开始我听来,"天天"有多余之嫌,后来才知"天天"是她孙子的名字。

于是,我对她孙子的名字感了兴趣。"天天",什么意思?不会是"每日每天"吧?多半是"天地"的"天",希望他将来成为顶天立地的汉子。这样取意挺好的,但我又觉得"天天"作为"天"的昵称,理解为"天生自然"就更有水平了。一方水土养一方人,人其实是自然之物。

农家屋后和右旁是我们来时的路,门前除了晒场,前方和左侧被橘子树占据。左边的橘树太美了,数来则只有三棵树紧靠院墙,却成了黄绿的幕墙,迎着阳光观赏,随着光线的闪动,黄灿灿的橘子"滚动"起来,仿佛就成了一挂黄色的瀑布。太神奇了!

下午一点半,柚子扛回来了,不一会儿就满场金黄。

坡下停着运柚子的船,老板和帮手还在搬运。据他们说,柚子在西山上,这里看不到,只能走水路。但我们站在水边往远看,所有的山只有绿没有黄,于是我联想:这滚大溜圆的柚子,要么是从那浓绿里蹦出来的,要么是从山洞里滚出来的,树枝挂得住它吗? 那合理的解释就只能是天的赐予。

五点钟,我们也是满载而归。虽然诸君皆为"钓民",但收获的不仅是"渔乐",满载的更是本地红心柚子、橙子、双晚稻米、红薯、甘蔗等。有两位还订了年货,牛、羊、猪肉和一些野味。

公路蜘蛛网,不知是否存在我所说的层级,我想即便是有,北河水库也不一定归得进去,那就算它是个边缘层级吧。

出来没事,尽想了些不着边的问题。回来的路上则是闭目养神,思维便转回到原来的"网子"里。

我想,之所以将如今的公路网比作蜘蛛网,主形象而已矣! 那又为什么只是我家天井角的蜘蛛网呢? 大概儿时的情感太分明了,本人好像只喜欢那种。

其实那时我们已经知道蜘蛛网有很多种,我们看到的就还有像玻璃布一样片状的蜘蛛网和像蚕茧一样的蜘蛛网等。出于感情的原因,我们把天井角的蜘蛛网称之为"家蜘蛛网",其他的为"野蜘蛛网"。这肯定没有任何科学依据,喜好偏于"家"罢了,是啥道理却没有思考过。顺及,现在的人们喜好反偏于"野"了,是啥道理,悟得也不深透。大概是"野"即自然生态,纯真纯正,本质上是随性高于情感了。

细想,我也不大喜欢蜘蛛网。

小时候,最常见而又最喜欢的昆虫莫过于蜻蜓和蝴蝶了,所以最担心它们被粘到蜘蛛网上,但偏偏时常看到篱笆上的蜘蛛网粘到了蜻蜓和蝴蝶。甚至有的即便被解救下来,却因它们的翅膀已黏黏的,再也飞不起来了。

蜘蛛网是多么可怕的陷阱! 但反正我没见过我家天井的蜘蛛网粘蜻蜓、蝴蝶。后来我想到,蜻蜓、蝴蝶没往那里飞过呀!

蜘蛛离你近了你会感到害怕,因为它的长相一般归属于人类审美观的"丑"中,又还据说它有毒呢! 国外的"万圣夜"人们扮蜘蛛驱鬼,也许源于此吧!

但《周公解梦》中说,当你梦见蜘蛛网,那是吉兆。商人梦见蜘蛛网,通常预示生意兴隆,业务遍布天下。工作人员梦见蜘蛛网,意味着通过艰苦奋斗,最终会有所成就。病人梦见蜘蛛网,预示病人会挺过危险期,最后将逐步康复。若是未婚男女梦见蜘蛛网,还可能预示你会和身边的一位异性,由普通朋友关系进展为恋人,爱情将迅速发展。

由此我想,无论你是什么人,要是梦见公路蜘蛛网,那你就一定会路路畅通!你想要什么样的生活,路就会把你引向什么地方——世界上不会有《神曲》里的地狱,只有你向往的天堂!

在车上,我一路似睡非睡地迷糊着。"哥几个醒醒,到家了!"但听杨君一声喊,睁眼一看,还真是到家了。别的问题不知在心中掰扯清楚没有,这提醒的话却确切地成了"真理"。

2017年11月23日于花桥
2021年10月15日找回并修改

雾　趣

　　现在的天气呀,诡异得很,动不动就出现大雾。人们可以说是"谈雾色变",尤其是开车人,遇雾了,能见度100米、50米、30米……于是开雾灯、打双闪、按喇叭,紧张得眼睛都不敢眨,往往还被吓得一愣一愣——"该死的雾!"加之报道说现在的雾基本上都属于霾,这就更可怕了。又于是乎,关门窗、戴口罩、足不出户、喝润肺排毒汤……可医院的"霾科"还是咳嗽声一片。这"中霾"可不是好玩的,人们先是无奈地恨天、恨地、恨人,最后恨到自己,也就只得摇头作罢。

　　这雾呀霾的,有人说过去没有,是现在环境遭到破坏了才出现的。但"窃以为"不然,至少"雾霾"这一词语出现多少年,雾霾这一事物就出现了多少年吧。至于什么雾是霾,那就需要科学检测了。反正"雾"往往"一头雾水""云里雾里",就是容易让你搞不清楚,弄不明白的。

　　我总觉着,只要消除了紧张情绪,反而会弄明白些原本不明白的。

　　其实,"神龙驾雾"是中国传统的祥瑞意象,雾也应该是一种美好的事物。庐山观雾,云蒸霞蔚,气象万千;重庆雾都山城,人们穿行雾中,别有风味……其实,我们近旁的雾也不乏神奇纯净、美轮美奂的。

　　"双11",我们没有购物的欲望,可有钓鱼的瘾,于是我和"双杨"一起去北河水库游钓。

　　九时许到达岸边,眼前的景让人惊呼:"哎哟,好大的雾!"

　　来时路上没有雾呀,这里是典型的"水雾"了——水面上白茫茫的,岸上没有,岸边还可见撞上岸后回卷的雾圈。

　　面对这乳白的"看不透",我们就觉得这湖面上垛满了雾垛,经验得知湖上空间有多大,这雾垛就有多大。可坐定后只听得雾中热闹的讲话声,我顿时就感到像在听过去那老式的收音机——听得见声音,但不像电视机有人影;听得见很大的声音,但听不清说的是什么内容。也像电视机没了视频——屏幕上白花花的,声频还在,但人们习惯了看影像和字幕,光是声音,也不知道它在讲什么。你越是想看清楚,越是想往深处看,它越是什么都看不清。只听得清嘈杂中的个别响亮的音节,就像"……啊……呃……来……好……哈哈……",挺有意思的。

我还想到更有意思的"被鼓戏"（音是这样的，猜是这三个字），这是我们过去乡下的民间把戏。一个人挑着担子走村串巷，看到哪里人多就在哪里停下来，先敲着锣喊："看被鼓戏啦！"只要有人应，就立马搭起台子，围上布幔，收钱开演。每人两分钱，交了钱的就可把头钻进布幔里去看，没交钱的只能在外面听。我们"小一发"的始终是交不起钱的，就只能听那里面的鼓声和那艺人捏着嗓子的叫声。今天在白雾前，无意中让我重温了"被鼓戏"，好温馨啊，这可是我万万没想到的。

雾中先是高声大嗓的男声，后来也掺和进尖细的女人腔，再后混讲一通，之后，才慢慢地稀疏下来。

水上能见度大约20米后开钓，有口，但不上鱼——小鱼闹窝，还得等等。

忽然，听得桨声由远而近。快看！沁出影子来了，越来越清晰，人影船形越来越黑，像用了显影水一样，开始显似水墨画，后来就成了一幅剪纸。太美了！感叹中，人影船形已慢慢没入浓雾中，又恰似显影水慢慢干去。太难得了，后悔没能录成影像。

白雾消散的速度变快，能见度渐成100米、150米……似乎是退动的雾惊起了一群野鸭。随着钻雾而去的野鸭，又让我看到了一个无与伦比的动态美景——隐隐约约看到那群野鸭飞进了"仙山琼阁"——对面出现了薄雾缭绕的岛屿，岛上林木葱茏、屋舍俨然——啊，绝美的"海市蜃楼"！可几分钟之后就看得分明了，立刻就失却了那神秘的面纱，可惜又未来得及摄影。

刚才那"海市蜃楼"原来就是对面的小岛，距离四五百米，岛上四五户人家，红瓦白墙的楼房前有人影频繁进出，并传来电钻声，我估计是这户人家在装修，开始的声音可能就是他们在商量装修方案吧——哦，这雾还给我们讲述了一个岛上人家的故事。

大雾天，水下氧充足，鱼口好，最后我们满载而归。

请勿误雾了！其实它是自然界中一种再正常不过的现象，我们要以亲近自然、保护自然的理念，勇敢而机智地去迎接和善待它。

至于那"霾"，大约处在我"记录"的边缘，所以我只能顺便提醒大家：一旦发现有霾，那可就得采用科学的方法去对待了。

2018年12月3日

高山仰止,景行行止

　　2019年3月20日,天大晴。周同学打电话说:"下午三点出去踏青,主要是帮我去一所学校看看。可否?"语气中颇带"我有点事业在那"的意味,于是鄙人欣然同意。

　　到点,以周车代步,已坐周、刘、杨(女士)仨作协精英。出发后,车中便谈笑风生,"雅俗共赏"。我却"放空了自我",迷迷糊糊只知道他们讲得好,但忽略了他们具体讲的是什么。晃晃悠悠,晃晃悠悠,但得一句"快到了",我方"如梦初醒"。他们说,择最宽的水泥路再翻一座山,再越一条岭,就到了既定目的地——高山小学。路途不远不近,全程四十多公里,临湖南,属沧水。

　　到了。车停在路左大树下,右边就是高山小学大门。

　　下车,先抱抱树,约一抱半围,土柳树,正枝繁叶发,鹊巢高筑。近旁一洼小水塘,四周宿草新芽,野花吐芳;水中柳影倒映,曲曲弯弯,悠悠荡荡。好不闲逸的乡村风光哟!

　　入得校门,被迎引至第二重建筑中的会议室。校长开会去了,接待主任先介绍说:学校整体为高中低三级分布,第一级是山麓,两重建筑,第一重是食堂,第二重是办公室和教师周转房;第二级是坡中,靠西有一小块竹林;第三级是山顶,有教室和运动场。

　　约一刻钟后,校长回来了。一番介绍寒暄后,才知道他认识我,在他读高中的时候我在那学校教书;我知道了他姓杨,是八宝职高师职班的毕业生,这立马使我对办职高有了十分具体的认识——培养"生于斯,长于斯,回报于斯"的人才。杨校长之所以能在这里坚守二三十年,是因为他就是真正从竹根上发出来的、从树桩上长出来的,扎根于泥土,吮吸山泉雨露存活成长,感恩回馈之心亦集于这块山土。

　　我也才知道,杨校长对办好高山小学,有"咬定青山不放松"的决心和毅力,其中对校园文化建设有着高品位的追求。一年前,在周等文人墨客的指导下,建立起颇具特色的"山竹文化",整个体系中,还缺校歌。从他委婉而又直白的交谈中,我终于明白了,今天他请客的目的主要就是为了谱写校歌。

　　既来之,则安之。已然明白来意,那就得好好看看,还得好好想想。于是建议校长带我们到校园好好走走。

从办公室出来，往左十来米就到上山的台阶前。其实"高山"也不是很高，校长介绍，从第一级到第三级，"九九八十一"步台阶。

这"九九八十一"，也许是巧合，也许是有意为之，但确实包含了特殊意义。"九"在佛学中有九九归一的说法。而道学中认为，九为数之极，也就是最大的数字。数字一为起始，九为终末，是数的极限，也是万事万物变化的极限。

在《西游记》中，唐僧取经经历了九九八十一难。从八十一难的具体描写来看，它们各有寓意，或取譬自然，或象征社会，或影射历史，或直指人心，但终究表明了人生总会经历诸多磨难才能不断成长，不同的人生必须经历不同的考验才会成功。

这些含义说出来，就是十分直白的教育意义，太适合学校环境了。

这八十一步台阶，若是巧合，那则是天意；若是人为，则是匠心。

当我站在台阶前抬头的一瞬，产生了一种"朝圣"的感觉。"咯噔"一下，我觉得这里就好似一座"夫子庙"，虽然明知不会供有孔子的塑像和牌位，但我敢说，大小学校都会或多或少奉承孔子的思想和学识。因之，台阶上得沉稳而虔诚。

教学楼前的标语甚合我意："以正治教，以文化人。"我以为"正"是教育的总体原则，曾拟《正字律》悬挂于松滋一中校园。

"正"有"正统""正宗""正义""正气""正派""正确"等意思。教育只能"正"，来不得半点斜的、歪的东西。

"文"是教育的总体内容，通常说法是："读书"就是"学文"。

从观景的角度，坡中和楼东的两片竹林最吸引眼球。那翠绿给人以鲜嫩的感觉。若要和树林区别开来，我觉得在"调色"的时候，"竹绿"一定是掺和了金粉，略黄，绿得亮丽而富贵；"树绿"则加了香墨，略青，绿得馥郁而深沉。

微风吹过，竹林只有轻细的"沙沙"声，似天籁，催人眠，且催人入境。恍惚中，那"沙沙"变为了美妙的歌曲——"翠竹青青哟披霞光，春苗出土哟迎朝阳，迎着风雨长，比花更坚强……"

明白了，高山小学的校歌就应该如此轻柔而蓬勃！

在教学楼前"登高望远"，胸襟有自然打开的舒畅，教育老兵也即兴来点"诗和远方"吧——"施教其学子，崇尚正能量。枢械于天下，山窝飞凤凰！"

此时，亦想起"指点江山，激扬文字……"的诗句，更让人扩大胸怀、壮大气魄、放大境界！

"高山小学"真的是很小很小，但这下它大起来了！

环抱教学楼的山竹"翠翠的"，熏染出稚嫩的读书声也"脆脆的"！这同音，好像也引出了"天人合一"的意味。

教室里300多名学童正安静地上着课，那"脆脆的"读书声，其实是衬出了山中的"寂寥"，整体体现了课堂的庄严。

凝视校训"实节虚心"，可鉴赏出山竹的写照，品味出学子的人生规范。

告别的时候，我站在门前的公路上，回望山顶，这脚下的"路"、眼前的"山"，最易让人发出"高山仰止，景行行止"的慨叹。此话的意思起初很简单，就是"仰望高山，行走大道"。后来，司马迁在《史记·孔子世家》中专门引以赞美孔子。"高山"，喻高尚的德行。"景行"，大路，比喻行为正大光明，经常"喻以崇高的品行"。后以"高山景行"比喻崇高的德行。最后，句意就为"德如高山人景仰，德如大道人遵循"了。

不管作何解释，始终都是十分精警的教育箴言。结合高山小学的地况地貌、教育理念和文化构建以及教育实践等方面来看，则更是贴切。我感觉它就像是专门为高山小学题写的，甚觉神奇。

回转的路上，几位谈及"神奇"的话题，本人姑妄以"道"作释，不知可否？

但绝非故弄"玄之又玄"的莫名，只是为了表明：天然的办学环境和条件要尊崇和认识后利用，办学规律和规则要加以探明后遵循。

2019年3月22日

鸟噪难以静

南北朝王籍的诗句"蝉噪林逾静,鸟鸣山更幽",通过动静的相对却又相辅相成,写出了远离尘世、人迹罕至之地的无比幽静,一度引得厌烦尘世纷扰之人向往,其艺术成就也颇受世人推崇,因此成为一时一世的名句。据传,宋人王安石也爱此诗,却有意做了反面文章,说是"一鸟不鸣山更幽",这就见仁见智了。如果我说"鸟噪难以静",你能接受吗?你是否经历和感悟过呢?

我在城中心的25楼鸟瞰过整个新江口城区,那里可以清楚地看到城区内仅剩了两片"绿",有幸"敝庐"正好在南片绿中。

说到我们这一片,它还曾有过一个好听的名字——"玉岭南苑"。这"玉岭"的"玉",就是"玲珑剔透",其实是那"绿"清澈得不染杂色;"南苑",仿佛皇家园林,"神圣"得少人步入——这里不过就一散居小区,在林木空隙处不大规则地建有十几、二十栋这样的私房,排序也在不规则地跳跃,无意中还苦了那些快递小哥哟。

但她就是个闹中取静的好去处,岭南有高成大道,则隔以松滋技校。此校已改为其他短期培训,静默得像一片空场。岭东有民主路,则隔以松滋一中。恰巧师生的活动区域集中在反向端,也根本听不到闹腾声,就连广播和铃声也只偶尔依稀听得。而近临的是其绿化林木带,和公园别无二致。

如若专说我家,南面是紧邻,东、西、北都是橘园。但当下这橘园就有点名不副实了。由于经济价值不再,橘园已半荒废,"入侵树种"构树、桑树、捻树、樟树、松树……趁隙疯长,不几年,且不觉中就形成了高大浓郁的乔木林。于是就应了一句话——"林子大了,什么鸟都有。"

有鸟就会有鸟鸣,往往是它们打破了这里的宁静。

立夏前后,这里的鸟可以简单地分为三类:

一类是长居土著,与居民相安共处的。有不知名,更不知数的,"叽叽喳喳",十分欢快的丛林小鸟;有隐居的野鸡;有喜欢在屋顶上徘徊栖息的斑鸠;还有一对在电线塔上建好大巢穴的喜鹊……它们基本上是"日起而出,日落而息",作息与居民大致同步,应算作优良居民点成员的类别。

第二类是过往类。"春夏之交听杜鹃",我们看到或者听到的有"二声杜鹃"和"四声杜鹃",这两种鸟往已有之,它们为我们所熟悉。二声杜鹃即布谷鸟,因叫两声"布谷"而得名,好似在告知人们该播谷了。四声杜鹃,我们本地叫"豌豆巴果雀子",叫四声"豌豆巴果"而得名,它一叫,蚕豆就长出豆角了,我们老家就因之称其为"豌豆巴果"。这两种杜鹃都是在空中边飞边叫,或者短暂停留在高树枝或电线上叫几声后飞走,颇具季节特征,并没有"杜鹃啼血"的凄凉,反而叫声洪亮、圆润,生机勃勃。

第三类则是新迁类,而且来了还不走了,多数居民十分反感它们。我们周围有三种,第一种是栖息在山洼下水塘边的一种水鸟,不知名,一到傍晚时分它就开始叫,"咕、咕、咕、咕、咕……"持续两三个小时,叫声似牛蛙,听之特别恐怖。第二种是噪鹃,整夜"喔哦,喔哦……"地叫,一声紧过一声,名副其实——"噪"!第三种是鹰鹃,叫声好似"痒,就这痒、就这痒!……"日夜不停地叫,它自身烦躁得恨不得有人帮它把痒处挠破,叫声是一声紧过一声。我听来它们好像都是"独唱",这一夜的"歇斯底里"下来,你说"演唱者"和"听众"得有多难受啊!

后两种的名称我是上网查的,过去我们这地方没有。

这三种噪鸟,尤其是后两种,在此叫唤都半个多月了。起初,夜深人静时,它们的叫声特别刺耳,吵得我翻来覆去地很难入睡,并且好不容易睡着了,不大一会又被它们吵醒。可我没有失眠,只是睡得不怎么好。早晨起来,发现好几个邻居成了"黑眼圈",大家不约而同地骂起这讨厌的"鬼鸟"。

而且巧的是,其间参加好友聚会,就有三人说被鸟噪闹得失眠了,正借聚会求取"灵丹妙药"。

"鸟噪难以静!"也许是我们永远也达不到王籍的那种人生境界和艺术境界的缘故吧。

不过人们多少会有一定的适应性,虽然"鸟噪难以静",但慢慢下来就习以为常了。其实人们早就明白了生活中根本就不存在绝对"静"的环境。

"林子大了,什么鸟都有。"表面意思是指前面说的,树林大了各类鸟都存在,但实指现实生活中场合、地点多了,各色人等都会有,尤其会有那些聒噪不休的小人。

"小人"资历老,来自古代。也许是那孔圣人脑子简单,他把人仅分为"君子"和

"小人"了。《论语》中"君子"共出现108次,"小人"共出现24次,其中19次"君子"和"小人"同时出现。如:"子曰:君子泰而不骄,小人骄而不泰。""子曰:君子成人之美,不成人之恶。小人反是。""子曰:君子坦荡荡,小人长戚戚。""子曰:君子喻于义,小人喻于利。"……

然而,这里的"君子"和"小人"是相对概念,其中间概念还多得不得了,说明人的种类远比"君子""小人"复杂得多,真正是"林子大了,什么鸟都有!"

那"聒噪"的意思是,说话琐碎,声音喧闹,令人烦躁。

所以,"人噪"若能"静",那才是高境界、大格局呢!

今夜虽听得那"牛蛙鸟"、噪鹃、鹰鹃的叫声变成了此起彼伏的大联唱,但我感觉它们的声音正离我远去。

2019年5月11日

我从乡间走过

昨日，具体指公元2019年11月5日（农历十月初九）上午，我应邀参加了松滋作协、书协组织的"古县城文化采风考察群"赴洴市新场的采风考察活动。一路行过，蓦然回首，耳边便依稀响起了《垄上行》的歌声："……我从乡间走过，总有不少收获，田里稻穗飘香，农夫忙收割，微笑在脸上闪烁，蓝天多辽阔，点缀着白云几朵，青山不寂寞，有小河潺潺流过……"这大概是歌的核心语句，也引发出沉醉式的回味与思索——乡间情景如歌？我们究竟收获了什么？

（一）古县城古韵几何？

我们一行三辆车，由作协田主席、周主席、周女士、杨女士，书协许主席、吴主席、乔老师及余八人组群。约9点到达目的地，车停河堤。下车就看到两块醒目的标牌，堤内（南）"新场渡口"，堤外（北）"江亭农庄"，这正好引发出话题，熟悉这里情况的许主席就指着这两块牌子介绍开了："我们要找的古县城就是这里，现在叫'新场'，历史上曾叫'江亭'。东晋成帝咸康三年（公元337年），朝廷侨置松滋县于今洴市镇一带，县治在新场，一度沿袭近800年。松滋的古八景之一'江亭晚钓'，后改为'江亭寺'，就在新场街内。"

我们先向渡口走，水泥路，两旁还有几栋民宅，更多的是房子拆除后的空地，其中有一块空地旁残留下一堵斗子墙，大家都拍照记录。许主席又给大家作介绍："这里的码头曾经很繁华，每天停靠的船只都有几百条，所以河滩上也有很多的住户和商铺。"

我们继续往下走，河滩大约宽一百多米吧，接近渡口，却只见两艘渡轮拉开三十来米的距离停靠在岸边，一艘拴在水湾处，一艘闲散地靠在码头边，好孤寂的"野渡无人舟自横"哟，哪还能寻找到所谓"繁华"的影子！河宽百余米，倒是河水清清，碎波粼粼，美美静静地在渡口旁流淌。

天高云淡，流水长长。辽阔的背景下，我们在岸边留影，但未承想，几片黄叶不合时宜地带着瑟瑟声响飘落到眼前——"落叶知秋"哇，似乎让大家立刻感触到了寂寥和怅惘，于是共同无语中悻悻地回转方向。

翻过大堤就是南北向的新场南街，和一般小镇的格局差不多，中间是三四米宽的水泥路，两边是房子。房子以住宅为主，夹杂少量的店铺。我们往北搜寻着，手里拿着手机不停地拍照。走到一家理发店，"四门大开"，没有人，只见一把八九十年代的理发椅，我便进去坐上，吴主席则不失时机地给照了张相，看上去还挺合我们年龄的。

特别之处是，房子中有几栋木结构的老屋，少有人住，有的房顶已坍塌，破败不堪。有一栋两层木楼，听介绍说原本是三层，底下的一层因街道抬高被掩埋掉了。此楼名曰"太白酒楼"，虽然不是"李太白"，而是"杨太白"，但曾经生意红火，到20世纪70年代，都还是大众食客的向往。而今则是蓬头垢面，并且据说主人正待价而沽。

南街尽头迎面是一家超市，许主席说："这里是我们考察的重点之一。"

先观察一下外部的整体环境，街道在此是一个结点，正对南街，左往东是新场"十里长街"，右侧往西北则是一条小街，整个新场街道呈"丫"字形。超市面墙贴白瓷砖，大门上方挂三块标牌："大口村帮办便民超市""松滋供销大口综合服务社网上便民服务中心""裕农通金融服务点"，业务挺时尚的。这里属"大口村"，让新场失却了了最低的行政级别。

走进超市，原来里面是木结构的老屋。经老板同意后，我们往里走。听说是三重的房子，拆除第三重，改建成了猪栏屋，那就只能看前面两重了。

我们停留在第二重堂屋，没有顾及随意堆放物品的杂乱，迅速地拍了这百年老屋（据说建于1881年）的内部主体结构，柱、梁、枋、椽、鼓壁都留在了手机的相册里。

最吸引眼球的是鼓壁上"文革"时的标语："备战、备荒，为人民"（宋体），"社会主义革命和社会主义建设，必须坚持群众路线，放手发动群众，大搞群众运动。——毛泽东"（宋、楷、草结合），"认真搞好斗批改"（宋体），"促工作，促战备"（宋体）。我认为字写得不错。

房屋为两层，楼梯在第一重，也就是超市柜的后面，已改为水泥预制件。上去看，也是堆放着杂物，厚积着尘土。大家发现的稀罕物是西南间的一张基本完整的雕花床，上面堆放着废弃的椅凳、棍棒等。

出门向东约一百米，又是一栋老宅，可大门顶有水泥阳文"新场食品"四字，这显然是计划经济时代的产物。此宅门框八大件保存完好。所谓"八大件"，是指门槛、门楣、门框这一圈共八块石头。据说新场另有几套"八大件"，被别人以三五百的价钱买走了。

在大约四十年前,"食品"是杀猪卖肉的地方。走进去,已完全变成了住房。木屋整体结构还在,但局部破损、改变严重。内部多了些砖墙隔断,鼓壁掉了两块,改造的陶瓷落水管主人还说要马上拆除,因为里面完全堵塞了……

"超市"和"食品"是这里迄今具有代表性且相对完好的老屋,但主人已是"倒手"后的新主人,他们只讲究是否实用,早已泯没了情感"包浆",很难就此找回旧有的风土人情,也就更难以让其充当乡愁的载体了。兴许主人们还是有点保护文物的意思,但基本怀揣的是"卖大价钱"的欲念。

周主席、周女士、杨女士等留"食品"访谈,我和田、吴继续东进,约莫二三里后折回,大家再一起去叩寻江亭寺。

从超市侧入西北街,然后进入一向西的窄巷,就到了江亭寺遗址,其实就在街道的两"丫"夹角间。开始我还以为有些残存的建筑呢,可等到了地方,许主席才说:"其实江亭寺什么都没有了,我们所知道的是起初还有点什么,后来就全部毁掉建了新场小学,后来小学也被'砍'了,就又改为养猪场,办养猪场后,去年遇上'非洲猪瘟',院门就上了锁。"所以,我们眼前就是一个死寂的养猪场!这也太煞风景了吧?我们有几位仍然拍了照,想来也许以后会有另一层历史的意义。

回到车上,有人说可顺道去看看灵钟寺,弥补一下未见江亭寺的遗憾。于是车行新场北一条十分颠簸的堤道,晃晃悠悠好几公里才到了采穴大堤边的防洪哨棚。下车下堤,只见一橘红色面墙的两间大小的房子上方现繁体鎏金的"灵钟寺"三字。门前晒两筛箕香纸,而后出来一八九十岁的老婆婆,佝偻着背,拄着拐杖。两位女士连忙上前搀扶并与之交谈,但回应的是无奈的摇头。旁边民宅一位六十多岁的妇女连忙过来说:"她耳朵背,听不见的。她就住在寺里,兼做管理员。"这也太了得了,这管理员该是多深的资历啊!可我就一个劲地想:她之后,谁能来接替呢?她也许知道些"灵钟寺"的故事吧,可惜无法与之交流了。大家就只得和那妇女聊过一番后上堤。

灵钟寺是松滋又一古八景之一——"灵济晓钟"。

来的路上吴主席讲了清道光年间松滋县令陆锡璞在长江决口后募捐筑堤、重修灵钟寺,并改名刻碑的故事。原来这碑的出处就在这里!

回到堤上,大家才关注到哨棚墙壁上镶嵌着一块黑色的石碑,过细看可以辨识碑文《凝忠寺重修记》,文中有:"……新堤成,寺当登高重修以答灵贶。商所以题寺名者,窃谓旧时灵济晓钟之说似无深义,因以'凝忠'二字易之。为此举纪其实焉,盖兴大工而无累于上,此松人抒忠之义。璞特为聚而一之,顺而成之耳……呈清道光二十五年仲秋月吉日 知松滋县事 龙川陆锡璞记。"原来如此!

这是一块十分珍贵的石碑,虽然镶嵌于哨棚,显得有点不伦不类,但完好地保存了这块碑,实为万幸! 如何继续保护保管好这类文物,还望有关部门积极而慎为。

(二)农村的农民几多?

我从乡间走过,农村的农民几多? 这是我的再一思索。

我们这些新县城的人来到已为"乡间"的老县城,还有一个惊奇的发现就是:农村基本没有了农民!

我可以说,我们在新场遇到多少人大致是数得清的。在渡口我看到船上有一位六十多岁的船工;回转上堤的中途遇到过一个中年妇女,挑着两只竹篮,还向我们夸耀这里的长寿老人多;在南街看到的可能不超过五人,而且均为老人;超市仅中年老板娘一人;"食品"六十岁左右夫妇二人;我和田、吴东进的时候遇到过一个热闹的地方——麻将馆,估计十四五人,也全是六十岁左右的男人和女人,男人居多;沿途看开着门的住户,估计不会超出十分之一,一百户只有十户开门,再作一户二人,也就二十人,我们最多也只经过了一百户吧……这样估算下来,超不出五十人,且大多是老人,基本上没有看到年轻人,也几乎看不到孩子。孩子们可能是上学去了,我真心希望放学后能回来大批的孩子让这里热闹热闹,它实在是太冷清了!

看到这一切,吴主席在群里发了一篇题为《我站在山岗,为故乡招魂》(作者:风子)的文章,写得很实际,也很大胆。里面说:"年轻人都出去当了农民工,有的甚至带去了孩子……像父辈那样视土地为生命的老一辈农民已渐渐逝去。土地逐渐集中在少数人手里,城里的一个又一个土豪却租地当起了农民,而那些不想出去却没有继承和掌握传统农业技术的农民,沦落为'现代农业'指挥下的'产业工人'。城里人成了农民,农民成了工人。可笑吧。"

当然,它讲的不是全部的原因。但无论原因多少,在新场基本上看不到年轻人则是事实。

农村老年人是农民吗? 按工人标准,也只能是"退休农民"了。他们要是再上岗,那就是要违反《劳动法》了。可往往他们无奈地"违着法",岂不悲哀？其实从逻辑上来讲，即便是"退休农民"，他们也还是农民。但我们的确不是想从概念上来辩论个真伪，而是想说农民还得多少保留些传统的美德、观念、习俗等，否则就会出现观察家们所说的"村子已死"的状貌。根本上说，农民要从自身认识清楚，农民怎样才能当好农民。

我这次还目睹了令人心寒的一幕——"农村没有了农民"，农民的父母谁人养？

在新场向东进的时候，我惊奇地发现，一扇敞开的大门，从正对门方向看进去，厅堂中央居然横放一张木床，床上躺着一位体格瘦小的老妇人，盖一床乌黑的薄被，只露出白色的头发和灰色的脸；床边一位估摸九十岁的老翁正扶着床档颤颤巍巍地摸索着旁边几案上的碗筷。这时我才发现，锅碗瓢盆都摆放在床的四周，为了用起来方便吧，但引来苍蝇绕着转，这时令都快立冬了呀！我们探着头进去和他们打招呼，躺着的、站着的都没有反应——也许是他们的年岁太高了吧，好像已经失去了感应的能力。我们向对面的人打听，他们是老两口，的确都九十多岁了，儿孙们早已进城去了，留下两位老人自度风烛残年。为了亮敞、方便，他们把生活区移到了厅堂。生活勉强自理，也已上了年纪的儿子估计俩月才回来一次。

这就是农村老人的生活！

"子曰：'父母在，不远游，游必有方！'"孔圣人真是圣明啊，几千年前就警示世人，告知了人们防老、养老的要求！可后人却偏偏反其道而行之，哪能不造成可悲的局面呢？

另外，我们在新场街道由东返西的时候，好不容易才遇到一位小伙子，可当我们和他打招呼的时候，他明显地表露出"脑子不灵光"了，让我们确定，他是个"半人"！

——这又是农村近几年出现的一种悲伤的现状：越来越多的农村青年讨不到老婆，三十多岁的光棍越来越多。难道这不也是农村、农民的悲哀？

农民何在？还可问出另一层的意思吧，农民在社会中究竟处于什么位置？我们要奋力呼吁人们去思考、去正确对待！本人私下以为，对有着创造了人类历史上最灿烂的农耕文明的中华民族来说，农村、农民怎么能不被重视呢？

（三）农田的农事如何？

我在乡间走过，农田的农事如何？这是我的第三思索。

如果你再唱《垄上行》，你就会发现几十年前的农田农事忙。"田里稻穗飘香，农夫忙收割，微笑在脸上闪烁……"那几千年前呢，《诗经·豳风·七月》里记："十月获稻。为此春酒，以介眉寿……"意思是：十月收获田里的稻谷，酿成清香可口的春酒，把它献给老人品尝。这说明，几千年前的农民，既忙农事，还特别孝敬老人。

我们在新场，也看到了"忙农事"的唯一情景——一对老夫妇（六十岁左右）正用三轮车往家里运红薯。

看得出，他们今年红薯的产量是非常可观的，一个个红薯滚瓜溜圆，人脑壳大小，可他们脸上没有笑容。我们有意上去和他们搭讪，问原因，他们说："卖不出钱来，只把人搞吃了亏。娃儿们又不管，两个老家伙搞病了还亏医药费，问候你的人都没有。"哦，我明白了，他们总体是说现在种地不划算。这就使我马上联想到河滩上的另一场景：我们在去看渡口的时候，真真切切地看到了河滩树林中被抛弃的南瓜，大约有两三万斤啊，看了让人心疼。但我们知道种植户那样处理是没有办法的办法。从这几年的种植情况中我们可以得知，由于市场的原因，瓜果成熟了卖不出去，自己又消化不了，最终只有舍弃，这种现象是屡见不鲜的。今年的南瓜就是这样的，像新场这样偏远乡村的南瓜成熟的时候，市场上南瓜的价格已经低到回不了本了，加之没有人来收购，靠自己送出去，那就倒贴运费。今年还特别，你说拿去喂猪吧，一场"非洲猪瘟"让猪也死光了。所以不丢就真还不行了，而且你还找不到说理的地方。农事从某种意义上说，也就成了"进退两难"的事。

我们从农村人的身上看到了生存意义上的"难"，而不是人们想象中的那种闲散、舒适、无所用心。

我从乡间走过，

未做太多的思索。

看到什么说什么，

这才是最大的收获！

2019年11月9日定稿于松滋玉岭南苑

岁月静好

玉岭南苑,我的居所,她是一个偏安一隅的去处。清晨,第一声鸟叫,为其打开了大门;薄暮,最后一声鸟鸣,又为其关闭了大门,这一天便安然过去。所以,在这里最好领悟"岁月静好"的含义。

——题记

最近,我方觉知:岁月静好之于肖兄,莫过于"每早中晚,我在门前走动"了。

肖兄,公元1957年生人,与我同行同事,且有幸相邻相得。

我们门前是一条人行道兼慢行车道,通玉岭南北,高朗而僻静,适宜漫步。肖兄便满占"近水楼台"之先,每日均作"三时系念",慢悠悠、晃悠悠于道中行走、笑谈——这里还不杂他人,可谈"私房话",亦可谈"公房话"。

早晨,肖兄走过来,遇我或"我属",会说"哈哈,今天天气不错";中午,肖兄来,即言"阳光真好";傍晚,多半是"夕阳无限好"了。其实,很多时候会聊得天花乱坠,但三时段的话语主题是大致不变的,近乎虔诚。

肖兄的"门前走动",其实是中风后的康复举动。一晃,他就这样坚持走了二十年。从艰难走到了轻松,从痛楚走到了舒适,从被动走到了主动,从失望走到了自信和乐观……从寒气逼人的冬,走到热烈奔放的夏,最后感觉日子里走得最多的好像还是适宜的春秋!

"坚持"其实直接体现的就是生命的意义。人的一生最大的奋斗就是拼命地坚持活下去;岁月静好,则是这样随意而又坚毅地坚持走下去。

至于"中风",那可就是一场噩梦了。2000年7月,肖兄应邀赴武汉参加高考阅卷。阅卷中,他突然晕倒了,送医院诊断为中风。后来他介绍说:"好悬,都吓我一跳!幸运的是在武汉,周边的人反应及时,医院医疗条件好,不然小命就没了。"

差点"小命就没了",那可是真的。记得当我们赶到场的时候,医院那"病危通知书"都下来了,肯定不是开玩笑的哟!

那年的"岁月静好",对肖兄而言,就只能是人依然活着!

幸有这一"活着",肖家才没有大的变故,而是按照正常的生活轨迹运行二十年。"每早中晚,我在门前走动",肖兄自己走过二十年,得以光荣退休。二十年,其女得以嫁人生女;二十年,其妻得以心满意得地做了外婆;二十年,其母得以健健康康,抱着重孙女奔九十。

"每早中晚,我在门前走动",这是一个简单的动作,但不亚于任何宗教的修行。它要克服巨大诱惑力,耐得住寂寞。"老肖,喝酒去。""不去。""老肖,打牌去。""不去。""老肖,旅游去。""不去。"……"每早中晚,我在门前走动",不急不躁,不作过多的念想,专心致志,同样得"负重前行",才有这"岁月静好"!

当下入冬了,肖兄走过来,棉袄、棉裤加身,略显臃肿,走得越发慢,但"拖步"就不明显了;换了顶加厚的帽子,虽然仍没能完全盖住白发,但脸颊显得更饱满,且浅笑安然,就愈发显得精神、年轻。我说:"天再寒,你也不会冷了。"他会意地说:"因为胸中有盆火!"

肖兄是我的左邻,右舍中有位曹兄,是"来去无牵绊"的钓者,他说:"时光是无限美好的,每天都是钓鱼日啊!"原来曹兄则是如此地"岁月静好"。

每至傍晚,"今日有好的鱼获,明日又有好的钓点"是他最大的幸福;鱼获与钓友共享、交杯换盏是他最大的快乐。

曹兄说:"只要你钓鱼就不愁身体不好,就不愁没有事做,就不愁没有伴玩。钓鱼可以解决所有退休不适的问题。"

曹兄"哈哈"地走过来说:"明天和我们一起钓鱼去,我们找到了一个很好的地方!"我欣然同往,亲身领略了钓者的风范,于是写下了《了不起的钓鱼人》一诗:

> 这里水很深!
>
> 他无须冒投身试探的风险。
>
> 一竿、一线、一漂、一铅坠,
>
> 便可测得胸中有准数、手中有分寸。
>
> 这里风浪大!
>
> 他无须显露力挽狂澜的能量。
>
> 但坐钓鱼台,观漂——

认准波尖波谷一点红。

这里荆棘密布！
他不必去披荆斩棘。
绕一绕，海阔天空，
总能寻得一个自适自得之位。

这里烈日炎炎！
他绝不学后羿射日。
至多使使帽和伞，
即便晒黑又何妨？

这里雨雪纷纷！
他不再用"孤舟蓑笠"。
薄薄一件冲锋衣，
冻僵了，也要哈醒那小鱼儿。

这里路途险阻！
他无心开天辟地。
穿双渔夫鞋，
小心着点——该上上，该下下。

这里黑夜茫茫！
他不带指路明灯。
携一夜光漂，
照彻水底和心底。

这里任重道远！

他不是朝堂使者。

顺带尽点环保监督之责，

只因"于我心有戚戚焉"。

这里永远春光明媚！

他有似"曾点侍坐"。

游钓天下，从从容容——

拥有悠闲之心，尽享自然之宜！

曹兄，你是个了不起的钓鱼人！

在左邻右舍中，向老师夫妇是"旅行家"，常年游历名山大川，乐此不疲；唐校长是葫芦丝"演奏家"，成天沉浸在艺术的殿堂里。这儿也不乏工作能手、牌场高手、种菜巧手、家务勤手……这里没有错乱、嘈杂，有的是规范、有序的生活轨迹。

玉岭南苑宁静而美好，其乐也融融！

玉岭南苑时光恬淡，岁月静好！

2019年11月27日于松滋玉岭南苑

我观"老大"

要接触松滋市老年大学,就必须接触松滋城南的"毛九坡"。虽然此"毛"非彼"茅",但此地过去确系茅草丛生,其似"离离原上草,一岁一枯荣。野火烧不尽,春风吹又生。"(白居易《草/赋得古原草送别》)大约自20世纪70年代始,这里就出现了一系列生命力比那"茅草"还要顽强的"单位"——以建校为起始,由部门农牧初中,升级到县管农牧初中;由县管农牧初中,升格到县级实验初中;而后,实验初中迁出,恢复农牧初中;而后,农牧初中休止,进修学校迁入;而后,租出部分开办松滋补校;再而后,合并合称为松滋进校、电大……但它究竟是"几岁几枯荣"呢?一时还难以说个明白,反正是多度"春风吹又生"了吧!

现如今,又有松滋市老年大学在这里"闹腾"着,且正值其风生水起、蓬勃发展之季——"老年"焕发青春活力,"老大"展现激情芳华!

这松滋市老年大学给人的印象,又是一个"毛九坡"萌发的"别样之新生事物",虽入"庠序"之列,但似乎多了些自在逍遥。真可谓"不可无一难能有二",其特点好似羊角两立突出得近乎夸张!

其一:"青、黄、赤、白、黑"之各色学员。

当社会上流行以考分招生和分学区招生的时候,松滋市老年大学亮出了如是之招生简章:只要是"退休"了的,就可以报名。其实后来已变通为,只要是"愿意"、年龄接近退休的,也可以报名。录取则采用"额满为止"的标准。所以老年大学,"青、黄、赤、白、黑",各色学员几乎都有。

学员不论阶层,不分男女;不论地位,不分职业;不论文凭,不分学历……平等对待,无形中涵养出老年大学独特的人文精神。

人文精神是一种普遍的人类自我关怀,表现为对人的尊严、价值、命运的维护、追求和关切,对人类遗留下来的各种精神文化现象的高度珍视,对一种全面发展的理想人格的肯定和塑造。

在"老大"学员中,就有大半辈子干最脏、最累的活计,拿最低的工资,过最平常的生活,且只有最低学历的人的代表。我以为,老年大学招收这类学员,不仅仅体现的是一种气度,更重要的是能让人体味出其中蕴含的人文精神。

进入大学,无论是什么样的大学,人们习惯联想到的往往是知性、高雅等个性和形象,其实这是一种特殊的"层次尊严",通常会忽略了最朴实的人的意义。而老年大学的招生制度,则正好不失去"最朴实人"的意义,这就是难能可贵的地方。

病毒肺炎的报道,可以帮助我们来理解这种"人文精神"的具体含义。比如这其中,有对钟南山、李兰娟等院士、高知杰出贡献的歌颂,有对一线白衣战士的充分赞许,又有对安保、转运工、清洁工等不可或缺的辅助工作的恰当认可。中央电视台还专题报道了一位60多岁的老奶奶坚守重症清洁岗位不退缩的事迹,这就是人文精神最具体的体现。

向最平凡最真实的人致敬,这就是尊重人、肯定人价值的人文精神。

其实,每个人都会变得平凡,变得真实。事实上,回到日常生活,任何社会人,无论他拥有多么高贵的社会地位,拥有多么巨大的私有财富,拥有多么神圣的政治权力,都是朴实无华的普通人。因为,所有地位、财富、权力、荣誉,都外在于日常生活,都只是附加给普通人的一种外观,这种外观随时可以被去掉,而且必然会被时间和外在条件所去掉,它们不可能成为日常生活经久不衰的东西。当我们向那些有权有势、有财富有荣誉的人表达敬意时,更多的时候不是对人的敬意,而是对权势、对财富、对荣誉的敬意。此时,人成了这些外观身份的附属物。这就是说,任何人最真实的一面,就是普通人的那一面。

所以尊重普通人,就是尊重人本身。

人如何才能真正摆脱外物的干扰,保持自己的真实、自由与独立性呢?早在两千多年前,道家的主要创始人庄子就倡导人的真实与自由精神。庄子的道家哲学思想也许深奥了些,我提及其切入这一话题后就此打住。

而孟子的"富贵不能淫,贫贱不能移,威武不能屈"的人格理想,估计大众是可以理解的,它是抗争外界力量而坚守君子人格的最好写照。君子具有神圣而不容轻辱的人格尊严,肯定自我,坚持和捍卫自我,这就是内化的人格力量,最终归属于人文精神。

保持自我,从尊重人、尊重自己开始,我们就把握住了人文精神的核心,坚持个性,追求自由,健全人格,抵制外界事物对我们自由品格的压抑,这就是涵养人文精神的坚实基础。

老年大学招收各色人等,以人文化之,让每一位学员都成为明白"人之所以为人"的人,这就是高明!

以点观面,松滋市老年大学注重培育人文精神,此乃真正的"大学之道",值得称道!

其二:"生、旦、净、末、丑"之角色教师。

老年大学的课程设置以"人文"为主:国学、文学、普通话、声乐、舞蹈、书法、京剧、太极、绘画、黑管、二胡、瑜伽……可见其学科多而杂,且多属民族文化,有的还是中国之"国粹"!

于是,必须聘"生、旦、净、末、丑"之各种角色的教师。

所谓"生、旦、净、末、丑",是中国传统戏曲中人物角色的行当分类。每个行当又有若干分支,各有其基本固定的扮演人物和表演特色。这里用来比喻"老大"学科教师分类之多之"特",倒也贴切。

有一首歌曲《生旦净末丑》,词曰:"生旦净末丑,活在行头后,嬉笑怒骂,大千世界,百态皆有……"可不同的是,"老大"教师不仅要能"活在行头后",而且还要能"真人秀"!

"老大"课程科目多为人文学科,教学目的多以寓教于美、寓教于乐的方式,使人类的人文知识精华及其所蕴涵的价值观念、道德标准、人生态度、审美情趣、思维方式,内化为受教育者的思想品格、气质修养、处世哲学。因此,"老大"教学要力求融哲学、历史、文学、艺术、语言等学科之精髓,对学员起春雨润物、潜移默化的作用,引导学员更加深入地思考人生的目的、意义、价值,老来也要进一步完善自我,如对理想境界的追求、高尚情操的修养、健全人格的塑造、科学思维方式的养成、审美能力的提高,等等,它不同于单一知识技能的传授。

看来,老年大学的教育标高和教学艺术其实都不低,不可小觑。

所以,老年大学的教师必须强化自己的"角色意识",加强自身的人文修养,然后才能"观乎人文,以化成天下"(《易经·贲卦》)。

我是一名"老大"教师,我为之感到责任重大;我是一名"老大"教师,我也为之感到欣慰自豪!

我相信,松滋市老年大学的优势还会日益彰显!

其三、其四,"老大"不老,潜力无限!

其五、其六,挥斥方遒,"老大"阔步朝前走!

2020年3月22日于松滋新江口

山一样的男人

这次采风，收获的是"山一样的男人"。

这一天正好是"谷雨"（2020年4月19日），老天为我们腾挪出了个空档，没有下雨。是日下午，天清气爽，暖阳当空，惠风和畅，我们松滋作协、书协五人及武汉"远朋"三人，驾三车出城西行——我们陪同他们（其中一位是松滋人）回老家寻祖访亲，他们陪同我们到乡间踏青采风，如是而"志同道合"了。

这一行，意料之中，探访问询出一系列谜一样的故事；意料之外，聚焦成像为三代三个"山一样的男人"。

（一）大学里归来的学者竟依旧是山里汉子

"少小离家老大回，乡音无改鬓毛衰。"同行的刘先生，1979年从小山里走出去读了大学，而后留校任教，再后来担任此"211工程"大学"学校文化研究中心"主任。从18岁到58岁，其经历非凡、成就辉煌，今日归来却并未作"衣锦还乡"之态，而是以一名普通松滋人的身份悄然融入老家。

出行目的地是西流村茅篷寺，我把车停在"大栗树超市"门前，待会儿上对面长坡即到，另两辆车先行。刘先生下车去等"向导"表哥、表嫂。空档中，刘先生先和超市老板、老板娘攀谈起来，几分钟后，相互知道了对方的身份。老板两口子四十岁的样子，和刘先生相差了十好几岁，本是不认识的，但自报家门后，相互则知根知底了。于是便家长里短一阵猛聊，关系越来越近，刘先生拉老板两口子合影留念，并且连口罩都摘下了。我就想，是乡情激得他不管不顾了？还是乡情消解了"庚子之疫"的憋屈？"哈哈哈，我们是兄弟！"刘先生握着老板的手，尽情地欢笑着，真正舒展开了胸怀。

表哥表嫂骑摩托车赶到，刘先生分别与他们双手互握互拍，这和一般握手不同，格外亲热，而后才笑拥着上车，紧接着给我们一一介绍，且着力称赞表哥表嫂会种田，能持家。我们则可以从表哥表嫂脸上的"黑"和说话的"慢"看出，他们就是那种十分本真、本分的农民。

车往坡上开了200多米,停在前两辆车后、茅篷寺后厅旁。我们下车后到前厅封闭着的大门前,刘先生十分虔诚地鞠躬、上香、焚纸钱、双手合十祷告……整套程序做得不折不扣,一丝不苟。

其他的人或忙着拍照,或围着表哥表嫂询问一些刘先生家世上的问题。但表哥表嫂也只六十五六岁,好像同样知之甚少。

刘先生过来邀请大家以茅篷寺为背景合影,特意让年长的表哥表嫂站在中间。

表哥明说在我们来之前他是做了一番"功课"的——茅篷寺起初是刘先生的爷爷所建,旧址在不远处。随后领我们往里走,也就是沿上坡路继续向前,步行约200米即到。中途,刘先生遇到过两三个"似曾相识"、看情形是不相识的乡亲,他也一一亲热地打过招呼。

场地空着,但很标准的"龙头"地势看得出曾建造过寺庙之类。刘先生就更是虔诚地拜祭了一番。

回到停车处,刘先生执意请大家一起到城区吃晚饭,说是为感谢大家来陪他祭祖。可表哥表嫂不肯,就只好依依惜别。而后,我们来时的一行人上车回返。

茅篷寺踏访活动简短,不到一小时,但让我们看到了刘先生性格的自然真诚、质朴宽厚、开朗豁达。同行中有人猛醒似的,说:"未承想大学里归来的学者竟依旧是山里汉子!"于是刘先生就成了我们采风中收获的第一个"山一样的男人"。

(二)茅篷寺的创始人原来是个传奇人物

面对茅篷寺门前封闭着的大门,我一是猜想着里面的神秘,二是情不自禁地念响了唐崔颢的"昔人已乘黄鹤去,此地空余黄鹤楼",其实应是"此地空余茅篷寺"。这里的"昔人"则是指茅篷寺的创始人。

刘先生说这次之所以回乡拜祭茅篷寺,就是因为他的父亲曾不经意中说到,起初的茅篷寺是他的祖父建造的。在此之前,他只听说过爷爷是个"和尚",是父亲的养父,其他的就知之甚少或不确定了。换句话说,祖父在刘先生的心目中也是一位神秘的人物。

我极力搜集、拼凑起刘先生祖父的零星传闻信息,其实主要来源还是刘先生及其表哥的口述。

的的确确,茅篷寺的创始人是极具传奇性的!

一百多年前的1892年,有一个男婴在松滋赵家坡呱呱坠地,可不幸的是,他坠在了"贫困里"。该男婴取名刘兴禄,幸运的是即生即长,几于成年时便挑起竹水缸到天星市磨豆腐谋生了。完全像"传说"一样,他居然靠"挑担生意"发家了,这就是最初的传奇。

通过几十年的艰苦创业,刘兴禄拥有了十多间瓦房,雇请了十几个帮工。可谓勤劳致富,富甲一方,这是第二个传奇。

后来便是花钱建寺。崇尚佛教,不拘泥世俗,难为常人理解,即为第三传奇。

人这一生,若能有一传奇,就是奇者,何况有三!

最奇的是建寺。也许是他高明的预见性吧,后来果真出现了变故,可说是一夜之间,他就一无所有了,命运则自然将其归栖于山寺,直至终老。世人不得不叹其神妙!

据考,刘兴禄老人当年所建的那座山寺,名叫"严华山茅篷寺",起建时间为1947年。"茅篷寺"因以茅草搭篷为寺而名,是好理解的。但"严华山"非山寺所在山名、地名,因何冠之"寺"前,我们还不得而知。

现存的茅篷寺为后建,我们踏勘到一块残缺的"功德碑",上刻有时间"二〇〇一年"。寺名则书为"华严山"(以现书写规矩从左到右横写)、"茅篷寺"(竖写)。领建人据说为"光明大师",几年前,他关闭寺门,"云游"去也。

刘兴禄老人享年76岁,虽一生坎坷,大起大落,但他始终泰然处之,充分体现了他的生活智慧,体现了他倔强与顽强的性格。

本次的寻访结论为:刘兴禄老人是一个传奇人物、一个不同凡响的男人!

(三)养父子之间的关系是个谜

刘先生请我们吃晚饭成了继续"话题"的机会,主要继续到刘兴禄老人和养子(未问姓名,刘先生的父亲)之间的关系,应该说这是一个明确的关系,但刘先生说至今还是个谜。所以晚饭时的谈论内容就主要围绕"解谜"来谈了。

这必须涉及刘先生的父亲。

刘先生的父亲还健在,高寿93岁了,也是一个有故事的老先生。

刘先生说，老父亲始终闭口不谈养父，他们养父子之间发生过什么，为什么会这样，至今仍是个谜。这就是典型的隐私吧，估计老先生的心结不打开，这个谜永远也解不了。讲到此，刘先生的脸上也显现出无奈的表情。

老先生是茅篷寺的实际领建者，当年他已20岁，养父要忙生意上的事，建寺之事靠的就只有他这个儿子。这是表哥找周边的老人了解到的，可这内容也在老先生闭口不谈之列。

新中国成立后刘家的商用房产都归公了，后来有可观的政策补偿，老先生却拒不领取。连亲生子女也劝不了他，都只好笑其"硬汉性格"完事。

老先生之所以长寿，熟悉他的人说："他呀，就是看得破，撇得开；脾气倔，心却宽！"

在晚餐近两小时的谈论中，关于这位老先生及其养父，始终就这么些内容，解不了谜。有人提议找机会好好和老先生谈谈，兴许会有新的进展，我以为这是个好主意。

话题不好再深入，聚会也就按礼节程序结束了。

这次特殊的采风活动，我们认识了刘先生，还大致了解了其父、其祖父。最后，虽然胸中仍有疑云重重，但作为解谜活动，我则认为正入佳境。或者说，云雾朦胧也是一种美；生活中有些东西成谜，不一定不是好事。

至于"山一样的男人"，比喻而已，拟之以宽广的胸怀、高超的智能、朴实厚重的品行人格等形象，而并非硬性的概念，可于感觉中代指伟岸的男人、奇异的男人，然而又撇除了一些称作"爷们"的江湖气。

2020年4月29日于松滋玉岭南苑

乡间食礼

说到"吃"（或者"请客"），民间有个"十大碗"的规格，相当于地方上的"满汉全席"吧。在我的经历中，就有"松滋十大碗"和"天门十大碗"揉进我的生活。

20世纪80年代初，我在松滋北片的一所农村高中上班了，任教高中语文课。当时的生活标准，就是人均每月8元钱的伙食费，一律吃食堂，一般以2分至5分的素菜为主，大约间天一次1毛或1毛5的"荤"。所以，老师们聚一起谈"吃"是很有兴致的。有位李姓同科教师最来劲，他的腔调和神态，至今还让人记忆犹新呢。他总是用手臂和肩膀做出大幅度的抓举动作，说："你吃过'十大碗'吗？前年我同学罗老师结婚我就吃过，那才叫个豪气哟！漂圆像鹅蛋，鱼糕像砧板！哎哟哟！"这话只要有机会他就来一遍或几遍，都仿佛祥林嫂说"我真傻"了一样。是的，罗老师就是老师们心目中的"幸福偶像"，她结婚，除我们几个新来的外，其他人都去过了。所以，大家也就每每跟腔赞美，也每每给我们留下"迟来"的遗憾。尤其是一位去帮了忙的老教师，还从另外的角度加以补充，说那厨师头啊，是什么什么级别的厨艺协会的理事，开工前又是如何敬灶神的，还要这个徒弟讲菜的来源，那个徒弟说菜的寓意之类。如此，则陡添几分玄妙感。

罗老师的爱人是企业单位的骨干，工资比教师高得多，只有他们才办得起"十大碗"。听老师们说，他们那婚宴是真够规格的，也许那就是松滋"十大碗"的标准。整理出七嘴八舌的"显摆"，那"十大碗"就大约是这样的了：漂圆（团团圆圆）、鱼糕（步步高升）、烧肉（红红火火）、腐汁牛肉（牛气冲天）、扣羊肉（喜气洋洋）、红烧鸡块（大吉大利）、煎全鱼（年年有余）、粉蒸肥肠（真正畅快）、干笋炒肉（成熟老练）、芹菜炒豆干（勤劳肯干）。

漂圆、鱼糕排在头两位是肯定的。我就想，松滋的漂圆、鱼糕为何享有如此高的认可度呢？好不容易，从书中才明白了点道道，原来它是最合乎古老的美食原则的！《论语·乡党》里说："食不厌精，脍不厌细。""厌"是满足的意思。"脍"是细切的鱼、肉。未承想，远在春秋时期，大成至圣先师孔子，在"吃"上也有其独特的观点——粮食越精致越好，肉类切得越细越好。现在看来，并不一定科学，但绝对讲究,似乎就告诉了人们做漂圆、鱼糕的诀窍。漂圆、鱼糕的确就是选择最好的肥肉和鱼肉,然后切得很细后做成的。

这"十大碗"现在看来也许不过如此,但在当时的确是最高标准了。记得那时的桌席普遍是"四盘"和"七星宴"。条件差的安排四盘菜,那是真叫差,一桌8个人,菜用来吃饱饭都成问题;"七星宴"就是七盘菜了,而且这名儿听上去很侠气,用以请客就很过得去了。我在那所学校工作了7年,对应的"人情"标准是:5毛、1元的时候,吃四盘;后来涨到2元、5元,就基本或者说大多吃"七星宴"了,但始终没有"十大碗"的大户出现,真遗憾! 7年后,我进了县城的学校,人情涨到10元、20元,酒席上好像是增加了火锅,就不再是农村那一套了。

"四盘""七星宴""十大碗"说的是松滋正规请客(婚、丧、嫁、娶)的规格标准,能分出等次,我觉得是很理智、人性化的。但在我的老家天门,就不大变通了。只要是正规请客,在说法上就一律是"十大碗"。

那条件达不到该怎么办呢?

最有趣的是我们生产队有一个条件差的家庭,儿子结婚请客。正日子那天早上,厨子师傅进门,问主人:"准备的菜呢?"主人说:"在案板上。"厨子探头看了下:"就这几两肉?""不止,作一斤买回来的。还有一大园子的菜呢!"厨子气得脸都黑了,"叮叮当当"提上刀铲,扬长而去。

好在本族人中有个准厨子,他站出来连连说:"不急,不急,我来想办法。来不了'蒸十大碗',我们来'混十大碗',来不了'混十大碗',我们还可以来'汤十大碗',总会有办法的。"

还真是的,天门的菜,大家熟悉的是蒸菜,天门乃"蒸菜之乡"嘛! 可"蒸十大碗"肯定要蒸鱼、蒸肉、蒸茼蒿、蒸鸡、蒸藕、蒸牛肉等,是很费料的,那年代很少有人能硬着上的,这时天门的"汤菜"就发挥了作用。

汤菜本来就是天门菜的重要类别,炒的菜全是要佘汤的,比如榨菜也佘汤,而且居然成了天门的名菜。

那准厨子其实是没有选择的,即便是打汤,一斤肉又能打几碗? 所以,所谓"汤十大碗"的制作,肯定不易,但在天门倒也不奇特,奇特的却是那喝汤的场面。

一个小伙子也不怕伤你客人的面子,当着大伙儿,就宣布了他的重大发现:"哎呀,这也太像'百头养猪场'(当时的大规模)了,完全是'群猪拱槽'的阵势!"大家眼睛一光,还真是! 有人笑得汤都从鼻孔里面流出来了。

说怪也不怪,这阵势在70年代不会少见。阿城的小说《棋王》,写知青半夜喝蛇汤,不就用了"满屋都是喉咙响"吗? 那阵势绝对和这差不多!

据我所知,"天门十大碗"是从形式开始的,首先得备好十只大碗,比平时用的大不少,天门人心里有数。可内容就不大确定了,是否吃到过正宗的"天门十大碗",好像有点难说。但可以肯定的是,蒸肉无疑为"天门十大碗"的头牌菜,往往谁家的蒸肉片大、好吃,就代表了他家的酒席办得好。

至于"松滋十大碗",我在问自己吃没吃过的时候,就容易想起参加过的一次家宴,然后疑疑惑惑,又比较肯定地说:"我吃过?!"

那是我参加工作的第三年,学校调来一名文老师,男性,五十大几了,颇具学究气,和我同年级同学科授课,所以,关系很快就近了。春季开学,老师初八九到校,文老师对我说:"你,外乡人,十五到我家去过,尝试一下'松滋十大碗'!"我便欣然接受了。学校受邀的共三人,我和文老师同组,还有两位和文老师同姓。

十五过早后,我们骑自行车前往文老师的家——新场附近。后来才知道,新场曾是松滋的县城,文化底蕴深厚,过去也很繁华,有饮食渊源。

文老师的家,给人清爽的感觉。房子比一般的平房高出不少,里面有木板阁楼。门前空阔,是一个六十见方的平整场地。东西都空着一个屋场,长满竹子,和北面连在一起,形成一块"凹"字形的竹园。没有树,没有藤蔓,纯粹的一色桂竹,干净得看得见地上的蚂蚁。

厨房则建在竹林中,室内也长有好几根竹子,是一道特别的景观。竹林中还有一方别致的小木屋,文老师说,里面最适宜品茶、读书。

原来呀,文老师还是位"竹林贤士"!

文老师的家庭成员,一顺溜下来很齐全。老父老母健在,均八十,鹤发童颜,都有些耳背,但没别的毛病。老爷子年轻的时候,一直在新场做事,据说在"太白酒楼"（新场过去最有名的酒店）就做过好几年。文老师的爱人贤淑少语，典型的家庭主妇，主厨。下有一儿一女，儿子正月初八结的婚，媳妇是大队民办教师；女儿十五岁，跟着文老师上高中。今天我们三人来一凑，刚好一大桌，十人。

菜上桌后，同来的两位激动地说："这和罗老师的婚宴，好像没啥区别！"老爷子说："托时代的福，让我们吃到了'松滋十大碗'，过去只有新场几家大财主才吃得起的！"

不同的是，这一桌，文老师还特意添加了些"文气"——"绿蚁新醅酒，红泥小火炉"（白居易《问刘十九》）。桌上的酒，是用酒壶新装的新场高粱酒。那酒壶是我在松滋第一次见到的老物件。崭新的"红泥小火炉"和陶瓷钵，炖五花肉加干笋，取代了"干笋炒肉"，成为今天的主菜。文老师即咏相传为"老饕"苏东坡的诗作注解——"无肉令人瘦，无竹令人俗。若要不瘦与不俗，除非天天笋烧肉！"

"哈哈，好一个'笋烧肉'！"它让我知道了今天这"松滋十大碗"菜品的高档，更让我感受到了生活在这竹林中一家子的高雅人品！

回顾这乡间食礼，我如入梦般痴迷，但有个愿望则十分明晰——"回来吧，'十大碗'！让我们不再虚妄，真真切切地去把这人间美味品尝！"

2020年10月20日于松滋新江口

观巢记

我家住宅的侧面有一座高压电线铁塔，半月前，铁塔的最高横担处有一"附属工程"竣工——一只大大的鸟巢建在上面了。记得小时候猜鸟巢的谜语是"半空中有一只'莲花碗'，年年下雨都下不满"，但我觉着这个不像"莲花碗"，看上去就是一堆柴火，悬在空中，倒像是一只刺球。它用小树枝架构，叫"鹊巢"，是一对大花喜鹊精心打造而成的。

此巢具备"宏阔美"。那高高的铁塔直插云端，标准的四线正反延展，像巨人张开着双臂。近于塔尖的鹊巢便远高于楼顶，远高于树颠，颇有威震八荒的气势！

喜鹊在我们周围的鸟类中，也是雄壮、矫健、欢快的种属，成天飞个不停，叫个不断。尤其是半月前鹊巢竣工的那天上午，我听得外面"叽叽喳喳"正热闹着。出门观察，正好是喜鹊夫妇在庆功呢，它们在巢沿上边唱边跳，"喳、喳、喳！""喳、喳、喳、喳！"……相互应和，一圈又一圈，前后相随。大约半小时后，才双双宿于巢内。好有仪式感哟！待没有任何声响了，我才扭动发硬的脖颈，回到室内。

可前些天铁塔上好像"鸦雀无声"了，我猜想，喜鹊夫妇正在孵蛋吧？下来觅食的是单只。我家门前花坛里的紫薇正发芽，为了给它增添营养，我就把剩菜剩饭倒入坛中，不料，喜鹊飞来先吃。我看到非常高兴，这不就花鸟同养了吗？喜鹊边啄边扭头乜斜不远处的我，但不惊慌，待吃饱了，才飞到近旁的椿树上，"喳喳喳"地叫唤一阵，在枝头跳动一番之后，就冲天而上，回巢换班去啦！

有巢的时光，喜鹊夫妇的生活安定而平和，但回想起这筑巢处的过往，我却为它们捏把汗。

我用心观察这铁塔上的鹊巢，可推移至好几年前的春日。有一天，大地仍春寒料峭，我捧着书在门前晒太阳，慵懒地瞟着飞蚊似的黑字，眼儿迷离，可当我看到高塔上的喜鹊，眼睛便格外明亮了。它们在塔上塔下欢快地忙活着，两只花喜鹊你来我往、飞上飞下，一个劲地衔着树枝往铁架上放……可我看了半天也没看到它们放稳一根，往往是听到树枝掉落出一串"叮叮叮"的清脆的敲击铁杆的声响。

从此以后，我几乎每天都观察它们一次、两次或若干次，一连二十多天都未见其成功，连我都替它们感到累了，可它们就是不知疲倦地坚持着。终于在第二十多天的一个傍晚，其中一只衔着足有一米长的树枝飞向塔顶，停在了塔间横杆上，嘴里衔着的树枝开始还完全悬在空中晃荡着，由于重量过大的缘故吧，喜鹊垂下头，拼命地叼着树枝不放，再慢慢往后退两步，树枝就靠在横杆上了，继续沿着中间支杆往后退，树枝就有三分之一过横杆了，再往后退，看得出轻松多了，渐渐地，叼着的树枝一头就搁在第二横杆上了，成功！横跨成功！二十多天的全力摸索没有白费，喜鹊夫妇似乎从此开悟，天黑前，那高处留存下的几根树枝就能让人看得出是建巢的基础了。

有了经验和基础，又约十天，鹊巢就完工了。可来不及庆贺，灾难却意外降临！

那是一个春雨天的清晨，我本想品一品《诗经》里"风雨凄凄，鸡鸣喈喈。既见君子，云胡不夷……"（《郑风·风雨》）的韵味，感受女子在风雨中盼望亲人到来的喜悦。但当我开窗望天的时候，场景则是"风雨凄凄，鸟鸣嘎嘎！"只见一群八哥（总共有十来只）风一般地扑向鹊巢，两只喜鹊猝不及防地被揪出了自己的家。那阵势格外地凶猛，为我之所未见。于是我便在思维中搜索：它们是"洞八哥"吗？过去我们家乡捉野八哥养，选择经验是"窝八哥，会说话；洞八哥，会打架。"眼前这群八哥真会打架，只见它们将喜鹊身上的羽毛都啄下来许多，在空中雪花似地飘飞。我没想到这些家伙会有如此之特性，它们还迅疾地追赶喜鹊到不见踪影的地方，然后才回到鹊巢"欢唱"。说它们是洞八哥，是因为它们会打架；也可以说它们是窝八哥呀，因为它们占据了鹊巢，而此巢就俗称"雀窝"。难道它们就是"鸠"吗？成语有"鸠占鹊巢"，可没有听说有"八哥占鹊巢"！《诗经》里也只有"维鹊有巢，维鸠居之"（《召南·鹊巢》），注释"鸠"，一说鸤鸠（布谷鸟），自己不筑巢，居鹊的巢。再则贵州民间说斑鸠不筑巢，居其他鸟类筑的巢。这八哥占巢就又增一说了。

十几分钟之后，留下一对八哥夫妇，其他的"作鸟兽散"。从此八哥夫妇把鹊巢据为己有，过起"二鸟世界"。

不知是八哥夫妇活该受到报应，还是其他原因，反正是又十几二十天之后，来了个线路巡查员，说鸟巢不能建在铁塔上，主要是鸟粪对铁有腐蚀性。所以"噔、噔、噔、噔"地爬上去，愤怒地将鸟巢掀落于地。那愤怒的样子大概是因为恨喜鹊偏要把巢建在高高的铁塔上似的，也大概是因为恨他自己要被逼无奈地去干这"毁家灭后"的勾当似的。看得出,他好像没有顾忌什么"腐蚀性",而我则从根本上就怀疑那"腐蚀性"的存在。我带着过去"拾柴"的好奇心,走近看,确系干枯得仿佛冒烟的好柴火,足有一大箩筐。另外发现有两只雏鸟五脏俱裂,死于非命。八哥夫妇撕心裂肺地叫唤了几天之后才飞走,从此,我们也就无以知其所之了。

过后,我按照习惯抬头观望,感觉没了鹊巢的天空好不苍白!

又一年春,又有两只喜鹊在铁塔上"喳喳喳"地开始建巢,也不知是不是过去的那对夫妇,但遭遇却差不多,辛辛苦苦好不容易才搭建起的巢穴,巡查员就又愤怒地把它掀翻在地了。

所以,我看着眼前的鹊巢,就心慌得厉害。

果然不出几天,巡查员就在我的心慌中出现了。他停下摩托车向铁塔走去,这让我顾不得其他,冲上前去便拦阻下他,嗓子发苦地喊:"这鹊巢没多大妨碍的,上面都快孵出小鸟了,能不能……"巡查员这次居然没有"愤怒",而是明白我的意思似的接话说:"能的,老师,我们也在学习生态环保方面的知识哟。让我看看,只要没有明显的安全隐患,我就不上去了。哦,这个角度看得清楚,鸟巢离电线较远,我们可以暂且不惊动它们。"哎呀,谢天谢地,这巡查员近年把两年的变化,真让人刮目相看了。

再仰观鹊巢,胸中便有童心灵动——我愿做中国式的"麦田里的守望者"(美国作家杰罗姆·大卫·塞林格书写的愿望),随时护卫鸟巢于倾覆间!

2021年4月于松滋

外籍来客

"愚人节"那天(2021年4月1日),女儿来电话:"给你们一个光荣而又艰巨的任务！替我接待一下我在'蔚来'的老板闫洪(实名)先生,你们好像见过一面的？加拿大籍汽车专家,到湖南、湖北旅游。不开玩笑哦！"我们便高调回答:"保证完成任务！不会开玩笑的。"这样说定后,当晚就在微信中完备了相关信息。

第二天上午,小雨,约11时,我和老婆开车到达张家畈火车站(松滋站)。此线为枝柳铁路,跑"绿皮车",几十年了,我竟然没有坐过,所以不熟。满以为到点会从站房里涌出一大批乘客来,不料,在我朝既定方向走过去的时候,乘客们已从房子的侧面出来了。只有三五个,大多用手搭着眼棚往外跑。有个穿黄雨衣的(雨衣帽戴着),被我认定为老闫(毕竟见过一面的)。高个,一米八的样子；五十岁或者六十岁,看不确切,刀刻似的瘦脸,戴灰黑眼镜；走得快,但不慌张；雨衣内背双肩包,手提可登机旅行箱,出征骆驼似的,一副"在路上"的模样。我直接迎上去,他连忙把旅行箱倒到左手,用右手和我握手,都没有怀疑认错对象。

我接过他的箱子,老婆开车门,我们便以最快的速度抢到了车上,因为雨水仿佛"人来疯"一样,闹腾得厉害了。

关上车门,三人重新握手,兴奋地好一番寒暄！

虽然是第二次见面,但车上多为自报家门式的交谈。原来老闫是哈尔滨人,20世纪80年代去加拿大,入加拿大籍,十年前受邀以新能源汽车专家身份回国,先后在上海几家汽车公司做技术总监,一年前,年满60岁,退做顾问；妻子、女儿在加拿大,现在正处于换工作单位的空当,就以张家界、三峡为主要目的景点,而后回哈尔滨待段时间,再到岗上班。

老闫在我这里玩了三天,他把感受全都巧妙地蕴含在比较中了。

最先他评价说,这里的车站、公路、街道等好生地温和哟,不似江浙一带的张扬,更适宜平常人。也就是说,他不仅不嫌车站小、路窄、街道简陋,反而觉得这些东西尚存原始风情,弥足珍贵。

4月2日（也就是到达的当日）下午，我陪老闫转了稻谷溪湿地公园。4月3日上午，我们夫妇陪老闫到浣水主游房车露营基地，两次均在下雨，怪冷清的，可老闫说："这两个地方都像加拿大的公园，人少，清静，挺不错的，我特别喜欢。"听语气，他不像是在安慰我们，而确系其内心有一股平静气，和这种场景相适宜。

4月4日，我们夫妇又陪老闫去游荆州古城。先上得东门城墙，老闫说："无锡的那个戏剧影视城也敢叫'三国城'？真正的在这呢，这个才有形、有神、有根、有魂！"他在这儿拍了数不清的照片，他说他爱这里的古色，爱这里的故事，更爱这里鲜活的林木和优雅的人。

那天正好是清明节，老闫说："无论如何我们也要去祭奠一下关公！"可那引发争议的关公雕像在哪？我们将信将疑地跟着导航出城，弯了个大圈，才找到了"关公义园"。可这关公义园好像关闭了，雕像前一排树木添加钢丝网形成了隔离带，屏障了雕像的下半部。但不管怎样，当我第一眼看到有树枝遮挡的"关公"，内心还是立马肃然起敬、感觉震撼，只是稍许有些寒心的滋味。于是"身躯凛凛、风骨伟岸、活灵活现、瞬目如电、慈悲神明、庇世佑人"等词语如泉喷涌。老闫则合十默祷，虔诚至极。

也许是与生俱来的契合吧，老闫在我这里近乎没有局促感，他很随意地住进我家，很随和地参加我们平常的聚会，又很随性地和我朋友喝酒。这一系列的举动，不知怎么就让我联想到了"上善若水"的修为。好像是水本无形，则可随环境而形成关联吧。正是的，人若能悄然地接受并适应别人的生活方式，就可以说既是智慧，又是高尚的品德了。

老闫长期生活在发达的国家和地区，又处于重要的工作岗位，应该说他只习惯于快节奏的高端的生活方式，而我们呢，则刚好与之相反，过的是欠发达地区的慢节奏的普通的生活，所以我才以为老闫修炼不凡。

我向来是不大善于评论别人的，估计对老闫我也写不出更多的话，可正好我在读贾平凹的新作《暂坐》，其中有段话写得极好，摘录下来，以供对照。

书是一个叫鲁米的外国人写的，读到其中几页便觉得好……便把"人在真理路上的七个阶段"用红铅笔勾了圈圈：一、堕落的自我。人都是灵魂受困在物欲追求上,为了满足自我的需求而挣扎受苦,又一直将自己长期的不快乐归咎于他人。二、责难的自我。当知道了自己的卑微与贬抑,不再怪罪别人,而怪罪自己,甚或自我否定。三、启发的自我。当体会到屈服的真谛,必然有充分表现出的耐心、坚毅、智慧与谦卑,那么世界就充满了启示,而美丽喜悦。四、宁静的自我。认知自我,不管生活中有什么困苦,都能感受到慷慨、感恩与永不动摇的满足。五、欢喜的自我。不论在任何环境中,都感到喜悦,世俗的一切都没有了差别。六、赐福的自我。这个人成了一盏明灯,散发出能量给任何需要的人,甚至所到之处,都能让其他人的生命产生剧烈的变革。七、净化的自我。完人,只有极少数人达到,达到了他们也不说。

我通过对照,为自己选个二、三阶段就觉得不谦虚了,可我替老闫选第五阶段,觉得也不算拔高。"不论在任何环境中,都感到喜悦,世俗的一切都没有了差别",老闫在我这里的表现不就是这样的吗?

按照"人无完人"的古训和自身的个性,我是绝对不会奉承任何一个人,说他已走到真理的第七阶段的,对老闫也是如此。人是避免不了烦恼和忧愁的,难道从老总到顾问这巨大的落差中不会产生不适吗?难道退休与否不会是困惑吗?

孔子曰:"君子有三戒:少之时,血气未定,戒之在色;及其壮也,血气方刚,戒之在斗;及其老也,血气既衰,戒之在得。"(《论语·季氏》)在这里,孔圣人托"君子"之名,为的是说,凡为人,此"三戒"概莫能外。那么,老年人也就都存在患得患失的问题了。

六十多岁的老闫,顾问的工作对他而言不就等于手中的得失吗?所以,那顾问是干还是不干,还干多久,就自然成为他内心的忧患了。

而不干有不干的理由。中国依然是男60岁为退休年龄,退休不就是"不干了"的意思吗?

干则有干的原因。老闫说自己的亲人中就有四个退休后还在继续工作的。他的岳父、岳母都是医学博导,90多岁都还在带学生、做课题。姐姐是威海某医大的教授,被返聘返岗。老婆在加拿大也是医学教授,根本就没有退休的规矩。这些人都还在干,那他不就只能继续干吗?

可这干与不干一旦放在一起就是一对矛盾,就会让人产生烦恼和忧愁,也就跳不过"患得患失"的藩篱了。

当然,从理论上是好找到解决方法的,书上一定会写"放下"和"顺其自然"这么两个词。而实际呢,也还真得靠这两个词起作用。

只是未承想会如此简单。当我和老闫隐晦地谈及此事的时候,他爽朗地笑着说:"你就不必为我担忧了,我是懂得'放下'和'顺其自然'的含义的。"

三天后,老闫又打起行囊,仍像出征骆驼似的,一副"在路上"的模样!

2021年4月于松滋

石头与将军

那次随"市作协红色南海采风团"出行，感觉就像想凿开时空隧道，找到岁月留痕，揭示世事沧桑，去解析"孙子仁"这个名字。但谈何容易，去的地方就是过去小渔村的集散地，如今都叫作"党员群众活动中心"了。几经变迁，曾经的存在已销声匿迹，我们又不会真像科幻小说里的人物那样去穿越，怎么办？好在考得两块石头，才些许有了点踏实感。最有意思的是，这两块石头巧得很，一块在"小南海"这边，一块竟在"中南海"那边。

孙子仁的祖屋地址在小南海（松滋境内的自然湖）南岸的百溪桥村，"党员群众活动中心"斜对面。这里已没有了断壁残垣，只有个空场，其亲戚说仅剩地下一块门槛石（或石门槛），一百几十年，在原地一直未动，修路时被浮土覆盖住了。我们用挖锄刨了刨就见了其大体：长形、青灰、深冷、坚硬、方正、工整、不朽……此见直白，与公孙龙子之"离坚白"迥异，但明显带些由石即人的感受。

古人有云"风过留声，水过留痕"的，这门槛石就成了"家"和"家乡"的符号，也就早被踢踏出了主人的印迹。

孙子仁（1904年—1951年11月），号白溪，湖北松滋磨盘洲（现南海镇镇政府所在地）转白市人（青年远征军通讯录上的记载，未考证），天津北洋大学土木工程预科毕业，西北陆军干部学校毕业，德国炮兵学校军官班毕业，陆军大学特别班第四期毕业，抗战期间曾任长江上游边防军总司令部参谋处长，1940年任陆军大学兵学教官，后任军训部西南干部训练班教育处长、东南干部训练班大队长，1945年任国民党青年军第208师参谋长，1947年任第208师炮兵指挥官，1947年任第208师1旅副旅长，1948年任青年军第31军参谋长，1949年1月代理军长，旋在北平随傅作义和平起义，后任解放军第39军副军长，不久潜赴台湾，音讯全无。

遥想当年，踏过这石门槛，走出了一个翩翩少年，走出了一个风华正茂的学子，走出了一个雄姿英发的将军，走出了一个幡然悔悟的勇士……也许在大陆，国民党的头衔是其永久的硬伤，但那是他作为职业军人的无奈，好在后来他做了"和平起义"的转体。

这门槛石在泥地和岁月的深埋中封藏出乡土气和年轮感，于是就似乎成了小南海一带的"定海神针"，它定住了人们的情感、思绪，且四周缠缠绕绕的，牵扯着厚厚的无名能量和原本真实。

孙子仁的侄子孙逢源老师（83岁，退休教师），随我们考察石头后发文《怀念伯父孙子仁》，为我们解析子仁将军作了导引——

在我年幼时，我父亲孙家骏（字伯超）经常收到外地寄来的信，其中有一个人的信，寄信的地址经常变动，有时从河北，有时从陕西，有时从四川，可见他居无定所，四处迁徙。他的信内容我看不懂，但其中有个细节给我很深的印象：信的落款，把子仁的"仁"写得特别夸张，左边那一竖写得长长的。父亲告诉我：他是我的堂伯父，名叫孙子仁，是国民党军队的将领，从此，我的记忆里就有了这位伯父。

我与子仁伯父从未谋面，只看过他的照片，照片上的他身着军服，目光炯炯，英气逼人。从照片上我也认识了他的两个子女：长女孙逢英，端庄秀丽，温文尔雅；长子孙逢震儒雅谦和，文质彬彬。一家人都显得很优雅高贵，在咱们穷乡僻壤，成为亲戚们茶余饭后的谈资。

……

一九四九年，父亲和伯父的频繁通信中断了，从此，我们一家再也没有了伯父的消息，父亲经常偷偷地猜测：作为败军之将的他，到底是生还是死？是在大陆坐牢，还是逃到了台湾？在当时的政治环境下，他不敢、也无从打探到伯父的消息。

再次得到伯父的消息，是一九八三年五月，逢震兄夫妇从上海经涪陵辗转回到松滋，将自己母亲的遗骨送回老家——南海镇白溪桥村安葬。他俩来看望我父亲，讲述了伯父的一些情况：一九四九年元月，伯父随傅作义将军在北平起义，但是不知是什么原因，在五月份他又去了台湾，临行前还专门到上海看望了一双儿女，从此以后，就音信杳无了。

……

伯父出生在白溪桥村一个殷实的家庭，家有不少土地，开有几间商铺，收入可观。他的父亲孙晋廷思想开明，睦邻乡里，善待百姓。伯父不贪恋优裕的家庭生活，十多岁就离开父母，负笈求学，立志学好知识，充实本领，增长才干，做一番事业。20世纪20年代，军阀混战，山河破碎，民不聊生，天津北洋大学土木工程预科毕业的伯父，觉得技术救国的愿望难以实现，决定改行从军，救百姓于水火之中。他进入西北陆军干部学校学习，后又远渡重洋到德国留学，继续学习军事。回国后，他当过教官，统领过部队，战火纷飞中经历了无数刀光剑影下生与死的考验，最终成为军队将领。在抗日战争中，他驰骋在祖国的大江南北，战斗在抗日最前线，为赶走日本侵略者立下了汗马功劳。

……

孙老师的回忆集中在孙将军赴台之前的宗亲关系、交往，以及他在亲友乃至整个南海人心目中的形象。那什么叫"潜赴"，为什么音讯全无呢？

他的亲人一直在寻找下落，又时不时地有人来刨开这门槛石，同样想寻找答案。

其子孙逢震，曾任上海冶金总公司总工程师。其女孙逢英学法律，曾任昆明高等法院副院长。他们探寻父亲的下落几十年，最后将全部收获汇聚在了章海陵的文章里。

章海陵，孙子仁外孙，1946年生于上海，1966年支援新疆建设；"文革"后，考取上海华东师范大学中文系，就读俄苏文学硕士；80年代末留学日本，就读于东京大学研究生院俄国文学专业；90年代初到香港，任职《中华文摘》编辑；1996年6月加盟《亚洲周刊》，担任编辑，现任亚洲周刊策划编辑。章海陵长期研究俄国大文豪托尔斯泰，曾师从中国的托尔斯泰专家草婴先生，并出版研究托尔斯泰的专著《文学巨人托尔斯泰》。

显然，无论是从知识面、理论层次，还是从背景、经历、视阈，以及与孙将军的关系来看，章海陵对孙子仁将军情况的把控与研究都应该是权威的。章海陵撰文《孙子仁将军陷国共夹缝悲歌》，陈述了孙子仁后段的经历，这就基本揭开了谜底。

我的外公孙子仁将军在傅作义与林彪达成北平停火协议时，临危受命统领三十一军，推动国军官兵悄然南撤。在上级都已离开后，他曾被任命为解放军三十九军副军长；后辗转赴台向孙立人报到，出任高级参谋；最后被蒋介石处死，成为国共之争的牺牲者。

......

八十年代末,海峡两岸趋向缓和。一九八九年夏天,我妈妈与舅舅在上海虹桥机场迎接来自外公身边的台湾亲人。他们中间的长者仍记得我家住在上海虹口"迪思威路",即后来改名的溧阳路上,但台湾亲戚见面告知:外公已于一九五一年十一月,被台湾当局以"叛乱罪"处决,"罪名"就是参与"北平局部和平"事件。这是我们与台湾亲人相拥而泣之时旋即听到的悲痛消息。魂牵梦萦的思念迎来魂飞魄散的噩耗,情何以堪!

......

章海陵的文章翔实地陈述了孙子仁的被害经过,透彻地分析了前因后果,但表露的主要情绪是要雪耻、要申冤,而最大的进展是找到了孙将军被害的确凿资料,这些资料后来得到南海镇政府许健葵等同志的收藏、整理。如:

1951年台湾军事法庭审判孙子仁的判决书(其中一页)[注1]

以未偿所愿,前途无望,遂请求匪首核准离平南下,辗转来台,(?)遭台湾省保安司令部捕解到案,由本部军事检察官侦察终结,提起公诉,移付审判。

理由:

查傅逆作义背叛国家,事实昭彰,人尽皆知。被告孙子仁竟接受傅逆作义伪命,充任伪三十一军军长,向匪首叶剑英等先后提供整编意见书及补充整编意见书,接受匪伪三十九军副军长,伪命各情已选,据自不讳并据证人邓坤元、叶松盛等到庭结证属实,且有前开之意见书树卷可稽,是其意图颠覆政府而着手实行之罪行,至堪认定。虽该被告以奉孙总司令主人不得擅离职守之电令,及条陈整编意见,委系拖延时日,使利官兵南归与未就任三十九军副军长伪职为辩解,然查孙总司令进负陆军训练之责,对训练以外之军事既无隶属关系,自无干预可言,业据孙总司令电复,与被告虽有电讯往还,但仅系私人慰勉性质,并未令其留平在(?)其谓

【注1】此文由许健葵请松滋市书法家协会会长许启虎帮忙识别,问号为无法辨认的字。

奉令不得擅离系饰词,企图狡卸刑责,(?)该被告无叛国意图,何以对本部无只字报告? 又何以不将所任伪职报以孙总司令知悉? 况就其列出意见书内容所陈,不持拟将全军眷属运平,且拟选拔优秀干部交匪训练,并称北平和平有其示范作用,尤其此次整编实足影响其他部队及今后之全面和平云云,及其致函周体仁、李柏屏,请求增加援军建制部队要求保持其原番号等情形以观,益足证明其存心投匪希冀保全职位,至于被告由匪方调充任伪三十九军副军长后未就职,即行南返,乃因该三十一军番号……

这个残存判决书的最简表述应是:被告孙子仁,因"叛国"嫌疑,提起公诉。

后一则材料可为续接:

临刑前执行官问孙子仁:"你还有什么话吗?"孙子仁答:"一,有遗嘱二件,请交我亲戚转交我家内;二,此地书籍、稿件、衣物请点交我亲戚转交我家内;三,尸体请转,烦我家火葬。其他没有了。"

这则材料则再现了孙子仁临刑前的从容。加之这则材料来源于台湾军方内部,也就证实了孙子仁确实是被台湾国民党执行了死刑,我们应该说他是为和平解放事业英勇就义了。

毛主席他老人家生前曾经教导我们说:"凡是敌人反对的,我们就要拥护;凡是敌人拥护的,我们就要反对。"这是我们对待敌我矛盾的立场和原则,用此我们可以对孙子仁将军作根本性的认识,他属于"敌人反对的",那"我们就要拥护"!

要了解孙将军,我所引用的材料,包括孙逢源、章海陵的文章,都是极佳读本。但要为孙将军申冤、定性,那就不及北京西山无名英雄广场的石刻——前面提到的"中南海"那边的那块石头了,上面刻有"孙子仁"这一名字!

我对广场石刻的了解来自图片。虽是图片,但清晰而完整,有如身临其境。

无名英雄纪念广场占地3000平方米,有毛泽东主席题诗:"惊涛拍孤岛,碧波映天晓。虎穴藏忠魂,曙光迎来早。"分五段铭文:"忠魂""光影""家国""信义""追梦"。

专一主题是"纪念在台湾牺牲的特工",指1949年,大陆派1500余名干部入台,被国民党公审处决1100余人。纪念碑名单按汉语拼音字母顺序排列,阴文素镌846位英烈姓名,分56组,"孙子仁"在35组。纪念碑还特意安排留白和空格,以备补充。孙子仁是否在派遣之列,由于保密原则,无从考证,但他在处决之列是无疑的。

这石刻是国家意志、政府行为、人民意愿!

"人有所忘,史有所轻。一统可期,民族将兴。肃之嘉石,沐手勒铭。噫我子孙,代代永旌。"

为"无名英雄"树碑立传,既是对英烈的告慰,对一段曾经深埋"汗青"深处的峥嵘岁月的还原和缅怀,更是对今人与后人的激励和警醒。

这石刻,简洁明了地证实了孙子仁是"无名英雄"。但考稽者凭着严密的逻辑思维,提出名实相符的问题,即会不会是"同名同姓"的人呢?据说要考证这一问题,或许不难,只要其亲人开具县级及以上党委证明,就可到中国人民解放军原总政治部联络部去查阅。可至今没有人去这样做,也许是他们认为无须去怀疑的缘由,也或许是其他原因。

我持能证更好不证亦无碍的态度。因为只要浅近地接触一下"孙子仁"的资料,他就会成为我们心目中的英雄;只要略略看一眼台湾的"判决书",就可确认他为北京西山广场上的"无名英雄";再读铭文就感觉专门述说他的故事一样,如修建无名英雄广场铭文:

二十世纪五十年代,大批无名英雄为国家统一、人民解放秘密赴台湾执行任务,牺牲于台湾。不论在战火纷飞的年代,还是在普天欢庆新中国诞生的时刻,他们始终坚守隐蔽战线,直到用热血映红黎明前的天空,用大爱与信仰铸就不灭的灵魂。

中国人民解放军总政治部联络部

我想即便是纪念碑上没有"孙子仁"的名字,他也应在"留白空格"处。

让思绪跑远点吧,我们还可以这样认为,孙子仁至少是项羽一般的英雄。

"生当作人杰,死亦为鬼雄,至今思项羽,不肯过江东。"(宋代李清照《夏日绝句》)项羽为何不肯过江东？垓下受困，前途未卜，"无颜见江东父老"是司马迁之春秋笔法。项羽之所以选择放弃争斗，是因为他"为百姓而恻"，他曾对刘邦说："天下匈匈数岁者，徒以吾两耳，愿与汉王挑战，决雌雄，毋徒苦天下之民父子为也。"(《史记·项羽本纪》)最后他用自己的牺牲，停止了天下的杀戮。因此，历来有"汉王得天下，霸王遗圣名"的说法。

孙子仁为何肯冒死赴台湾呢？那不也是"用自己的牺牲，停止天下的杀戮"吗？可以说，这是北京西山纪念碑上所有英烈的壮举，他们都"为百姓而恻"，都是"人民性"造就的英雄！

然而，考据都是有局限的，但无论你对孙子仁将军还存有多少疑惑，已无碍孙子仁将军应为英雄的推论；有限的材料已然堆积出一个令人景仰的形象。

小南海采风是最艰难的一次"红色之旅"，倒不是因为当天的活动量有多大，反而是可供考察的东西不足，又难以把控，写作定位难以确立的缘故。开始酝酿着写"石质将军"，可终觉生硬，就放弃了。几个月后，偶然从石头的透与不透中揣摩到对孙子仁将军的已知和未知，就有了些石头和将军之间难以名状的关联，于是也就有些艰涩地写下了这般的文字。

抬望眼，长嘘一气，蓦然觉悟——"小南海"这边的石头依旧沉睡着，它坚守着自己的本分；"中南海"那边的石头巍然屹立着，它彰显出英雄的本色！

辛丑牛年（2021年）于松滋新江口

不虚此行访小洲

听说松滋有个冒甲洲,听说冒甲洲是个"桃花源式"的好地方。先是将信将疑的,后听来听去,就有了身历其境的念头。

农历九月二十三,松滋市老年大学文学班21名学员,也许是反合了"不管三七二十一"的青春欲动和激情的缘故吧,迫不及待、兴致勃勃地去探访本市刘家场镇的冒甲洲。我们四位老师受邀随行,岂不正合我意!

这一日,正正的晴天,秋高气爽,廓然荡豁,乘坐纯电巴士,如驾游龙,飘忽间已行五六十公里。车近边山河,向西拐进仅仅一车宽的乡村公路,就只能轨道车式地行进了。估计之前此路从未走过这样的大巴士,由此自然会给人带些紧张情绪的。而实际却未必尽然,因为看窗外,那被春风绿了又绿的江南岸,经秋风一吹,绿中带黄、带红,景色更是怡人了。一块块、一畦畦田间,翠绿金黄渐变或纯色金黄的冬黄豆,是我未曾见过的矮株型,她们慵懒地趴在地上晒着太阳,看上去有些醉意,宠物一般;仍旧葱茏的山坡上,火棘果红了,一蓬蓬的,可她偏要作扭捏态,像捉迷藏一样往树丛里钻,故意让人看她不真切,逗人去寻她似的……这下的景啊,疯狂、热烈地诱惑人。于是人也就晕乎了,除了司机,难道还有谁顾得上去看路吗?

可这几公里路不经走,一声夸张的惊呼——汽车以最小半径画圆急转,再急刹,这就到了。大家"换景式"地下车,不等站稳就掏手机拍起照来。

其实并未看见想象中"恍如隔世"的情景,有的只是现代气息浓郁的普通乡村的风貌。靠山建两排与山外乡村一样的小楼房,百十来栋,看着大方、整洁、养眼。宅基地前是有些小辽阔的生产用地,庄稼、鱼塘,再杂以少量的厂、场房屋和围墙,给人自给自足"小社会"的感觉。

特别处是地形地貌。山在北面,属武陵山脉;其他三面是水,沧河在此似弓形,就像特意围出一方人类栖息地,是为"洲",是"冒甲洲"得名的缘由之一;其实河外又是山,说四面环山也是对的,形成了人类难以进出的特殊地势,因此,这里"冒过"了古代的保甲制度而自治,是为"冒甲",此即"冒甲洲"得名的缘由之二。

初到的冲动过后,组织者招呼参观"文化中心户"。

挂牌的"文化中心户"共有三户。第一户,覃家,主人覃均业,1948年生人。我把可观点集中在他的雕塑上,门前两根雕龙石柱,高不出两米,但有华表的形韵;弥勒佛加龙脚的茶海,精致中略带稚嫩,却颇具成熟工匠的手艺。他对中华图腾的喜爱,表明了他对中国传统文化的兴趣。第二户,皮家,户主皮远传先生去世不久,家中展示的是其珍贵的遗物,有他生前受赠的扬琴及二胡、笛子等乐器,还有满架的书籍,满墙的字画,皆为文化人之所属。第三户,周家,主人周远侠,家里的陈列以石刻为主,不乏精品。

参观中,还意外收获到两个冒甲洲神奇的传说,来自学员们的悉心探访。

第一个是"先祖传说"。

冒甲洲流传着一个故事,具体发生在哪朝哪代已不清楚,只说是古代,有位无知的村民无意中闯入了佛门禁地,并顺走了佛家的舍利,他后知犯下了弥天大罪,害怕遭到重大惩罚,便带上家人销声匿迹了,躲到了一个世人不知的地方,意外地得以繁衍生息。大约宋代后,这个世人不知的地方被叫作了"冒甲洲"。

第二个是"神话传说"。

冒甲洲也有一个"龙的传说"。传说有一对中年夫妇,育得一名玲珑少年。少年从小懂事勤劳,一天在烈日下劳作,一时口渴难耐,于是向天求雨,声嘶力竭地喊叫"天啊,我要喝水!"刹那间,大雨滂沱,结果一声惊雷后,少年不见了踪影,出现的是一条秃尾巴龙吞云吐雾,并冲断大山。娘亲呼天抢地,追向娘娘山,奔向松林岭,可再也寻不到自己的娇儿。当她回头的时候,山下的农田变出一条银光闪闪的水道。从此这里便有了充足的水源,若干年后,少年的母亲已作古,每当清明时节,这里就狂风呼啸、雷雨大作,河水发出巨大而奇特的轰鸣声,有似"熊咆龙吟殷岩泉",人们就说那是龙儿回家祭奠娘亲来了。

这里的水道只能是浍河,可见浍河就是一条感恩的河。

这两个传说明显是为了诠释两个基本问题,即为什么会有人来到这里呢?来了后应该有基本的生活条件,起码得有水呀,水又是怎么来的呢?不知还有没有别的什么意思。

当我沉迷在两个传说意义臧否之中的时候,学员与村民的"联欢活动"已在村主任家门前场地开始了。形式很简单,学员方的人找椅子在东边树荫下坐定,十几二十个村民(我看都是五十岁以上的,青壮年外出打工去了,留守儿童上学去了)在南边依偎着,北边是房子,作后台,西边留着较强的阳光,只能虚拟作底幕,中间自然就是表演的舞台了。先是东道主表演,"中国大妈"的广场舞,整齐、大方,参演者中年龄最大的78岁,真不简单;二胡合奏,合得悦耳;《梨花颂》独唱、京剧清唱,字正腔圆的,哪怕都是上了年岁的人,还高得上去低得下来,真的不错;我认为最出彩的是周远侠先生表演的说鼓子,故事浑然天成,说得又幽默风趣,将表演者那民间艺人的范儿展示得十分完备。覃钧业先生算是多才多艺,京剧是他唱的,拉二胡是首席,后来应和学员们的诗篇也是当仁不让、一马当先。也许这全在于他的认识有高度吧,他说:"开展文化、文娱活动,总比'捞着牌打'好。玩有文化的东西,也有益于身心健康!"说得好,我估计冒甲洲过去的自治靠的就是"文化"。

联欢结束后到周家吃中饭(其实参观他家也安排在吃饭的时候)。

"桃花源"中,人仅"便要还家,设酒杀鸡作食"。冒甲洲人就盛情得多了,三桌饭菜,每桌十几个菜,鸡鸭鱼肉、时蔬特产俱全,酒是一巡又一巡地敬,大家不"醉"在冒甲洲,那才是怪了!

最后乘兴去登"瞭望山"(临时称谓),我判断此山处东南方,73岁的覃钧业又主动为向导。踏着碎石粒往上走,老覃如履平地,嘴上还不停地提醒大家注意防滑;不停地介绍谁谁谁来过,谁谁谁夸过,那些人头衔有多高,等等。虽有些显摆,但可以理解,因为那是为了衬托家乡山水的珍贵。上山有点难度,但不是很大,目的是看湖南、湖北在此的分界线以及冒甲洲的全貌。实际效果则目证了冒甲洲远在湖北(或松滋)边陲,隐于山水之间,似乎和陶渊明《桃花源记》中的"桃花源"相同,都有与世隔绝的地理环境。而我则觉出大异,主要在一个始终封闭,一个得以开放。

封闭的是"桃花源","问今是何世,乃不知有汉,无论魏晋",并一直主张"不足为外人道也"。即便是进去过的武陵渔人,返寻所志,也迷不得路,可见它自始至终都未能打开对外的门户。当然,作为文学作品,这样写为的是使读者从朦胧飘忽的化外世界退回到现实世界时,心中依旧充满对它的依恋,此另当别论。冒甲洲则截然不同,其从式微发展到后来,都跟随着时代的变更而变更,尤其是我们闯人的现实生活,可以说冒甲洲再也不是"冒甲"的状态了。冒甲洲人通过网络、电视等媒介,早已实现了与山外世界全方位的沟通。可以说,只要肯学习,对国内、国际的新生事物都不会产生隔膜。重要的是观念、风尚,冒甲洲人受文化的引领,采用开放形式,所以,"地偏心不窄,心远地不偏"!经济的开放也有实证,你不会想到,远近闻名的"周黑鸭"第一生产基地居然就在冒甲洲,冒甲洲的土麻鸭也早已远销全国各地。

我们离开的时候选择了一条稍宽的道路,于是心也随之宽了,好像是欣慰,因为这稀奇罕见的冒甲洲今天见了,真不虚此行,我在内心拷贝下"自在、自足、自信、开放、淡定、不俗"十二个字,这是对冒甲洲、冒甲洲人的切真证悟语词。还有一句话我一直不敢说,那就默念吧,"她仿佛胜过了'桃花源'!"

学员们的反应就更加敏捷,他们用诗诗化了冒甲洲,冒甲洲则用美美化了赞美诗!由此更是一路欢声笑语,巴士车也就这样载着诗情画意而归!

从此以后,我要确切地呼告:松滋有个冒甲洲,去过了的都说好!

2021年11月于松滋

(本文发表于《山鸣》2022年秋季号)

再见鸬鹚？

真没想到在这小河边还能看到如此古老而清新的画面——两岸杂柳，河水悠悠，"挑篮划子"随流走，鸬鹚潜露忙不休——好不如诗、如梦、如绣！

这里是"泰山闸河"，我不知其名称由来，但见没有山而有水——就这一条带有原始状貌的南北向小河。

去年仲秋，来会朋友，偶得这几十年一遇的场景，岂不正有"巧见难见"的欣喜？但自然转念间，却令人情感纠结而郁闷，心中竟唱起"鸬鹚者们"的挽歌来。

驯化鸬鹚捕鱼的行当还能维系多久呢？渔夫上岸后，围观者与其进行了简短的交谈，未承想，为了这几只鸬鹚，四十多岁汉子的话语却颇带沧桑感。两年前他还在广州打工，一家三口基本定居城市过着稳定的小康生活，不料在老家承包鱼塘养鱼、驯化鸬鹚捕鱼的父亲重病。待他赶回，父亲交代完养好鸬鹚的后事之后就撒手人寰了。偏偏这汉子是个孝子，当时在家庭内引发了一场激烈的争吵，然后，他便抛妻舍业独自回老家"子承父业"了。可豢养鸬鹚是一份十分不易的事，开始有10多只，现在就剩6只了。哪怕就这6只，养活起来还是困难，过去人们是将它作劳动力或生产工具来养，是有赚头的；现在则只能作"宠物"养，因为现已少有地方捕得到鱼了，它捕鱼的功能无法得到有效发挥。而这鸬鹚食量大而单一，很难伺候，大约每只每天食鱼量为1公斤，一天就需6公斤多的鱼，天长日久，不是小数。鱼量来源之一是可以像今天这样到外面捕些，情况好可收获几斤小鱼，而大多时为"空篓"，因为适宜的水域十分有限，外出的时间、精力也十分有限；二是从鱼塘捞鱼喂食，却已造成所承包的鱼塘几乎没有商品鱼出售的状况；三是直接买鱼喂食。几年下来，经济上是入不敷出，精力上是疲惫不堪，总体上是难以为继。他说好在也无须坚持太久了，因为鸬鹚的自然寿命为3至5年，他喂养的全都过3岁龄了。这一批过去，再想养也不可能了，因为他父亲已带走了孵化、育雏、驯化的技术，他这里只剩下让养着的6只"尽其天年"。要说还有什么的话，那就是情感上的不舍和无奈了。

这汉子艰难地维持着，除了"孝"，也许他还想到了赓续传统的意义。

早在《山海经》中就有许多人、神驾驭、驱使动物的记载，典型的有西王母身边的三青鸟，为其取食、传信。《海外西经》中有"西方蓐收（古代传说中的西方神名，司秋），左耳有蛇，乘两龙。"《大荒南经》中有"南海渚中，人面，珥两青蛇，践两赤蛇。"上古神祇多与蛇为伴，他们操蛇、御蛇，除满足控制欲，也与其信仰有关，因为他们相信能力来自天上，与蛇等密不可分。道教典籍《抱朴子》中提出过道士要想上天入地，与鬼神通，需要借助"蹻"。所谓"蹻"就是一个媒介。而蛇类动物就是"蹻"。《大荒北经》中的记载好理解一些："有毛民之国，依姓，食黍，使四鸟。""使"是驱使的意思，"四鸟"指虎、豹、熊、罴四种凶猛的野兽。古代"鸟""兽"不分。驱使凶猛的野兽，更表明了人类控制其他生灵的愿望和能力。

农耕时代，人类驱使牛、马劳作就普遍了，可以说是无人不知、无人不晓。可到现在则要从环保、效益的角度来考量，也就不得不将这种人类几千年的智慧结晶舍弃掉。而今的农亩之上不会再见到那牛犁马耙的景象了，曾经为人类做出过巨大贡献的"牛马"，我想今后也只能作为图腾流芳百世。

人类几千年的发展史中，需求性地借助动物的力量是人类智慧的充分体现；从情感上看，许多动物都成了人类的朋友。

沉思间，秋风徐来，落叶纷飞，丝丝凉意侵身，反倒让人神清气爽了，于是思维也就明确地移至"顺应时势"中。

明白过来，道理很简单，人类发展进步，成为世间万物的主宰，役使动物是历史需求使然，而放弃这一做法，则是新时代科技发达后的必然。

再观渔夫，明显又是无功而返的不悦。"挑篮划子"无须再用扁担来挑，他将船、鸟搬上三轮车。随着发动机的轰响，6只鸬鹚不约而同地在船帮上伸长脖子、扇动翅膀后再整齐地缩回蹲稳，做好了出发的准备，其中两只"嘎嘎"地叫唤了几声，低沉得像在为自己的命运唱挽歌。三轮车开动了，我目送它们离去——好期盼它们走回遥远的过去，这就仿佛有一种送别"千年来客"的感觉了，有点怪！

2022年3月10日于松滋

走进博士村

引子

中国村落发展史都有过万的编年了,基本上是人类久远文明的进步史。当村落进入现行的行政村后,发展速度就加快了,标准也提高了,像江苏华西村、安徽小岗村、山西大寨村、北京韩村河村、上海九星村等,都取得了瞩目的成就,成为乡村振兴的典范。同时,它们的带头人也留下了一段段经久不衰的佳话,像华西村的第一任村委书记吴仁宝,把华西村打造为"天下第一村",是农村基层干部的杰出代表。小岗村党委原第一书记沈浩,为"三农"做出了重大贡献,获得了全国百名优秀村官、感动中国 2009 年度人物、全国敬业奉献模范等荣誉。

眼下,听说湖北荆州有个别样的"博士村",村里有个不一般的村支书,小有名气。可究竟如何呢? 我们不妨走进去看一看!

看点之一:村牌别具一格

想去博士村,机会就来了。

上月 22 日(农历三月二十二)上午,受邀参加"松滋部分作家走进荆州博士第一村姜家岭"的活动,正好满足我"一窥天机"的好奇心。

"博士村"离我不远,也离我甚远。不远,它就在荆州松滋境内;甚远,是因为我未曾去过,它在我心里有些玄妙、离奇。姜家岭村凭什么能量和际遇居然成了"荆州博士第一村"? 这其中的奥妙何在呢? 我就是带着这样的疑问,急切地走进博士村的。

两车七人从松滋城区出发,上 351 国道,向西行 18 公里到斯家场镇,再向南缓坡上行 2 公里就到达目的地。

村口两块石碑吸引眼球,左书"博士第一村姜家岭",原来"博士第一村"前并未冠"荆州"二字,难不成是想将影响做得更大? 右书"不比做屋,只比读书",这样的口号我第一次见,新鲜!

进村下车时,趁大家一阵忙乱之机,我独自随兴转悠一圈,便蓦然领略其大概,即刻借句为诗云：

> 横看成岭——姜家岭，
>
> 侧成峰来"学"为峰！
>
> 乡村振兴惊为殊，
>
> 远近高低各不同！

看点之二：支书出类拔萃

在短暂自主中忽听呼唤，回过神走进姜家岭村党员群众活动中心，分宾主在会议室坐定，准备听村支书做情况介绍。对面被称作"支书"的是位五十多岁的汉子，长相有点黑，是正种着地的样子；有点发福，则是正当着官的样子；表情，有些农民式的谦卑，也有些干部式的霸气；讲话，有文人的引经据典、条分缕析，也有村野之人的家长里短、散漫张扬。

其介绍土俗中带点认知超脱的雅致，显得大方得体，尤其是谈及另辟蹊径的"教育兴村"思路及成果时让人震撼。听着听着，对这位村支书的敬佩便油然而生，我认为他的智慧和能力已不在人们对农民的想象范围之内了。

他叫梅启新，自2002年起担任姜家岭村党支部书记至今。我在对他的情况介绍作整理时，发现在很多地方都会有情不自禁为其打上惊叹号的冲动。

欢迎各位作家来到姜家岭村！姜家岭，属于典型的丘陵地区，面积5.32平方公里，全村282户、1058人，党员45人。这里钟灵毓秀、人杰地灵，可谓"九步一人，人才辈出；十步一景，景色怡人！"我们村累计为国家培养博士11人、硕士32人、大学毕业生186人。现如今啊，我村是"湖北省绿色生态示范村""湖北省文明村""湖北省家风家教实践基地"，享有"荆州博士第一村"的美誉（当初为荆州市委书记来村调研时所赠）。

然而陵谷沧桑，以前资源匮乏、资产稀缺、发展乏力。"正底子形四面坡，南北二河不通过；天旱半月无水喝，有女不嫁穷山窝"，这是20年前姜家岭村的真实写照。这里地形条件恶劣、人均耕地面积不足一亩，村民在家依靠传统农业种植增收致富几无可能，大量青壮年劳动力只有外出打工，而辛苦换来的血汗钱又投入在一年住不了几次的新房上。面对村里"房子越盖越好"却"荒田越来越多"的窘况,2002年,我们新一届村"两委"班子深刻认识到,知识就是力量,教育改变命运,必须转变发展思路、制定长远规划,引导群众彻底摒弃不良攀比风气,"不比做屋,只比读书"。在深入走访党员群众的基础上,村"两委"班子成员首先统一思想,明确提出"党建引领、支部带头,教育兴村、产业富村"的工作思路和"用20年的时间,每户培养一名大学生"的奋斗目标。随后召开村民代表大会,会上引发激烈争论,我们只得耐心地释疑解惑、循循劝导,才使全体党员和村民代表达成共识:教育是彻底改变个人命运的关键,是助推村级长远发展的支点。崇文重教、尊知尚学就是姜家岭弯道超越的奇招,是姜家岭发展的必由之路。

多措并举推动崇文重教蓝图既定,关键在干!20年来,"两委"班子保持大稳定、小调整,坚持逢会必讲教育、逢人必劝读书,团结一心持续强化教育兴村理念。全村38户党员家庭累计教育培养出大学生25人、研究生9人、博士生4人,我儿子争气,也成功考取武汉大学法学博士学位,也就让我带了头。

持续营造兴教氛围,将崇文重教理念纳入村规民约,村口醒目位置树立"励学门",上书对联"莘莘学子为中华崛起苦读,拳拳爱心于人才培养勤耕""父老乡亲姊妹照看有我,祖国繁荣家乡建设靠你"。村部广场开辟专栏,每年将考取大学的学子名册张榜公布。不断完善奖学制度,压缩一切不必要的支出筹措资金设立教育基金,二十年如一日对考取大学的学子给予物质和精神奖励。目前,对考取博士的奖励3000元,考取硕士的奖励2000元,考取大学的奖励1000元。

2019年投资30万元建成高标准红色阵地,专门打造"博士馆";注重强化助学风尚,依托党员群众服务中心建立"留守儿童之家",每年寒暑假期间组织大专院校学生回村开办助学班,对"留守儿童"集中进行学业辅导和心理疏导。10余年来,村"两委"累计筹措资金3万余元,帮助5名困难学子完成求学梦想,全村义务教育阶段辍学率连续32年为零。

文明乡风赋能乡村振兴20年,我们持续实践崇文重教,不断涵养乐学家风,引领促进乡风转变,收到了丰厚"回报",结出了累累硕果。通过开展"好媳妇""好公婆""法治光荣户""十星级文明户""党员模范之家"等评选活动,不仅人居环境整治、决战脱贫攻坚等基础工作推进更加顺利,乡村治理也得到极大改善,近10年姜家岭村没有发生一起刑事案件,没有一例越级上访,村内没有一处麻将馆,社会风气持续向好向善。

接连开展返乡人员恳谈会,定期交流沟通的微信群在村级实施乡村振兴战略的关键节点发挥作用,毕业后事业有成的大学生付威、汪洪元主动捐资10万元,帮助村里兴修公路;覃峰、斯尚金等捐资4万元,用于人才培养、激励后学;在武汉市和省直部门担任领导职务的博士张忠军两兄弟,积极帮助村里协调联系争取项目,助推发展。在崇文重教、劝学读书成功经验的启示下,村"两委"不等不靠、主动作为,坚持既富群众脑袋、又富村级口袋。2017年,村集体成立"金灿"油茶专业合作社,采取"合作社+基地+农户"的模式,计划发展油茶产业1000亩,现已开发建设基地1200亩,丰产后预计每年可为村集体增加50万元以上收入。现在"姜家岭书院"正在建设中,建成即可扩大"农家书屋",弘扬厚植耕读文化。

如今的姜家岭,"不和别人比现在,只和别人比未来""不与别人比做屋,只与别人比读书"的价值理念已深入人心,村民争相重视教育、投入教育蔚然成风,依托加速澎湃的人才支撑、逐渐厚实的产业底盘,姜家岭村正朝着乡村振兴、全面小康的康庄大道阔步前行……

梅支书讲完,大家报以热烈的掌声,完全放下了所谓作家的架子和知识分子的矜持。听这样的介绍,等同捡拾到一只乡间宝盒,大家只有欣喜和感佩。

长达一个多小时的发言,梅支书没有一字的文稿,却讲得言之凿凿、轻松自如。仅此表现,就足以反映他做事的用心程度和行为能力。我带着好奇心,比较委婉地询问他的学历,他也明白我的意思,就索性坦率地作答:"不怕您笑话,我高中没毕业就辍学了,但我很爱读书看报,更喜欢琢磨事,村里的事往往让我整宿整宿地睡不着觉,这可能就是事业心驱使的缘故。"我就想:他为把这村支书当好,该吃了多少苦,费了多少神啊?真不容易!但也许就是这份"事业心"才促成了他的成功,促进了他的成长、成熟,使他成了出类拔萃的人才。

我打趣地称他为"杂家",首先他懂教育,懂得知识改变命运的教育哲理,从而确立了"教育兴村"的理念,并把崇文重教定为乡村振兴的重要举措。这有同于安徽毛坦厂镇的教育规划;也有不同,或许在认识上还略高一筹。毛坦厂镇基本上是教育产业化的理念,他们先是把毛坦厂中学办成了亚洲最大的"高考工厂"——先拼命地招收复读生,再高压备考,然后将复读生最大比例地送进大学,从而产生教育的高效应。其中包括学生越招越多,每年过万,于是陪读家长涌进毛坦厂镇,他们要吃、住、打工,就兴起了毛坦厂镇独特的餐饮业、出租屋产业以及家长打工工厂等。每年高考就像毛坦厂的盛大节日,也像重大的贸易活动。毛坦厂镇就这样靠教育迅猛发展起来了。而他们的许多做法却不大经得起理论,也就受到过许多抨击,似乎是黑格尔的一句话才维系住他们的生存。黑格尔说:"凡是合理的都是现实的,凡是现实的都是合理的。"后来就直接变成了"存在即合理",那毛坦厂中学就这样"合理"下来了。

而姜家岭村推行的"崇文重教",是中国的优良传统,姜家岭村崇文重教的整个理念系统也都是经得住推敲的。

但有一点梅支书则好像卖了关子,他迟迟不提姜家岭的文化或教育产业,可凭我职业性的敏感,估摸博士村的"崇文重教"早已默然丰收了,因为听说这里是邻村拓展学校的研学基地,做着有效的有偿服务。其实无须遮掩,发展经济也是硬道理,要将梅支书的思维圆合起来,是缺不了这个重要环节的。乡村振兴选择打造博士村,不只是赚吆喝的,打造博士村要耗钱,但耗钱也是为了赚更多的钱,是既赚吆喝又赚钱,而且打造博士村和其他的振兴之路不同,它可以做到物质文明和精神文明双丰收,这正是其高明之处。

会下作家们又和梅支书作了互动交流,作家们提的问题先是:姜家岭村11位博士并不是最多的,周边县市有的村比这里多很多,那为何就这里成了博士村呢?梅支书只简单回答了两点:一是我们村的博士不算少;二是我们村最早有崇文重教的思考、运作和成效。这就是实际情况。后来田永华主席和梅支书交谈甚欢,他俩还就姜家岭的"奋斗目标"进行了讨论,田主席建议说:"奋斗目标这样说会更严密:知识就是力量。不与别人比做屋,只与别人比读书。用20年左右的时间,争取每家都有一名大学生。"梅书支书表示认同。田主席又问他:"如何应对质疑呢?假若有人不理解,会说这崇文重教的做法,不就是要把村里的孩子全都培养成大学生、硕士、博士吗?可能吗?怎么回答?"梅支书说:"还真有人提过类似的问题,我是这样回答的:我们既主张'有教无类',又重视'因材施教'。也就是说要让所有的孩子都受到教育,而不是说让所有孩子都考取大学。相反,若他不是考学的料,成绩总上不去或心理承受不了，就不要硬逼他考学。我们还主张'先做人，后成才'，认为'身体健康第一，心理健康第二，学习成绩第三'，如果逼得他跳了楼，人都没有了，还谈什么教育呢？"田主席高度赞同他的说法，如此如此，他们两人便相见恨晚，成了难觅的知音。我也认为这回答是有水平的，"有教无类""因材施教"是孔老夫子的观点，后面的则是素质教育的精髓。

"跳出三界外，不在五行中"，梅支书本不是教育圈内之人，能"超凡脱俗"点正好。

说梅支书是"杂家"，他除了对教育有深刻的思考，还善于研究国家对农村的大政方针，也会经营自己的"一亩三分地"。从他的汇报可以看出，重视信息、把控机遇、落实项目、发展经济也是他的优势、优点。

看点之三：基地独运匠心

走进博士村，我们意气风发，心潮澎湃，仿佛发狠要走遍姜家岭！走到她的历史深处，走到她的思想高处，走到她的未来远处！

参加活动的还有刘家场作协分会梅运全主席，他是姜家岭村人，所以他和梅启新支书就成了走访参观的导引和解说员。

先到博士展示点——"耕读传家，书香致远"。梅主席说这是姜家岭村的"中心展区"，也是中小学生拓展、研学的主基地。真的很美，而且文化气息浓郁。这里中间一口椭圆形的水塘，风柔水清、明洁如镜。东面是一排民宿，整修得风格古朴、素净，木板、黑漆、金字的对联特别醒目。对联书写均出于松滋名家之手，显得有面子、有品位。对面是博士展示牌，11位博士一人一块，为长方形，丈余高，上端是照片，个个都有精英神采；往下是文字简介，字字都有饱满的含金量。

通过看和听，我们又获得了崇文重教的典型。

淳朴民风成就励志人才！

梅松宜，加拿大卡尔加里大学化学工程博士。可他在读书的时候，由于家里条件不好，他还得种田、放牛，是个"晴耕雨读"的范例。他求学十分艰难，是靠乡亲们帮衬，才好不容易读完高中、考取长江大学的。但当时三千元学费无出处，准备放弃入学，村支书知道后，就帮他贷款上学，这样才有了他学业得到良好发展、家境也得到根本好转的现状。正应了《围炉夜话》中"读书乃有福，教子即创家"的名言。

水塘西南角不远处,可以看到农舍的山墙上画着一个小孩骑在牛背上、拿着语文课本专心致志地学习的巨画。梅支书说,这画就是根据梅松宜的故事创作的。

梅星星,是位25岁的帅小伙,目前是武汉市北斗星科技有限公司的一名工程师。可曾经,他是一位危在旦夕的重症患者。让我们穿越到2010年7月7日,梅星星因身体不适去荆州中心医院检查,却被确诊为急性淋巴细胞白血病。主治医生表示,如果进行骨髓配对,治疗总费用将在50万元左右。他爸妈都是普通的农民,听到这个消息,感觉天都塌了。为了给梅星星治病,家里凡是能变卖的东西全部卖了,亲戚都借遍了,筹到的5万元钱只是杯水车薪。村支书梅启新得知情况后,不仅号召村民为他捐款,还向斯家场中学、镇政府领导求助,在荆州市人大易法新主任的牵线搭桥下,荆州蓝特集团董事长杨忠洲为他送来爱心款3万元,后来陆续捐赠共计20万元。是爱心让他重获新生,病愈后的梅星星,时刻不忘读书,他走进了荆州北大青鸟计算机学校,取得中专文凭后,找了一份自己喜欢的工作,工作之余,继续计算机科学与技术的专科自学,在他的不懈努力下,拿到北京理工大学计算机科学与技术的本科文凭。慢慢地,家境也逐渐好转。他说,只要家乡需要,只要我的生命还在,必将举毕生之力回馈家乡。

我们是从水塘东逆时针绕行的,走过博士展牌,又有一块"乡风文明建设的斯家场实践"宣传牌,这时梅运全主席才介绍说:"标牌标语多是我们姜家岭村的显著特色,那可是梅支书仔细琢磨的结果哟。"其实我早就感觉到了多处文句的精妙,暗自佩服作者的能耐。面前宣传牌上的"四比四让"我也认为恰到好处,"比读书,让书香四溢""比家风,让墨香传承""比勤作,让果香遍野""比宜居,让花香弥漫",其目的是"让乡风文明成为乡村振兴的有力支撑"。此乃智慧开花,文字飘香!"高手在民间",梅支书堪称"语言高手"!

绕到水塘东南角的竹林,我们和"喜竹石"合了个影,留下了喜竹的韵味。石上刻了苏东坡的诗句"无肉令人瘦,无竹令人俗",在此却似乎道明了发展文化与发展经济的关系。

看点之四:工地热火朝天

接下来,我们集中走访了四大建设工地,那是姜家岭发展蓝图中跳跃的标记,气势恢宏、热火朝天。一是堰塘改造工地，梅支书发挥博士关系攻坚，争取到"国家堰塘改造项目款"350万，拟改造全村26口堰塘，完成最后一个"死角"治理。我们看了三口堰，清理、整形工程已完成，正在加紧硬化。二是"学研实验田"，已界定范围，打桩划线，是一块美如锦缎的梯田。三是"姜家岭书院"，地梁已浇筑定型，挖土机正轰鸣着铲土回填台基。目测长五六十米，是个不小的建筑物。梅支书在这个"杰作"面前表现得很兴奋，用压倒挖土机的音量介绍说："我们现在要打造的是湘鄂边最大、最好的拓展研学基地，所以我们这个书院就要用我们现有的实力往最高处着手。我们的奋斗目标是把邻近的湖南县市的拓展学生也吸引到我们这里来。"这书院会是什么规模、档次就可想而知了。四是铺设到"石牯牛"的道路，建立起又一个文化底蕴深厚的研学基地。这里我又欣喜地收集到一个人才主题的传说，整理插入此处，感觉好不熨帖！

姜家岭西边有条梅溪河，过去也叫螺溪河(见《梅氏家乘》)。梅溪河因梅姓族望而得名，然螺溪之名从何而来，不得而知。好在现在大家把发源于官渡坪最后汇入澧水两河口的整条河命名为洛溪河，"螺溪""洛溪"，音近而字异。

梅溪河有个古老的传说：相传很久很久以前，境南有个青年，饱读诗书，闻名乡里。乡亲们都说他是文曲星下凡，劝他求取功名，然后造福乡梓。就在一个大比之年，乡亲们为他凑足了盘缠，送他上了赶考之路。青年背负行囊，从界溪河出发，晓行夜宿，不在话下。当经过梅溪河时正遇洪水，水流湍急，不能过河，也不见渡船。青年正在着急之时，柳树下一头青色的牯牛"哞哞"叫着向青年走来，并做卧伏状让青年骑上牛背，将青年顺利渡过浊浪翻滚的梅溪河。青年得以顺利参加会考，并进京殿试，考中功名。

后来，朝廷派青年到湖湘地方为官。新官员取道老家看望年迈的父母，也感谢资助过他的乡亲。当官员回到梅溪河边时，不见了青牛，于是向河边住户打听。一位老者告诉他：小官人，当年驮你过河的可是神牛啊，前朝傅宰相就是沾了它的光才做了大官的。前年，不知是谁得罪了河神，梅溪河发了大水，两岸人民遭殃，到处墙倒屋塌，淹死了好多人，老牯牛奋不顾身跳入河中，用自己庞大的身体压住了河神，才控制住了河水，两岸人民才安居乐业，过上了好日子。说完，老者指了指河中一块巨石，酷似牛形。新官员听完，略有所悟：难道它就是传说中老子过函谷关时骑过的青牛？

于是，新官点燃三炷高香，向河中化为石形的老牛虔诚拜揖，立誓造福民众。后来听说这位官员成了湖湘地区治水的好官。

此时，拉建材的拖拉机"突、突、突"地欢跑着，感觉就像是《传说》的"古韵"和现场的"今声"正在合奏发展曲。

看点之五：油茶生机勃勃

驱车上岭是最开阔眼界的，气象万千。姜家岭，黄土岭、黄土坡。岭上俯瞰坡长千米，仰望则空高万丈，蓝天、白云、阳光，再极眺估计就是"诗和远方"了。

可梅支书的诗是眼下的油茶树。黄土岭、黄土坡上均种满了油茶树，一棵棵，矮小似娃娃一样可爱；结出的果、榨出的油更似仙果、琼浆。姜家岭的油茶产业已进入联合深加工的阶段，产出的油供不应求，市场前景可观。后续在扩大规模上，梅书记指着脚下的岭坡说："这一片油茶树的树龄三年了，马上就开始挂果，我们再在周边收购一些，油茶产业规模就可以了。"

我自顾在旁遐想：当满岭满坡的油茶开花了，那应极为"壮观"，满眼鲜艳，满眼希望，该多美！

看点之六：岭上底蕴丰厚

说完油茶，作家们齐观岭下水雾升腾，是"紫气东来"，好不祥瑞！大家乘兴观岭说岭，谈及"姜家岭"的肇启。梅主席、梅支书便引领大家凭吊"异姓同宗"的先人姜朝举，并议说了姜家岭得名的由来。

姜家岭是一条呈南北方向的山岭，南起本地的银板沟，北至本地的楠竹园，全长约6公里，此山岭中，包含梅家岭、跑马岭、梁凸地、朝举垉、野猪坑等地段。这么多具有特殊含义的名字包含其中，为何独独命名为姜家岭呢？这里的老人们都能够说出点滴由来，道出其中缘由。

远在300多年前的清代康熙年间，有一个居住在当地朝举垉地段的乡民，名叫姜朝举。姜朝举是家中独子，他的父亲在一生勤苦耕种的同时，酷爱读书，研读四书五经，积累了渊博的知识。从60岁开始，姜朝举的父亲利用学到的知识，为当地的乡民解危帮困、治病救人、授业解惑、指点迷津，做了大量的好事善事，当地乡民都对他的学识佩服不已，对他的善举感恩不尽。在他的影响下，乡民们认识到了文化对人生的重要性，也开始重视读书学习，形成了崇文尚学的良好乡风。

父亲的一言一行、一举一动，姜朝举都看在眼里记在心里。父亲，已经成了姜朝举心目中的人生偶像。父亲去世前夕，姜朝举守候在父亲身边整整三天，父亲闭眼之前，拉着姜朝举的手，断断续续对姜朝举说了很多很多："做人，要靠德行和文化滋养，养德行，祛除百病，学文化，根治贫穷。"这句话，是烙印在姜朝举心中最深刻的一句为人处世名言。

姜朝举处理好父亲的丧事，擦干泪水，像换了个人似的，按照父亲的遗愿，开始重新规划自己的人生。父亲一生勤苦打拼，给他留下了一笔丰厚的财富，他决定用父亲留下的这笔财富，在当地选择三处合适的地方修建三栋房子，一栋作为自己研学和家人居住的地方，取名为"滋养堂"，他要在这里修炼德行，学习文化；一栋房子作为当地孩子们的学堂，取名为"济学堂"；另一栋作为当地成年人修性养德的场所，取名"养德堂"。规划既定，他亲自绘出三栋房子的图纸，选择好三处位置，请了三个泥瓦木工班子，选择好开工奠基的时间，三栋房子于同一天开工奠基，半年时间建成。

建成后的房子虽然不像现在的房子那么宏伟高大，但房子构造结实，设计实用，庄严醒目。三栋房子之间相隔一公里，坐落在现在姜家岭村四组范围内有两栋，九组范围内有一栋，三栋房子几乎在一条直线上。三栋房子的式样和布局也几乎完全相同，每栋房子都设计有八大间房，有上堂屋和下堂屋，有天池。只是"滋养堂"门向朝东，寓意"迎接阳光"，"济学堂"和"养德堂"的门向朝西，寓意"面向未来"。

三栋房子建成以后，姜朝举将当地的适龄儿童都集中在"济学堂"，每天上午给孩子们上课，教孩子们学文化，每月逢三（初三、十三、二十三）全天在"养德堂"为自愿参与的乡亲们讲学，每天夜晚都在"滋养堂"研学。长此以往，一晃十多年过去，这里接受过他教育的孩子们无不成为有教养、有知识、有出息的能人，这里的乡民个个懂道理、懂礼仪、懂人生。这里形成了良好的乡风，孕育出深厚的文化底蕴，培育出很多能干的人才。

姜朝举的名字，也开始远近传扬，有不少外地人，不仅自己前来听姜朝举讲学，时不时还带着孩子到这里来听课。为了方便外地人的往来,姜朝举在当地的一个三岔路口立起了一块指路石碑。目前健在的80岁以上的老人,都曾经亲眼见到过这块石碑,并且清楚地记得上面标有到车阳河、街河市、西斋、刘家场的方向。可见当时的热闹场面。

十多年来,姜朝举自己也边教边学,积累了丰厚的学识。乾隆年间,实行"乡试"推荐能人为朝廷效劳,由各地州、府主持考试本地人。由于姜朝举的名字已经远近闻名,在一次进行"乡试"的时候,主持考试的官员派人将姜朝举请到了考场,安排姜朝举参加考试。不考不知道,考试结果一出来,姜朝举以头等成绩被举荐到朝廷为官,成了举人。

不多时,朝廷召唤姜朝举到朝廷任职。不得已,姜朝举将三栋房子交给当地学有所成的乡民梅祖坤,由梅祖坤接替了姜朝举的教学。

姜朝举的所作所为,在家乡掀起了崇文尚学的乡风,积淀了浓厚的文化底蕴,功德无量。人民为了怀念他,便将他修建"滋养堂""济学堂"和"养德堂"所在地的一长条山岭取名为"姜家岭",一直沿用至今。姜朝举修建的这三栋房子,一直由梅祖坤的后代保留到1966年,可惜在"文化大革命"初期被作为"四旧"摧毁。

现如今,姜家岭之所以能够成为远近闻名的"博士村",追溯姜家岭地带的历史,溯源姜家岭地名的来历,你就能明白啥叫传承。此时,我胸间涌动一个虔诚的心愿:若能找准旧址,重修"滋养堂""济学堂""养德堂",那该多好!

姜家岭南段"跑马岭"的名称,据说从三国时期一直沿用至今,也可叫"双跑马岭",指关羽、张飞两人在此赛马。

民间传说,东汉建安十九年(公元214年),刘备在川中屡败刘璋之后,继续进军雒城,但久攻不下,加上副军师庞统在落凤坡阵亡,心急如焚,昼夜不安。在无计可施的情况下,刘备写信给镇守荆州的军师诸葛亮,派流星马连夜送达,要求诸葛亮火速率军西征,并示意关羽镇守荆州。谁知关、张二位大将闻讯后,摩拳擦掌、奋勇争先,都要挂帅出征。足智多谋的诸葛亮深知两位将军的性格,不宜在虎帐直接下达军令,便在松滋境内设下两个跑马场,让关羽与张飞赛马,关羽在东,张飞在西,胜者先抽签,以定去留,并立下了军令状。

是日,只听得一声炮响,双方鼓角震天。张飞大吼一声,山崩地裂,烈马狂奔,似离弦疾箭;关羽拖刀上马,风驰电掣,如蛟龙出山。霎时,二马渐进相交,但因关羽坐骑是马中赤兔,夺了头名。张飞坐骑不敌,输了赛局,急得七窍生烟。

为了让关羽能镇守荆州,诸葛亮事先在两张"签"上都写了"守荆州"三字,关羽先抽到签,待张飞欲上前再理论时,诸葛亮止住他说:"关云长跑马取胜,签上有'守荆州'三字,符合天意,翼德还不快去向兄长告辞。"张飞不知就里,最后让关云长守了荆州。

据说,明朝时,两岭上还分别立有"关云长跑马处"和"张翼德跑马处"的石碑。

神奇的传说,赋予了姜家岭丰厚的历史文化底蕴。俯仰天地,山岭之上皆气度! 姜家岭这人脉、文脉、"龙脉",势必力贯万代!

看点之七:馆藏叹为观止

最后一个程序是参观"博士馆"。

"博士馆"以收藏姜家岭人才资料为主,兼收村史、典籍,可借词"汗牛充栋""叹为观止"来形容。

我更以在馆内找到梅启新支书的思想缘起为喜。在门侧墙上我惊讶地看到了宋代胡瑗的《松滋儒学记》,其开篇为"致天下之治者在人才,成天下之才者在教化"。一个高中辍学生,居然研究着《松滋儒学记》,难怪他构思得出"崇文重教"的体系,难怪只有他打造出了远近闻名的"博士村"!

离别时,我们竖起大拇指和梅启新支书以及村"两委"成员拍照,再以"博士第一村"为背景留影,然后,欣然携《松滋儒学记》归。

2022年5月上旬于松滋

(本文发表于《洈水》2022年夏季号)

辑三——

偶游
他乡

OCCASIONALLY
VISITING
ANOTHER LAND

垂钓机场角

　　贴近立冬的周末，天气居然晴好，非常适合户外活动。家人欢天喜地地去了植物园，爱好钓鱼的小老儿不就正好独自出门啦？于是，悠闲朝着机场方向驱车——听别人说的，第一次去。大约驶出七八公里，估计过了外环吧，猛然听得揭顶似的轰鸣声，好突然呀，紧张得一哆嗦，并反射性地踩了下刹车，好刺激，一架飞机遮窗而过！哦，还是思想准备不充分，原来目的地到了。

　　向左调头，再向右出主路，拐入小树林，习惯性地将车规范地倒入一车位大的空地，摸钱包时才意识到不会有人来收停车费，看下四周也不担心罚款，爽！可这不是目的哟，没工夫爽过劲来，就麻利地拎上工具，三步两步走出小树林来到河边。

　　选点，投竿，站定了吸口气——好新鲜啊！此时与其说是垂钓者，还不如说是观景人。

　　这里是虹桥机场的外围河，成"丁"字形，但北端潜入路下，看上去就像"曲尺"了。河宽约50米，水泥护边，高3至5米，"垂钓"似乎据此而名，得垂着钓。

　　点选在机场西北角，说实话，此钓属于"姜太公钓鱼"，意思意思，主要是玩玩。扫描90度角面，好热闹哟！飞机庞大的身影自北向南时不时扑向机场，由南向北又时不时冲入云霄。轰鸣声不绝于耳，高的低的"此起彼落"；平稳滑行的，渐远也会渐近……但均给人一种力量震撼和冲击的雄浑的感受，而不会是"呕哑嘲哳"的单薄的嘈杂的难忍。

　　今天这里聚集的人可不少。钓鱼的是这边、那边，左边、右边，人挨人、竿碰竿；观战的围成第二层，站、蹲、倚扶，各具姿态，反正比钓者还激动，还当真；看飞机观风景的集中在不远的桥上，此桥应连接场外公路和机场路，现因入口暂封闭，所以成为停车和游玩的绝好场所。于是看上去，桥里装满了车和人，白的、黑的、红的、绿的、灰的、黄的……满满当当。

　　然而，人们似乎都忽略了飞机的轰鸣，忽略了那白得耀眼的太阳，处处显得宁静，个个显得优雅。垂钓者"垂"也，好长时间可以一动不动，一声不吭，盯着水出神；观战者大多也不出声，而且还会用手势制止有说话表现或者欲望的人；桥上照相的多，虽然要抢飞机的镜头,但多为手势指挥。我又"踢踢腿伸伸腰",正好看见一银色的玛莎拉蒂展开鸥翼门与降落的飞机纳入同一镜头,协调得如同大鸟带着小鸟在飞;又一红色敞篷车上一对情侣拥抱着,浅笑、细语,或许还做着别的……把眼光旁移吧,便神奇地看到一群"中国大妈",她们不是人们想象的在借地跳广场舞,而是聚在一起看报纸、翻杂志。飞机依旧轰鸣,但这里的人们则生怕惊扰了它们。

垂钓者中也有独特的个体和团队。

我看到一辆"Gl8"直接停到了河边,从车上"鱼贯"下来5个"帅呆了、酷毙了"的小伙子。他们抬来一个特大包,在我的右边摆开摊,充气垫上是食物,旁边一堆一色新的钓具。摆定,不是开钓而是开吃。好一通海吃海喝!有嘎嘣脆的,有吸溜得呼啦啦的,还有呲摸得吧唧吧唧的……这是要馋得鱼儿上他们的钩吗?可到最后也没有一条鱼咬他们的钩。他们先把自己喂饱,才下决心再把鱼也喂饱。接下来是打窝子,诱饵的品种真叫个多,量真叫个大。什么"老鬼""巨无霸""渔家傲""一步到位"……全是大包装的。一一打开,和了大半桶,然后"天女散花"地撒下去。然后又一阵忙乱——查资料的查资料,安装的安装,总算齐活了,抛竿,"安静!"其中一个小声喊。10分钟……20分钟——"算了吧,不咬钩。""还玩会儿,听听飞机声,看看对面的人(其实是指对面的MM)也挺好!"

从他们前面的谈话中得知,他们可不得了,即将代表公司参加钓鱼比赛!今天是来做赛前训练的。小伙子们心宽吧?有意思,好玩!为了参赛,他们硬是在这里坚持训练了一个多小时。"看人"的小伙子又说:"我饿了,咱们回去吧?"他们意见很统一,就一起收摊走了。这就是小伙子,旋风般来,又旋风般地离开了。

鱼儿也好像跟着小伙子们"吃香的喝辣的"去了,鱼漂一动不动的。我索性放下竿去走动走动。桥洞下有一老者的鱼护里很热闹,也许这就是"高手在民间",你看他手握炮筒式的玻璃钢长竿,时收时放,伸缩自如。你别看他的设备落后,其实才最有针对性。长竿、细线、小钩、七星漂加一盒蚯蚓,钓小鲫鱼,这就是此河道的鱼情和渔经。"轰……"而且他不怕这桥洞的轰鸣声更大。

回到自己的钓点,看一降落的飞机更清晰了,上面的字都毫不模糊,"东方航空公司",联想到"屹立东方",思维就有点"跑野马"了。

机场可以说是国家强盛的象征,也是城市强大的缩影。机场兴盛,秩序井然,就说明地方祥和安定。我们的钓鱼场景和机场景象是多么融洽啊！刚才的飞机来自何方？是国外还是国内？起点机场也有这样的钓鱼场吗？

"轰"的一声，又一架飞机起飞了，我想它可能是为我们探听消息去了。

不知不觉，太阳偏西，立刻就有了冬天的寒意——毕竟明天就立冬了，再抬头看场上的人已少了不少，只听邻座问邻座："还行吗？""没钓着，下周再来。"两人就意犹未尽地离开了。

我随最后一批钓鱼爱好者们收竿上车，"轰轰轰……轰轰轰……"飞机欢快地和我们告别。

回家的路上，过了外环仍旧能听见飞机的轰鸣声。

2016年11月

禅 雪

腊八节那天下午,名号"夫子"的同学给我发来一首诗——《家乡的雪》:"雪来到家乡的上空,/一直在尴尬中徘徊!/因为雪知道,/这场雪不是普通意义上的雪,/而是上升到了一定高度的雪!/雪一直在思考⋯⋯/该怎么下?/下多大的量?/下小了,气象局不同意,/因为他们都预报了暴雪。/下大了,公安局不同意,/毕竟他们交警人手不够。/不下吧,教育局不同意,/人家都通知学校放假了。/雪一直在家乡的上空憋着,/徘徊着,犹豫着⋯⋯"傍晚,我应和道:"雪下梅花上——'梅花欢喜漫天雪,冻死苍蝇未足奇'!雪下寒江上——'孤舟蓑笠翁,独钓寒江雪'。雪下辕门上——'纷纷暮雪下辕门,风掣红旗冻不翻'⋯⋯雪下你我家——'晚来天欲雪,能饮一杯无?'"待发送完,几乎是抬头看窗外的那一瞬间——绝对是令人惊奇的发现:天空果真纷纷扬扬下起雪来!"奇了!"好在没有惊呼出口,立悟——"这就是禅意!"——静寂中,你才能知道天遂人愿!

晚上,特意饮红酒一杯。睡觉前,我又向窗外看了看,雪继续下着,但地面没有变白,只见绿化带上泛有白色。

第二天早晨起来,那阵势可就大了。像"燕山雪花大如席",我不敢说,可"漫天飘舞着鹅毛大雪"那是实足的。站在窗前,大大的雪花打在窗玻璃上居然有轻微的"咚咚"响。我连忙房前房后地摄像:南面,雪横一阵竖一阵地猛下,画面满是急速飘动的雪花,背景楼房只见轮廓了;北面,雪先是隔窗扑面而来,开窗即似粉袋炸开,"嘭"地一下,扑得人满脸满身。我慌忙关窗,但摄的雪景就没有效果了,因为窗玻璃被雪花模糊,改为拍照,一块"雪花板"也珍奇。

等再换位南窗,已是万物皆白,就连跑动的汽车也是"黑车的身上白,白车的身上肿"了。

一阵银铃般的欢笑声传来,才见侧面雪幕中舞动着一群孩子,有七八个吧,红、黄、蓝的连帽棉衣给园区添上了跳动的色彩。他们开始是打雪仗,七八个孩子竟然闹出一团雪烟。一会儿安静了许多,孩子们开始堆雪人了。雪依然下得欢,只见被孩子们抓黑的地,转瞬间又变白了。也许是雪下得太大吧,孩子们陆续被家长拉回家了。

不知不觉，我在这窗前都站半个多小时了。雪稀疏下来，覆盖地面的白就更加耀眼。

吃过早饭，因为有事，我开车走在玉山镇的街上，玉山镇披上了银装，正好成了名副其实的"玉山"，难道这不也是禅意？——哦，静静的，心中只有雪，眼前也只有雪！

做事的地方有个休息室，坐五六个人，开着暖气，喝喝茶，聊聊天，惬意着呢。大家都重视子女的教育培养问题，又知道我是一名老教师，所以说想请教云云。但我知道，他们的学历都在本科以上，不是那么好糊弄的。我望着窗外的雪，无意中想到了《景德传灯录》里的"赵州吃茶去"，才果断地回答了他们的问话。第一个说："我的孩子成绩还不错，这几天放假了，我就不知道让他干什么？"我回答："玩雪去！"第二个说："我的孩子成绩一般，除了写作业，我也不知道让他干什么？"我回答："玩雪去！"第三个说："我的孩子成绩不怎么好，那应该让他干什么呢？"我回答："玩雪去！"大家会心地哈哈大笑。

"散场"了，一位小青年模仿我的口吻说："回家啰。步行的，玩雪去；开车的，玩雪去！"我说："悟性高，禅雪一体哟。"

我是开车的，上车时天就黑了。拧开车灯就像拧开了喷雪开关，光柱成了涌动的雪柱。这雪下得太准时了！好在街灯明亮，基本不影响视线。

爬上中环，雪依然下得猛。上面有高高的路灯，但不如街道的亮，路面有一层雪水，看不到画的标志线；马路牙子边是堆积的雪，灰白色的，界线就不大明晰了。打开远光吧，吓我一跳，千万条雪线射向眼帘，眼睛眨巴一下才缓过神来。这是玩雪才有的心跳！遇到没有玩雪心态的那就惨了，前面一辆白色轿车，打着双闪在路边上慢慢地爬，大约跑30迈（限速80迈），我估计他（她）衣服都汗湿了。

我回住处的路不远，半小时左右就到了。有惊无险，绝对是有趣的历程。

听说家乡的雪，也在人们的静候中下下来了，没听说有什么负面影响。下得是时候，下得是地方，下得是恰到好处！

这场雪是"瑞雪"，大家都知道："瑞雪兆丰年！"它也是一场"禅雪"——"此中有真意，欲辨已忘言！"

2018年1月28日

（本文发表于《沱水》2019年夏季号）

走进奎阁学堂

"昆山"不见山,"萧林"不见林,"紫竹"不见竹,何也?因为这里已进化为楼宇棋布、街衢纵横的城市,已成为人类文明高度集结的新的"风景线"。那么,原地的山、林、竹等是被铲除了,还是根本就没有存在过?地名又是如何来的呢?

简单地质疑,就会带出一系列的问题。并且,历史变迁中的是非曲直、利弊臧否,现在来论,还要涉及环保、发展、文化传承及政治经济等问题。所以,需要人们有一个智慧型的头脑来思考和处理这类看似简单实则复杂的问题。仅此话题,就可直击到"学习的重要性"了吧!

书是人类智慧的结晶,也是人类进步的阶梯!那我们何不走进"学堂"和"藏书阁",去认真读书学习呢?

锁定"奎阁学堂",先是她带有鄙人名号中的"奎"字,倍感亲切;其次因她正好似风景中的"风景"。在昆山城中,奎阁学堂分设多处,我知道的有两处,一处位于萧林路中段西侧,另一处位于紫竹路北端东侧。

"你站在桥上看风景,/看风景人在楼上看你。/明月装饰了你的窗子,/你装饰了别人的梦。"

走进奎阁学堂,可见瘦细字体的牌匾和娇小的门脸,但颇有点"腹有诗书气自华"的"气质",略显小小的庄重与高雅,给这座城市平添了几分书卷气。

"会见春风入杏坛,奎文阁上独凭阑。"

山东曲阜奎文阁,始名"藏书楼",孔庙三大主体建筑之一,是专供读书人祭祀魁星的地方,另一用途是"私塾学馆",专门培育乡间学子。

"奎阁"莫非不受"奎文阁"之"悱发"?看来,"奎阁"虽谦于室小,但其关联则高远深厚。

至于"学堂",我以为通俗古朴、贴切大方。

城市最适宜文明时代,书则是古今皆宜矣。

我因了商讨朋友孙辈"古诗文阅读"辅导的缘由,走进奎阁学堂,方才感知"经史子集"齐聚其中,"山""林""竹"的神韵更是呼之欲出。"山"有《石钟山记》,"空中而多窍,与风水相吞吐,有窾坎镗鞳之声……"于是得正确命名之由来,且得"事不目见耳闻,而臆断其有无,可乎?"的经验;读《游褒禅山记》,知有山高穴深,进之不易的险境,亦得"尽吾志也而不能至者,可以无悔矣"的道理;《九嶷山记》,则以九峰相似而得名,因其不入"五岳"而为憾……"林"有"鸡栖篱落晚,雪映林木疏""落日未能别,萧萧林木虚"等;咏竹、记竹的诗文就更多,如唐代王维的《竹里馆》、明代陆容的《满江红·咏竹》、明代王世贞的《竹里馆记》,等等。假如不是人生地不熟的,我想,"昆山""萧林""紫竹",在书中找到一一对应的记载是不难的。兴许考稽一下方志和相关典籍,就能得到完整的答案。

走进奎阁学堂,这里的学者,"恰同学少年,风华正茂"。他们遇上了追求考"好大学"的时代,谁不厉兵秣马,严阵以待?

走进奎阁学堂,吾扪心自问:我为教者,还是学者?

走进奎阁学堂,于人于事于物,老夫幡然醒悟——人生要务——终身学习,莫分教者、学者!

2018年2月13日

奕欧来村

周末(8月18日),女儿、女婿说:"遛娃迪士尼!"一家人便整装出发,驱车四十多公里,从浦西西到浦东东。

"迪士尼",国际化标准的度假区,上海人都说,好玩得"不要不要的",但我更有兴趣的是"奕欧来村",好像在迪士尼的东南角上。

下午六点左右,孩子们说晚饭去吃点"特色",可导航目的地却是"上海奕欧来奥特莱斯"。"奥特莱斯",它不是"品牌直销购物中心"吗?我心里有点犯嘀咕。

几分钟之后就到了,下车,走进一个新的园区,上木道,来到一汪水边。

此时夕阳正走在对岸上空的云缝里,天上红白相间,水上也红白相间,好似油彩画一般。赶紧拍了张照发"朋友圈",并配诗一首:"绿树清水鱼虾,喷泉霓灯商厦,木道凉风宝马。夕阳西下,游园人映晚霞。"

显然,诗仿元马致远《天净沙·秋思》。可同样是秋,却情景迥异。

我们眼前是椭圆形的小湖,面积几十亩吧,南是停车场,东、北、西是街道和商厦。水滨建丈余宽的木栈道,一边栅栏蜿蜒,一边杨柳依依。华灯初上,湖风送爽,栈道上多半是一家家游玩的大人和孩子,伴着"一嘟噜一嘟噜"的欢笑——好一份城市忙碌后的闲适!

我家的"娃儿"(我外孙子,五岁多)在用面包渣喂鱼呢。"快看,外公、外婆,都是那几个'哥哥'抢了'弟弟妹妹'的食物!"我从栅栏齿间看下去,一大群小鱼疯抢着面包渣,总是几个个头大点的冲在最上面。我说:"这怎么办?"外孙说:"您叫它们讲友爱!"我说:"行,我试试。"我拿面包渣尽量往小鱼堆里扔,看上去"成功"了。于是外孙夸小鱼乖,夸外公"有办法"。后来他又和不断认识的小朋友们分享了撒面包渣喂鱼的乐趣。就这样,好一阵子,外孙和鱼儿们、小朋友们玩得是"不亦乐乎"。

直到女儿、女婿过来说"吃饭排到号了",我们才依依不舍地离开小鱼儿们。

跨过沿湖大道,是纵横交错的街道和各色外文的商厦。未承想,商厦的侧面或者说背面是一家家的餐馆、饭店、大排档、"农家乐",总之,就是吃饭的地方。走进这条其实不知是背街还是正街的宽敞的街道,才知这里才是选择"风味"的好去处。从门牌上看,"鲁、川、粤、闽、苏、浙、湘、徽"八大菜系齐了不说,还多出不知有系无系的用地方名、人名、姓氏、绰号等命名的门店。这里真的是热闹非凡,家家灯火通明,宾客满座,多半连门口的持号排队座也是满的。我们选择的是"内蒙古羊肉馆"的室外座。我和老婆拉着娃,急急忙忙地跑过去,被服务生延引到一小圆桌边坐下。带水雾的电风扇很通人性地转过来,送一缕凉气,也让人莫名地松了一口气——也许是终于抢到吃饭的"时间和空间"了吧,心里一阵小小的踏实,好爽!

趁家人点菜的空档,我观察了一下周围,基本上是"撸串、吃羊杂、喝啤酒"。那啤酒罐好有特色,细长,一米多高,垛在桌子中间似擎天柱。看上去就粗犷豪放,容易让人联想到喝酒时那种高一声低一声的"音响"和东一倒西一歪的"影像"。可眼前并非如此,喝啤酒的那些小哥们、小姐们,喝得像品咖啡似的,根本不是"原汁原味"的喝状,这才让人意识到:这里是上海!其实这风格也不错。这样安安静静、轻轻松松、自由自在地吃点喝点不也挺好?

点完菜,立马就上来事先做好的羊肉串和羊杂汤。我家娃儿是个恐龙迷,拿起羊肉串就进入了角色——"我是食肉性恐龙,我要吃肉了!"于是"啊呜"一口,熟练地撸起串来。大家跟着开吃,同时也一个劲地说好吃。没承想,娃儿撸着串,却还想着小鱼儿。他说:"我拿点羊肉串去给小鱼吃,行不?"他爸说:"不行,因为你这时候要规规矩矩地坐着吃饭。"娃儿不无遗憾地说:"小鱼儿要是能从水里上来和我们一起吃饭就好了。"接着歪着头补了一句:"为什么人能下水游泳,而鱼不能上岸呢?"我只好说:"这是动物的生理机能和生活习性等决定的。其实有的鱼是可以上岸的,以后我们可以到图书馆去查。"于是他煞有介事地说:"好的,我明天到长宁图书馆去查查。"他这一本正经,却逗得我们"喊喊"笑了。但我后悔没能对他说,将来也许真会"水岸融通"。

五个人要了七八个菜,没要啤酒,要的是酸奶。当场,我表扬他们安排得好,既吃到了内蒙古特色,又品尝到了内蒙古与上海的结合味,比如牛肉里放了咖喱。

吃完饭,八点钟,大家说顺便逛逛。娃儿跟着走了几步,觉着没意思,他爸就送他到园区里的儿童乐园去玩。

来的路上，孩子们就说要给我们买纪念品，所以女儿坚持陪着我们老两口转门店。她说这里的店虽然都是"奥特莱斯"，但商品品相好，质量认可度高，品牌品种多得难以想象，可以满足任何层次的需求。

转到Versace鞋店，给老婆买了双漫步鞋，当妈的她换上后觉着哪哪都好。

这里转转挺有意思的，还能增长见识呢，比如说：第一次看到一百多万的包包长什么样了；第一次看到十万人民币一只的包，居然有那么多的人排着队买，像买小菜一样；鸽蛋大的宝石戒指不是传说，牛绳粗的项链不算夸张……但顾客最多的还是像耐克、阿迪达斯这种档次的店。给人的认识是，奢侈品毕竟还是少数人的追求，多数的人还得现实地活在现实里。

后来，我说我"相不中"这里的什物，我们就漫不经心地走到街道上去了。虽然时令是"秋老虎"，但在街道上感觉很舒适，因为有门店排出的冷气和室外电扇的水雾风，很舒服。

走着走着，无意间走到园区大门前，只见上书"奕欧来村"，开始我好惊讶，"购物中心"应该就是"商业城"呀，用"村"命名，好特别哟！片刻之后，我便悟出之妙。

记得"村"，旧体为"邨"，从"邑"，"屯"声。"邑"，旧指县邑，可以理解为小城的意思。这说明旧时的"城"和"村"是有很大交叉部分的，概念的外延界限没有现在明晰。现在的"村"，就是乡村，和城市相对。人们早已习惯了二者之间的区别，并且区分度也十分高。从逻辑学的角度将其区分开，是非常正确的。但从情感和观念上明确区分，往往是偏见，甚至是歧视。其实，随着人类的进步，人们生活区域的不确定性以及生活方式的多样化，单纯的城市化和乡村化方式都会过于枯燥乏味，综合性、结合体想来会更受欢迎。

奕欧来村是与迪士尼配套的购物休闲园区，是智者精心打造的城中"桃源"，所以，名称中的一个"村"字，就不显山不露水地表明了一种理念和追求。

这一下，我们也理解北京当初为何建"亚运村"了——哦，我们更热切地期盼早日建成所有人理想中的"地球村"！

于是我还在想，钱锺书先生小说里的名句"城外的人想冲进去，城里的人想逃出来"，将来一定会被人们理解出更高境界、更大格局的新意。

　　九点钟，我家两路人马在车上汇合，娃儿哼哼唧唧地说还想玩，我索性明知故问："好玩吗?"娃儿立刻来精神，回答："太好玩了，过几天您再陪我来。""那你要记住这里的名字哟——奕欧来村。""我记住了，奕欧来村!"

　　回家的路上，大家谈论的都是对奕欧来村的美好感受。

2019年8月

（本文发表于《浥水》2019年冬季号）

袁 总

这次到上海的第三天,女儿下班回来对我说:"老爸,今天我碰到原公司的袁总了,交谈中他听我说您到上海了,很是兴奋,提出想和您见个面,聊聊天,可以吗?"我说:"只听你们常提起这个人,说明你们和他关系是很好的。但毕竟我们未曾谋面,合适吗?""没什么不合适的。我们和他也常说起你们的情况,加之你们是同龄人,会有共同语言的。"我觉着起码从礼节上讲应该应约,于是就定周五约袁总一聚。

为见面,女儿又简单地给我做了点"功课"——

袁总(未涉及其名,姓也是谐音,上海环境中一般这样),加拿大籍华人,20世纪60年代初出生于中国哈尔滨,现任上海某汽车公司技术老总,属高薪引进的外国专家。

他的家属全在国外,虽说是回了国,反而成了形单影只的孤独者。加之,公司上上下下几乎都是年轻人,和他这么个老"老外",既会有"楚河汉界",又会有"代沟"。因此他说最大的不习惯就是时常会感到孤寂。但他说过,"好在工作排得够满的"。

周五(8月23日)下午六点,我们一家来到虹桥南丰城南区一楼大厅,中间是儿童娱乐设施,外孙子一进来就没入其中了,女儿、女婿赶去看护。我和老婆站在外围,人很多,有追着孩子往里(大厅中)跑的,有拉着孩子往外拽的,更多是围着打转转并小声呼唤"宝宝"的;再就是不断地有人往几个入口涌,然后大多急匆匆奔向电梯……不一会,我看到人群中的一位,第一眼,我就感觉他是"目标人"——看上去50多岁,直板的身材,翠绿的T恤,黑磨白的牛仔裤,左耳塞有线耳机,右手拿手机,眼睛灵巧地搜索着人群,又时不时地看一看手机……刚好女儿走过来,我就指着那人说:"那就是袁总。""还真是的,您是怎么认识的?"女儿惊讶地呼喊,便拉着我过去和袁总打招呼。握完手,女儿说:"袁总你猜,刚才是谁最先看到你的?"袁总说:"一定是你父亲,咱老哥俩似曾相识,一见如故。"我不得不很俗套地说:"幸会幸会!"

女儿叫来娃儿和娃儿爸,虽然他们早就熟,但还是一阵寒暄后,我们才一起上四楼纱罗餐精致料理间,在一半隔断墙包厢落座。

半隔断墙包厢是介于包间和大厅座之间的餐厅格局,在上海普通普遍,似乎正好是上海人所追求的雅致。大空间融合,有普通大厅的敞亮开放,但又相对独立,互不打扰。这里迫使你讲话的音量要有原则标准,那就是不打扰邻厢,也就是邻厢听不明你交谈的内容。往往当你有意去听邻厢交谈时,才会发现案底播放着乐曲,乐曲声会刚刚好盖过邻厢的谈话声。

我们订的位置,中间放一张椭圆形的餐桌,一边是半圆的长沙发,高高的背靠充当了半隔断墙;一边放三把背靠椅,背面是栅栏,外面是天井。空气好,独立性又更强。

我和袁总坐了背靠椅,退下一把,还有四人就坐沙发。

开了一瓶红酒,女儿、女婿不会喝酒,老婆看着娃,只有我和袁总举杯,互致谢意之后,就动筷子了。菜上得很快,娃儿一心想着"游戏城堡",三下五除二,吃了点东西就要走,他爸妈就带他下楼玩去了。剩下我和老婆陪袁总,总算可以安安静静地说会儿话了。

我举杯,老婆也倒了点酒举杯问:"听说袁总是东北人?"

"我是哈尔滨人,父母和你们一样都是中学教师,所以我对你们当老师的非常敬重。来,我敬你们两口子。"一下子,我们之间随意了许多,话也就多了起来。碰杯喝酒吃菜,好像就成了谈话中的"标点符号"。我们之间没有过多的礼数,气氛十分的平稳、平和。

他主动接着说:"我是幸运的,中小学阶段,学校上课不多的时候,我可在家里看书,还有人辅导。恢复高考之后,在熟人眼中,我就成了最好的考学料子。果然1978年参加高考,我就考了所很好的学校。到大学后不到两个月,一个意想不到的机会——我也不知道是什么原因,一位国外教授把我带到了日本。从此走上了孤寂求学的路……"

"来,喝酒。"他举杯和我们碰了。我说:"你是一位成功人士,肯定走过十分艰辛的路。"

"真的是往事不堪回首,当时在日本,孤独得'黑天无路',根本就碰不到中国人,留学生中我也没碰到中国的。开始,为了攻语言关,我八十天几乎没出地下室……"我听他停下了,才见他眼睛都湿润了,连忙说:"喝酒喝酒,我们敬你!"而后,我们三人好像同时听到了播放的乐曲声,都沉浸到乐曲里。

服务生过来换碟,我们才想起吃菜、喝酒。

瓶里的酒约莫喝到三分之二,他讲的东西跳跃性就大了,但可以从中得到这样一些信息:一是他是被作为机械方面的人才要过去的;二是他一直在国外执着地拿学位,从本科到博士,换了好几所学校,好像还说到过其他的国家;三是留学生吃过的苦他都尝遍了。

谈到事业,他是这么说的:"我呀,就是不安分,什么航天航空、大炮坦克、飞机轮船等我都干了,几乎是在机械平台上转了一圈,现在落在了新能源和智能汽车上。"

接着他说:"我有这样一个问题想不通,我十七岁出国,五十七岁回国,回来的时候真的是难以形容我有多高兴、兴奋。结果到现在我却居然有些后悔。"他叹了口气。

"出去四十年已经改变了生活习惯?"我帮他找原因。

他说:"我们骨子里保存的是'中国式的情感',却跑出去做了'外国佬'。"

"不过,在公司没有一个情感交流的群体也是一个问题。"他自己抿了一口酒说。

我故作轻松地笑着说:"这个问题终究是好解决的,以后我们多联系?"他连忙笑着说"好的,好的"。老婆说:"我们的两个孩子说过,您是他们十分敬重的人,以后我会叫他们多和您联系,您看可以吗?""当然,当然。"他也连连应声。这不就是中国式情感的安慰?

酒喝完了,他吃了个叉烧包就放了筷子。

服务生过来收拾完,袁总却余兴未艾,我们又东扯西拉、天南海北了一通。

其中,我问了他一个教育问题:"中日教育最大的不同在哪里?"我问的目的只是想知道在他们这个层次会是什么观点。

他竟不假思索地说:"中国的教育讲究正宗传统,日本的教育讲究实用现实。我们在国外读了几年书之后,最怕忘本了,所以有空就捡中华经典诵读,比如说一本《诗经》我读了好多年,特意记住了孔子的评价:'《诗》三百,一言以蔽之,曰"思无邪"。''无邪'就是'正'。而且,我还一直以为,'经'就是几千年的'经典',所以往往很高深,也很正宗。读起来虽然艰涩,但给人以特别稳重的感觉。我们中国《语文》用的不就是这样的教材?学生应该很享受吧?日本实行的是素质教育,有其讲实用的长处,但不大合乎我们中国人的教育思维。"很显然,他的观点是有问题的。一是他对中国教育的认识还停留在几十年前。二是他不知道中国也推崇素质教育。不过中国的素质教育,的确是认可度不高。但我也没有必要当面和他辩个"驴长马短"吧。

我思考时,有点冷场,就连忙说话:"这观点特别。"他也十分场面地说:"班门弄斧了,见笑。"我只能用"哪里"应付。

另外,我觉得他讲身体健康及长寿的观点真就特别了。他说:"多活几年,人人都会感到幸运。多活几年要增添好多的见识,要多学好多的东西,比如说,前两年死了的人就不会微信支付,不知道刷人脸。"他还说,"这也是讲'终身学习'的意义。'终身学习'有一个不言而喻的前提,那就是长寿,否则就无须谈'终身学习'了。"

大约九点钟,他接了个电话,说接他的车过来了,我们才送他到一楼,孩子们也过来道别,然后他才不停地挥着手离开了。

我们也上车回去。女儿说:"谈得也太投入了吧!"我说:"是人就会有烦恼,有烦恼就要找对象倾诉。"

一周后,收到一份快递,女儿说是袁总寄来的,打开看,是他家乡的小吃。我叮嘱女儿一定要打电话过去表示感谢。

通过会见,我对袁总是这样的印象——他是中国20世纪70年代末出国求学、创业都十分成功的"标本式"的人物,是60后的杰出代表;他是一个食人间烟火、未变中国心的华人;他是我仅一面之雅的朋友,但我相信他会是我们一家人永远的朋友!

2019年8月于上海

(本文发表于《浍水》2019年冬季号)

华为上研所食堂

中美贸易战打来打去，倒把个华为给打"神"了，把个任正非给打"紫"了，让我们这些平时不大关注企业的人，也产生了到华为去看看的冲动。

八月三十一日（星期六）上午，我无意中念叨了一句"想看华为"，女儿听到就说："我也想去面面'神'，今天我们就到上海的华为参观去。"

午休后一家人出发。乘地铁去特别方便——2号线到"世纪大道"转9号线，再到"金吉路"下，出站向东走几十米就到"华为上海研究所"大门口。女婿凭特殊通行证在门房登记后我们就进到院内。

所谓的院，其实就是两栋楼之间的几条路而已。路一律人车分流，人行道有带拱铁栅栏护卫，拱上印"上研所"，好像世人都知道这简称似的。据介绍，面朝金吉路一长溜的高楼是华为上研所办公楼，容纳了近两万人；办公楼后的矮楼是综合性食堂，供两万人进餐、休闲、锻炼、购物……

我们开始在办公楼过道上走了走、看了看，觉着和一般写字楼里的办公室没啥两样，就进了食堂——这里可就特别了！

首先是大、宽敞。简直就是室内广场！我们一家子五口被外孙牵扯在一起，尽情地在里面自由走动，根本就没有什么妨碍，像逛大街——我之前只见过两千人的食堂，根本就无法想象两万人的食堂是这么大！

其次是高、亮堂。餐厅层高大约是一般商场的两倍，我所看到的西面外墙和屋顶都是玻璃，从光亮而言，就像处于广袤的天穹之下一样。

据说建造这玻璃屋顶还有一个故事呢：起初，这屋顶被一华为人大胆地设计为一个透明的游泳池。一是上面游泳，下面观赏，颇有情趣；二是池里装水后，室内冬暖夏凉。但由于设计者不够专业，论证不够充分吧，其建材质量、施工技术都非常高，据说仅避免漏水就是一个高级别的难题。结果花费了大量资金之后才发现无法完成既定方案。责任人只好战战兢兢地汇报到任总那里，可未承想，任总丝毫没有追究责任的意思，反而轻描淡写地安慰说："没事，起码勇气可嘉，创新本来就会有失败，也许会有更好的方案。"后来就换成了现在的防紫外线玻璃。

在华为,这一屋顶,无意中就成了任总豁达大度的象征。

其三是各餐厅命名大气。有"江、河、湖、海"厅,"森林、山峰"厅等。我在湖厅照了些照片,间隔直立的柱子上分别标识着"西湖、太湖、阳澄湖、洞庭湖、鄱阳湖"等。这些厅给人以"清波荡漾,辽阔无垠"的感觉。

其四,宣传橱窗是一道亮丽的风景。餐厅之间有墙隔断,那一面面墙上就镶嵌出一条条灯箱橱窗,灯亮着,显现出一排排青春靓丽的人头像,非常壮观。人头像旁书文字说明,刊头书"致敬身边的英雄——平凡中的伟大",说明文字就是其"英雄事迹"(多是为公司所做的贡献);刊头书"师徒结对,让青春闪光",说明文字是师傅的特长和贡献,徒弟拜其为师,共同攻克一个什么难题。

浏览之中,读"概述"才知,这些头像人物的贡献大致有三种:一种是"以客户为中心"的,开发产品,满足客户需求的贡献;一种是"以职员为本"的,满足员工需求,服务好员工的贡献;还有一种是"艰苦奋斗",克难奋进,"一不怕苦,二不怕死"的英勇无畏的贡献。居然有在国外战场上坚持施工的华为人,令人钦佩!无意间心中感慨:华为之所以不倒,是因为有着数不清的头像人物!

华为人的贡献为什么是这三种呢?原来"以客户为中心,以职员为本,始终坚持艰苦奋斗",是华为的核心理念。华为人按这三句话整整做了三十年!

五点半之后,来吃饭的人就多了。我们落座湖厅西的玻璃墙边,外面正好就是一个不规则形状的小湖,湖水清澈平静,四周是不知名的矮树,青翠欲滴,枝条婆娑。树边一条随形曲折凸凹的卵石小路,应该是供散步的,但此时的卵石起的却是坐垫的作用,好像一圈都有坐着使用电脑的小伙子或MM。回目环顾室内三周,有边吃饭边看书的,也有边吃边用电脑的,给人以进了大学校园的感觉。人越来越多,座位几乎坐满了,但我估摸着,这里大约"热闹"了二十来分钟,人就稀疏下来。

我们不急,点了一满桌饭菜,慢慢享用。饭点了三种,青竹筒饭、扬州炒饭、杂粮钵子饭;菜更丰富,煎、烤、炒、炸,酸、辣、甜、咸,样样齐全。

外孙自进食堂起,就圈圈转着找伴玩。他早就发现,这里"放养"着很多的孩子,估计都是员工的子女。今天是周六,孩子不上学,大人把他们带过来,放这里就不用管了,有伴玩,也很安全。不过,孩子起码要五岁以上。然而,这也许是没有办法的办法,因为华为的上班族没有工作日与双休日之分,时日还没有日夜之分。起初我不相信天下会有这样的作息安排，但后来我信了，是那三句核心理念的作用。今天算是眼见为实了，周六华为上研所的人都上着班呢！

外孙子（五岁多）倒在这里玩融洽了，吃饭时也有点坐不住，看到几米远处有个七八岁的男孩在专心致志地玩电脑，我外孙悄悄溜过去，很"绅士"地拍拍小男孩的肩，说："小哥哥，我能打扰你一下吗？你玩的是什么？""编程，学过吗？"男孩很友好。"我爸给我买书了，说等我满六岁了学。""哦，要学的，乔布斯说过，'现代社会，人人都要学编程'。"那小男孩早熟啊，这话说得好懂教育、好"科技"哟！接着只听我外孙和他商量："我们能去玩会游戏吗？"那小男孩也好商量，溜下桌就和外孙玩恐龙去了，在走道上转着圈，在地上拱来拱去……不一会儿，外孙过来拿走两串羊肉串，过去给小哥哥一串，更欢地"逗"在了一起。

待我们吃完，我看擦桌椅的服务员增多了两个，但仍然陆陆续续、稀稀朗朗地有人来进餐，没有打烊的意思。顺便问服务员，她说："我们这里是不夜城！"

吃过饭，按习惯散步化食，也算锻炼。女儿陪我们继续逛食堂，外孙早就合了群了，他爸在旁看着。

这食堂整体上是"吉普车形"的，一边低，一层；一边高，几层。我们没有往上爬，只在一层走。经过乒乓球室，"噼噼啪啪"，十好几张桌子，无一虚位。

再经过咖啡厅，静静的，但是满满的，尽是对着电脑"发呆"的人！……

我们不想打扰这里的人，准备"打道回府"。

找到娃儿，硬扯出群，一家子直奔地铁站，再迟，恐怕地铁都要收班了。

近地铁口，我回头朝"华为上海研究所"拍了张照，第二天看效果——长楼轮廓，一片白亮亮的灯光——这也太美了，反正我是这么以为的！

2019年9月于松滋玉岭南苑

（发表于《淯水》2019年冬季号）

武陵山水深处

　　游钓山水间，垂纶任逍遥。群内盛传"北冥有鱼"，并组建了"旅行筏钓团"。而我只是钓友群的边缘人物，仅凭增广见识的冲动才加入了团队。

　　其实此团出行大多是西南方向，从湖北南至湖南西，游入洞庭水系，履及武陵山区。钓野鱼，观风景，看世事，思岁月，识人性，放空自我……精于一竿之技，尽享天地至乐！

　　放暑假了，团队连我六人，自驾行进。走杭瑞高速，擦过洞庭湖，沿沅江而上，按计划直达四百公里外的目的地某潭。

　　然而，此目的地却未能达成目的。第二天就又继续西进，再转"山路十八弯"，当里程表数增加二百公里时，吾方仿佛感受到了新目的地的吸引力。

　　瞬息间，天色暗淡下来——车子驶入密不透光的树、竹林间，像地下隧道一般。降下窗玻璃，一股湿润、凉爽、清香的空气涌入，好熨帖呀！但很快前面又灌入了白生生的光，如同黑夜中的大车灯。迎着光出去，就是堤岸内坡。这里的水是河，是潭，还是什么？没做功课，反正此时是一面反射太阳光的大镜子。

　　水边是无人的码头，向何处去？让人立刻联想到《西游记》里的"通天河"，不知是否人妖之界？

　　找一阴凉地站定，估测南北水宽二三百米。我们站在南岸，时为下午三点，向东，墨绿的水在视觉上由宽变窄，变白，呈一条巨蟒正在慢慢退入黑缝样的山谷间的状貌。终端在哪，不得底细。向西，水面上似插着束束光芒，随波跳荡，还时不时燃出电焊光，让你睁不开眼，就更不知边际了。这两头的视觉远景均为天连水、水连天，不亚于"通天河"的气势。那就只得命此水为"我遇通天河"了。

　　领队却来不及躲荫，一边用手抹着脸上的汗，一边转着圈地打电话。打来打去，约半小时才得到一个靠谱的回音，"等着"。果然，不多时，有一艘汽艇在东方由小变大。靠岸了，是一个小个子的赤膊黑汉来接我们。

　　我们将车停在岸边，带上钓具上了艇。

　　黑汉是个很健谈的人，开始就笑嘻嘻地问明了我们每个人的身份，随后就一口一个"老师"地叫着。他六十多岁了,对这里熟悉得不得了,因此有问必答。艇上的气氛很欢快,我们也从中得到了些基本信息。

这里属于典型的武陵山区,偏处湘西。黑汉打着哈哈说:"这个鬼地方啊,就是山多、水多、人少。过去穷,现在好点,但安定、自在逍遥,祖祖辈辈唯求如此吧!"话中骄傲和谦逊的成分混合。

我们说这里的风景好,黑汉就又打着哈哈说:"那倒不假,我们这里到处都是'桃花源'。"他还幽默地补充:"我就是那个'武陵人'啰。"我十分惊讶地说:"你读过陶渊明的《桃花源记》?"他没正面回答读没读过,而是说:"我们这里的人都喜欢讲这个故事的。"

不知不觉汽艇靠上了筏子,我们颇有点"忘路之远近"的感受了。

所谓筏子,据观察就是先用绳索将空油桶连在一起,再在上面铺设木板,成为一个平台,面积约为600平方米,然后在两条长边上搭建板房,中间留作室外活动场地。板房基本按日常生活需求隔断为功能用房,如客厅、卧室、厨房、卫生间等,卧室安排得尽量多,可多接纳客人,几处的拢起来有十多间吧。上面的日常生活用品一应俱全。

原来黑汉是筏子的主人,或者说是老板,专做筏钓的生意。

上筏后,老板说:"老师们各自找房间,我就去为大家'设酒杀鸡作食'了。"于是就欢天喜地地去忙自己的事。

筏钓的人一人一个房间,里面就一张床,一个洞。床当然是供睡觉用的。而洞呢,那就是用来钓鱼的。怎么钓?最简单地说,就是用筏竿将钩、线、饵从洞中放下去,待鱼咬钩了,再拉上来,这个不细说。

筏钓我是初学者,但我想成为终结者。因为我自上筏开始,就有一种莫名的惶恐,明显地感觉到筏的存在就是环境中的疮疤和思维上的块垒。

太阳下山的时候,我认准了观景是最重要的事。走出小屋,找了个面北的观景台——一艘靠在筏子北面的大驳船。船板上依然滚烫,但可能是有一把撑着的庭院伞的缘故,站在上面也还经受得了。

太阳在西边的山尖上还剩半张脸,白里透红,似乎不甘减弱它的光芒。但白云蓝天占据了上方,大朵大块的,纯洁到极致,绵柔到极致。山体有了明显的层次,靠前的颜色深,靠后的浅,极其简约地重峦叠嶂。而水中倒映的主要是墨黑的山体了——我断定，这就是天公作的山水巨画了！

正北更神，悬崖峭壁的背景上，就像画着两栋民房，还有袅袅炊烟，可看不清凡人生活的轨道踪迹，好像就是有意让你去想象——那活生生的人究竟是怎样走进这壁画的呢？

我就此去问老板，老板说："那两户人家，西边的一户刚刚搬走了，东边的一户就是我家，那炊烟是我93岁老母正在为我们做好吃的呢！这硕大的山、硕大的水，就属于我母子二人了。要到我家去说来也简单，先走水路到'仿佛若有光'的山洞，进去往上爬四五十米，出洞就到了。"

顺便我又拿水的名称问他，他说："我们这水就叫'溪'。'沿溪行'的'溪'。不过不是一般概念的'小溪'，而是'大溪'。水面大，水还深，30米深的样子。叫它'溪'，也许是它流淌在山间的缘故吧，而且水很清幽。"我很配合地思考着：叫"溪"倒确切，这水的确不同于"通天河"的"恶水"！后面他还自信地补充一句："这您就知道我说这里也是'桃花源'的原因了吧？"但更能让我体会到的是他对生活环境的理解和爱。我又醒悟似地意识到，老板绝对是位读书人！

可当我拿此问题问他的时候，他却表露出不好意思的表情，讷讷地说："当过几天民办教师。现在靠山吃山，靠水吃水，但经营这筏子，我也知道它有碍环保。"于是羞赧地甩了个文："有辱斯文！"我没有笑话他，反而觉得他好可爱哟。

后来他给我们说过实话，他说他已接到拆除钓筏的通知，他也准备等天气凉快点了就将其拆除。说到此，想不到这汉子已眼泪汪汪的，猛眨了几下眼睛后就沉默了。虽然他心情很沉重，但看得出，他那明事理、识大体的观念很坚定。

晚饭备好，果然有酒，有鸡，还有几个家常菜，挺丰盛的。大家洗手上桌的时候，一位年轻人上得筏来。我们立马就弄清楚了，他是老板的大儿子，在湖南电视台工作，是借出差顺便回来看望老人、处理家事的（老板娘到北京替二儿子带孩子去了，这可看出他们一家子的人员结构）。此时上筏，他说就是想最后看看筏子，并帮父亲合计好拆除方案和生活安排。

老板要等我们吃完，收拾停当后再和儿子一起回去陪老太吃饭。所以在我们吃饭的时候，他们爷俩就在旁边抽烟，陪我们聊天。当话题说到他们家老太的时候，老板的话匣子又一下子打开了。

老板大约用二十分钟为我们讲述了一个平凡而神奇的女人的故事——

我母亲本来是逃婚逃到我们村的，不久却心甘情愿地嫁给了我父亲。我父亲是一名强壮的水手，家里有一架吊脚楼，还有一艘祖父维系生计的渡船。这里原是一座小渔村，有十多架吊脚楼，全是躲灾逃难来这里安的家。未承想，到现在，陆续搬离得居然仅剩我们一家了。

母亲嫁过来后就顶替祖父做了摆渡人，我家的渡船是村民出入的唯一交通工具，直至后来每家都有自己的机船为止。

父母成家后，和祖父一起的生活很平定，生育三个子女，我还有两个姐姐。但不幸的是，父亲在为我办完满月酒后去"跟船"，就再也没有回来。船在下滩时被漩涡拉翻了，船上的水手就全"坏"（死）了，没一个幸存。母亲哭闭气后又醒过来接着哭，但是祖父哭闭气后就再没有缓过气来。从此之后，母亲就独自养活三个孩子，靠渡船，早出晚归，收点月钱；更多地靠的是辛劳，一般情况下，渡船停对岸之后，母亲要找大半天的活计干，才能勉强维持生计。

我听得激动不已，打断他的话问道："你母亲叫翠翠吧？"老板跳起来惊奇地问："您是怎么知道的？翠翠就是我母亲的名字！"老板的儿子也感动地说："原来我奶奶的人生巧合了沈从文先生笔下的人物！"我点头说："实在是太巧了！"

冷静一想，其实也没什么巧的。这里在外人眼里是"世外桃源"，内里的人则感觉就是最真实的生活而已。柴米油盐、喜怒哀乐！这不正好是真实生活中的人和文学中典型人物形象的关系吗？

我此时好像才真正理解了另一种论断，它好像是说：研究《桃花源记》，幸亏文人学者们没从科学的逻辑角度去还原武陵人活动的应有轨迹，而是从情感意念上去理解其构思的合理性。文学不是生活的照片（当然不包括特殊处理过的），而是生活的画，看上去似乎和生活一样，其实里面已揉进作者的主观色彩。

古希腊哲学家柏拉图提出了个"乌托邦"，造出了个"空想的国家"。有人说"桃花源"就是"乌托邦"。我则以为，说是是，说不是也不是。因为"桃花源"是虚实相生的。

老板的儿子说:"我反倒希望我奶和我爸尽快从自己的'桃花源'中走出去,从理想国中醒过来,尽快回归社会,跟我到城里去过正常生活。否则,就守着这'理想国',很难想象他们能生活下去!这是别样的'高处不胜寒',剩下几个老人是完全无法在这里继续生活的呀!"

这儿子提到的问题,吾深以为然!请不要实打实地把此地就此认定为真正的"桃花源"了,其实它只是个生活的实际环境和条件,仅可借"桃花源"来体现这里的人和事物纯朴、天然罢了。

"世外桃源",永远是一个近乎现实而又超乎现实的境界!

老板父子下筏走了,同伴们回房间继续工作或休息,我进房间后,抵御不了蚊子的攻势,只好点了蚊香,扣上房门出来观天。

夜幕下,法国罗丹"地狱之门"上的雕塑"思想者"竟然清晰地映现到了眼前,我无聊地想模仿一下它用手托着下巴的体状,结果因自己已躺在房柱间的绳床上而放弃。望着依稀的星空,我给自己也取了个状态名——武陵山水深处的遐想者——隐秘而又随性。

我开始数着星星遐想——

两千二三百年前,屈大夫来到这里,穿着"奇装异服",似疯似仙,先将神、鬼、花、草搅和在一起,又将其分辨开。他能看清山水间的神仙鬼魅、香花臭草。"屈原放逐乃赋《离骚》",这里是其放逐地之一,他在此多遭遇了忧愁,而且后来投汨罗江而终,可见屈原对这里是又爱又恨的。这里的人呢?当然对这里的爱大于恨,"楚人悲屈原,千载意未歇"(苏轼)。还有人以为汨罗江就是一条罪恶的河,怪罪它夺去了伟大诗人的生命。不过,现在我们看到这武陵山水,则引发怀念之情。屈原的灵魂留于此,人们以"端午"来祭奠;屈原以"诗魂"留于世,连一个不表意的"兮"字,都能长久打动亿万人的心!

虽然我始终未能弄明白屈原投汨罗江的真正原因,假若屈原能回到现如今的洞庭水域,那投江的原因是否还会存在呢?我笑自己作了个如此遥远的假想。

我以为,最爱这武陵山水的,无疑是东晋诗人陶渊明,是他在这里起造了一个"桃花源",从此给人固定了一种理想模式,其后的人世间才有了最美好的理想境地,并且不断有新的"世外桃源"传出。我就想,陶渊明到过此地吗?《桃花源》的素材是否就是此地的元素呢?

唐代现实主义诗人杜甫晚年漂泊的时候,可以确定是到过湘、鄂、蜀的,他写下的诗就有到湖南的痕迹,如有"凭轩涕泗流"(《登岳阳楼》),这可以说是杜子美的常态。但"荡荡万斛船,影若扬白虹"(《三韵三篇 其二》),本来是用来比兴讽喻、风骨寄托的,有些夸张的意味,可据说描述的是常德(古称"武陵")的船,这船在杜甫笔下能有如此之气派,那常德在诗人的心目中就很不一般了,实为难得啊!

还有一位极力推介"湘西世界"的名人,他就是20世纪中国最优秀的文学家之一——沈从文先生。他本是湖南凤凰县人,凭一颗诚心,一支笔,用最干净的文字塑造了纯美的湘西世界。那20世纪二三十年代的"边城""长河"之类,对当时身处都市的沈先生而言,既是温馨而遥远的记忆,也是他全部情感、智性和理想的载体。读者也许不解,在沈先生的作品中,居然看到了"赶尸""放蛊""卖淫、嫖娼"等特别的描述,可要明白,这正是作者想对湘西野蛮、落后、麻木的人性反省、批判之后,更鲜明地赞美湘西的风土人情、价值观念和雄健、乐观的人生形式的缘故。在充满焦虑甚至苦难的现实中,沈之笔下的世界,恰好是人之心灵的一方净土。

但如果我说,此时我要借先贤的"神笔"来再写湘西的眼前,那可就不是"遐想",而是妄想了!

其实,我很清醒,深知妄想无益,只是想凭借拆解"垂纶"的感悟,来加深对山水、世事、人性等的理解。

……

艾草蚊香战胜了"埃及伊蚊"(据说50年前随交通工具来到中国),我从内心说服了自己。于是,回屋睡了个好觉。

第二天一早,在我的倡议下,全团空囊而返。

2020年9月6日

(发表于《沅水》2021年夏季号)

神农架诧异

人们往往翻着翻着书,就把自己"小众化"了。

他过于实诚、较真,但通透。所以,到了神农架,他的感受也和别人不大一样。当人们都只说神农架的风景美不胜收的时候,他则说:"神农架啊,你,扑朔迷离,让人惊诧不已!"

好个秋的天凉!

宋辛弃疾词句"欲说还休,却道天凉好个秋",是为了说"愁"的深沉博大。而他游神农架呢?感触的是"凉"。即便有愁,他也懒得去说。

近某年初秋,"秋老虎"盘踞江南岸。为避暑纳凉,他们夫妇自驾,行近三百公里,从G347进入神农架林区,落脚木鱼镇。

可这也太"凉"了吧?宾馆吧台收银员竟穿着棉袄!

收银员也许是感知到了他的诧异,就解释说:"贵客有所不知,我们这里入秋后,只要一下雨,就相当于林区外的冬天了。近几天气温10度左右,要多加点衣服!"

"哦,原来如此,但愿游玩的时候不下雨!"他内心却很有点怪罪网上的天气预报指数太不准确。

到这里,他已连续开了4个多小时的车,此时是又累又饿,加又冷,就草草点了些吃的,填饱肚皮,天也黑了,只好赶紧进房间洗漱睡觉。"哎呀,真冷,像在开了空调的地铁上!"他反感,至少是不理解为何要把空调开到人经受不了的程度。而对神农架的低温他只是未预料到。

神农架为何这么冷呢?其实主要是温差过大的缘故。

"'人间四月芳菲尽,山寺桃花始盛开。'盖常理也。此地势高下之不同也。"可以说,他对北宋沈括的《梦溪笔谈·采草药》早已烂熟于心,也不会不知道,神农架是"华中屋脊"吧,只是对体感温差预估不足、体验不够罢了。

第二天在游玩的时候,果然出现了一个让人啼笑皆非的场景。

"日行千里脚不移,麻风细雨不湿衣。"那是做梦。可景点的游客冒着麻风细雨,则大多湿得像落汤鸡一样了,特别是懒得带雨具的年轻人。本来就冷,加之衣服一打湿,就冻得鼻乌嘴黑的,直喊"够呛"。

景点没有衣服卖,但有雨具,包括一次性雨衣。一个小伙子真聪明,他买过一件雨衣,不是直接穿上,而是脱下湿衣服,先贴身穿雨衣,再把湿衣服穿外面,就立马暖和些,直喊"不冷了,不冷了"。其他的人就纷纷效仿,连女孩也跑到卫生间这般穿戴上。不一会,景区里便攒动着红、黄、蓝、紫的头——那是彩色雨衣的帽子。

那夫妇不在其列,他们60后谨慎多了,准备的有雨伞和"防雨、防风、防晒"的户外服,可那衣服薄飘,就是不大"防冻",免不了同样有冷飕飕的感觉。

"好个秋的天凉!"他唱吟道。

可上九天揽月,可下五洋捉鳖!

他们游览天生桥景区的时候,运气不错,遇到了一位好导游——漂漂亮亮、乖乖巧巧又认认真真的小女生。天气依然冷,但大家热情高。

天生桥景区最有观赏价值的在栈道的中间一段。十几个游客跟着导游爬上探下,曲里拐弯,时而仰天,时而俯地;时而屏气静默,时而欢声笑语,"其乐也融融"。

走到中段,导游作最重要的讲解:"天生桥景区位于神农架南部的老君山北麓,发源于老君山的黄岩河,经过亿万年地表水和地下水的流动、溶蚀,形成一岩溶性天生穿洞,呈葫芦状,高约17米。大家往上看,那个透亮的洞就是。"等游客都回答"看到了"之后,导游接着讲:"河水穿洞而下,就是上前方那白飘带式的瀑布。'飞流直下三千尺,疑是银河落九天'是吧?""哇!"游客齐声喊。"往上,呈现出'天桥飞渡'的奇观,故名天生桥。""哦。"游客又纷纷点头。

"顺着瀑布往下是鹰潭,水杜冲击而成,深达28米,因此地天空常有老鹰盘旋、攫食而得名。"它有专门的下行栈道抵达,并可顺着水的轰鸣声寻及。但导游说那里更湿衣服,就放弃了。

天生桥景区小的景点还真不少,导游带着那十几个忠实粉丝沿主线到了个"八九不离十"吧,像一水桥、苔蔓溪、退思桥、天泉、羊潭、虎潭,等等,然后到"一水寨区域"(这里主要是保存神农架的特色民居)修整。

小导游和其他导游还真不一样,她借修整,别出心裁地安排了一个总结会。找一架空着的草塔，安排大家围着圈席地而坐，先喝水的喝水，吃东西的吃东西，然后就很有激情地问大家："好不好玩呀？"大家都很小学生地回答："好玩!""大家高不高兴呀？""高兴!"

"那哪一位能给我们谈谈感受呢？"小导游冷不丁地这么一问，场上反而鸦雀无声了。不大一会，未承想，最不活跃的他却率先开口了："我觉得，天生桥景区的主景不是天生桥，因为那天生桥给人的印象不明晰，估计留的印象也不会长久。我倒以为主景应该是穿洞、瀑布和深潭的组合。回顾我们刚才的所观，大家说，那穿洞是不是特像一弯明月呀？瀑布则像一缕晚云，再加那深幽处的潭，潭中更深幽的水，还有那上极顶下触底的栈道，是不是很容易让人想到毛泽东主席的词句'可上九天揽月，可下五洋捉鳖'呢？很有意境吧？这地方还不如叫'揽月捉鳖处'!"不知是谁领先，立刻掌声一片。

就这样，游玩"一水寨"的时候，他就成了导游外的又一中心，就连小导游也时不时地近前请教。

只可远观，不可近玩!

到神农坛景区是下午两点的样子，没有下雨，但天阴沉沉的，正巧为祭坛营造了适宜的氛围。

他觉得神农坛是最神圣的地方，当他停好车，看到巨型牛首人身雕像的时候，便驻足、合掌、垂首，俨然虔诚的信徒，其实他不属于作宗教信仰的派别。

雕像立于苍翠群山之间，以大地为身躯，双目微闭，似在思索宇宙奥秘。

这雕像人物即为炎帝。炎帝是中国上古时期姜姓部落的首领，曾号神农氏。传说其由于懂得用火而得到王位，所以称为炎帝。

相传炎帝牛首人身，功绩卓著。"少典之胤，火德承木，造为耒耜，导民播谷。正为雅琴，以畅风俗。"三国曹植如是作《神农赞》，约莫赞了炎帝的两大功绩：一是制耒耜，种五谷，为部落奠定了农工基础；二是作五弦琴，以乐百姓。其实炎帝的功绩何止如此，还有像尝百草、立市廛、治麻为布、削木为弓、制作陶器等，不一而足。书中有记"六功""七功""十功"者，均可成立。

"神农架"就是神农采过草药的地方。"架"，指神农"架木为梯，以助攀援"，"架木为屋，以避风雨"，最后"架木为坛，跨鹤升天"。这正好提及"神农架"得名之缘由。

还相传，炎帝部落和黄帝部落结盟，共同击败了蚩尤。后世华人就自称炎黄子孙，将炎帝与黄帝共同尊奉为中华民族人文初祖，炎黄则成为中华民族团结、奋斗的精神动力。

神农祭坛分地坛和天坛。到地坛后，上243步台阶才到天坛。243是9的倍数，大约就是取"九五之尊"的意思，很有讲究。

不料，他们随大群大群的游客上到天坛，稍事休息之后，就鬼使神差地跟着一队人马继续往上，而这一上就让他后悔莫及了。

一条环形小路弯到了雕像的背后，感觉和走到过去的水塔脚下差不离，就是用水泥粉刷了一下的一面圆筒墙，墙上一扇腐烂了的木门敞开着，看得见里面堆放着卫生工具之类。墙面上有好多"到此一游"的"孙猴子"的涂鸦，也能明显地感受到他们效法"撒泡尿"作的"记号"。他逃也似地跑开，连连摇头，无奈而又悔恨地说："这地方怎么能来呢？有伤大雅，亵渎神灵！"

在此之前，他对无锡灵山大佛的肚子里安装电梯就已耿耿于怀，眼前的所见则让其出离愤怒了，但他只能近于迂腐地讷讷："荒唐！这怎么……怎么……不用围栏围起来呢？"

到过神农祭坛后，他的心情好沉重。

"平步青云"可以休矣！

转为新的一天了，他们刚好游览了两个涉及"官文化"的景区。

上午游官门山景区，据说是带小孩必到的点，可以围着植物转，逗着动物玩。这里是生态科普景区，人门顶上是野人母子相吻的雕塑，动物园中有人熊猫、人鲵、梅花鹿等珍稀动物，也有像松鼠一样好玩的种类。

也许是上了点年纪的缘故吧，他们还真的对那些圈于园中、关在笼中、困在池中的动物不感兴趣。其他的点好像兴趣更淡，连去都没去，就索性找地方坐下来休息。

无意中，他瞅到山上"官门山"三个石刻红漆字，于是发起呆来。

"官门山"，难道是这里曾出过达官显贵？可能吗？这深山老林的！

问题很费解,好在旁边有块牌子,居然正是"官门山简介",这样才弄明白。原来此地有8公里的长峡蜿蜒曲折,两侧群峰林立,形成典型的"两山夹一河"的地貌景观,如同一道天造地设的大门,类似于长江三峡中的夔门,所以这里原名"关门山"。后来,却是现代人以为"关门山"有几许关门谢客之意,便取其谐音为"官门山"了,并说如此则有"加官晋爵"的寓意。

他摇着头,嘀咕道:"真算服了,这名儿让人难懂不说,还永久性地留下了这么个'拜官主义'的东西。不过也好,但愿旅客们出了旅资后,能从这里买得一官半职回去当当!"

整个游玩过程中的换点都靠自驾,下午他们驱车神农顶景区。在他看来,神农顶景区的结构是最简单不过的。

到达后,他将车停稳,就见停车场边上有两块直立石碑,走近看,一块书"青云梯",一块书"平步青云"。游客们便轮番和石碑合影,可他则又在旁边琢磨开了。

"青云梯",李白的诗句有"脚著谢公屐,身登青云梯。半壁见海日,空中闻天鸡……"意思是:脚上穿着谢灵运当年特制的木屐,攀登直上云霄的山路,上到半山腰就看见了从海上升起的太阳,空中传来天鸡的叫声。实际上是说,顺着"青云梯"往上,就会看到美丽的画面,听到美妙的声音,也就是能进入仙境。

导游图显示,从石碑侧面拐过去就是到达神农顶的石阶,名字叫"青云梯",2999阶。能爬上去,那该是多么美好的事!可他是非常理智的,只是说,来了就爬着试试。至于"平步青云"那是想都不敢想了,即便是艰难跋涉,也未必能够达到顶峰。

果然,两口子爬到大约一半的时候,就明显感到胸闷气短,双腿哆嗦,再也没有力气向上了。他侧坐台阶边,仰天叹息曰:"'平步青云'可以休矣!"不料,一群40岁左右的中年人正极力向上,其中一个诡谲地接话说:"官场可以哟。"又一接话者说:"反正不会这么吃力。真受不了了。"他笑了笑,用手示意中年人继续往上。

当他们下来,经过石碑的时候,还是有许多游客在和石碑合影,他说"我也来一张"。没有抢到"青云梯",就和"平步青云"合了一张照。而且不经意间,说出了心里话:"这也好,一是可以自嘲没能上到顶;二是挖苦这'平步青云'始终都在山脚下;三是讽刺立碑之人的幻想。"

这一天结束得早点，但仍然累，所以就直接开车回宾馆休息去。

得失从缘，心无增减！

他们计划最后一天玩完两个景区之后回返。神农架林区共分六个景区，去过了的有天生桥景区、神农坛景区、官门山景区、神农顶景区，还剩天燕景区和大九湖国家湿地公园。后两个景区距离较远，一个在北，一个在西南角，行程大约两小时。

这一天早起，带上行装，冒雨出发，从宾馆向天燕景区行进。雨下得大，至少中雨吧，沿途的景点都没有停留，直接驱车约一小时后到达天燕景区停车场。下车时，雨量丝毫未减，他们似乎是带着完成任务的心理，不得已地走进了景区游览通道。

没有导游，夫妇俩尽量跟着大团队走，去了天门垭、燕子垭、野人洞、彩虹桥，这样一些地方。可注意力大半放在撑伞、看路上了，那风景基本上是没有看出个什么名堂来。并且，爬坡上岭、钻林下坎的，鞋袜全湿，脚早泡在了水里，衣裤也只能勉强穿了。所以，许多游客后悔不迭。

从他们的议论中可以得知，他们最想看到的是"野人"，哪怕大家早已知道，所谓"野人出没"，可能就是个商业噱头，可他们就是那猎奇心理放不下，又有什么办法呢？

其次，大家想看看"天宫"。彩虹桥不是上到天空了吗？

可"天宫"是什么？不就是吴承恩笔下勾勒的虚拟境界吗？不就是孙猴子闹腾的戏曲背景吗？所以，完全可以说大家已经去过了。今天那雨雾中的彩虹桥，还真有点仙境的感觉。徜徉桥上，满是迷幻的雾，朦胧的影；徘徊桥下，云雾中那隐隐约约的弓形桥体，不就更有彩虹的意味了吗？

"得失从缘，心无增减！"他默念出一句佛教偈语。

其实这是人生哲理。得失从缘，它比不计较得失还要高出许多。

下午游大九湖，可以想见是见不到"晨雾"、观不到"晚霞"的。但你最好别说"不见大九湖的两大特色景观，这大九湖是白来了"的话哟，因为除此之外，大九湖还有许多震撼人心的美、开启童心的趣。

去过大九湖的都会记得那进出必须换乘的儿童玩具式的"小火车"。

他们进去的时候，小火车蛇样地爬行在乡间小道上，晃晃悠悠地走着走着，突然一位小姑娘喊:"马群!"前方空阔的草地上一群马在那里嬉戏,这不就是一幅奇特的景观吗?他对妻子说:"好多年都没看见马了,想到过去生产队养的马,就像回顾亲人一样。因之,看到眼前的马儿,就有一种爱意涌动!"

这里放养的动物还真特别,再往前,又看到了一群群在空阔草地上奔跑着的猪。看它们那精神头,就知道是没有被"绳索"和"栏圈"过的,自在而欢愉!

进入大九湖真的是太让人神清气爽了!那视野辽阔无际,实在的大格局、大风范,有似浪漫诗人的狂放!而那树木、花草、栈桥、细雨,又是那样的阴柔、妩媚,像婉约诗,揉得人心尖尖麻酥!

大九湖,顾名思义有九湖之多。他们又是一大圈地猛走,那细枝末节的美丑,当然是多得去了。他说,我照了许多照片,学会了"收藏"。待闲暇时,再细细翻阅、欣赏。

雾朦胧雨朦胧,行车夜幕中!

回到"换乘中心",整个游览程序就结束了。接下来就是走出景区,找吃住的地方。

发动车的时刻是五点半,导航目的地设定为"家"。待调过车头,天就已麻黑了。

阴雨天黑得早,六点多钟就黑定了。当开启夜路模式的时候,却感觉这条"出路"难走。状态是这样的:方向全靠导航,别无他法,连起码的路标都没有;从挡风玻璃上看,下的是"润如酥"的细雨,能见度20米左右,开远光灯是白幕,不如开近光,所以估计同时也起雾了;车速20多迈,打着双闪,尾随前面的车,前面的车也打着双闪,距离约30米;路宽两车道,右边是山,左边是沟,或者是深渊,反正看不清。

"雾朦胧雨朦胧,行车夜幕中!"这诗一般的描绘很准确,却不浪漫。

其实老婆早已吓得直哆嗦,一路把"慢点,慢点……"作歌唱着。他还算稳得住神,已三次完美避开断木和落石,多次正确地把控了弯道的方向。

估摸这样提心吊胆走了20多公里后,才看清前面只有我们紧跟的那辆车,后面则没有车,原来这时是走过了傍山的山路,能见度高了一些,他们才长长地舒了一口气,老婆一掌拍在他的肩上说:"这也太悬了!"两人都缓过神来后,才怀疑是不是路走错了,怎么就只有两辆车出来呢?但不得而知。好在走不多远就看到了路灯光,是已到达一不知名的小镇。

街的两边都是成排的私家宾馆，他们选择了在一家大的前面停车。而后，不管三七二十一，吃饭，睡觉！

第二天，是"亮"照醒了他们，他们才打着哈欠，伸着懒腰起床。

早餐的时候，他拿路的问题问老板，老板说"不是走错了，而是走迟了"，好像才释解了他游神农架的最后一个疑问。

可看他那眉头紧锁的表情，又似乎觉着啥问题都未能得到解答！

他上到宾馆的楼顶，山还在眼前，但不甚清晰了，他就借故说："神农架，我怎么也看不透你！"于是他在手机上写下了一段十分特别的祷告词：

"神农啊，我景仰您！可我还是要问：您闭目思索的是什么问题？五千多年了，答案又是什么呢？您可知道，您若不说，神农架永远扑朔迷离，混沌的野人没有了来去的踪迹，现代人则难以分辨这样做和那样做的对错……我们始终想不出究竟哟，祈请您说说！"

他向神农坛方向深作一揖，然后才下得楼来，正式发车"返航"。

2020年10月10日于松滋玉岭南苑

有莫言的高密

我是2011年10月下旬去的莫言故乡——山东高密。说实话,此去内心是有点为了"高密的莫言"的意思,而实际只是品赏了一点点"有莫言的高密"的意味,总体感觉也还不错。

大约因为我曾在北京师范大学参加过"全国专家型校长"培训,所以受邀去参加教育管理类的论坛,虽然地点在高密,内容却不大直接涉及文学,也就自然隔着莫言了。

记得当年,我在青岛下飞机,然后乘大巴前往高密。但不记得青岛到高密有多远了,印象深的是行至高密地界,路两边就都是一望无际的农田,长着矮矮的庄稼,当时无心去分辨它们究竟是什么,只知那绝对不是高粱。于是失望,唉,来得不是时候,高粱早过季了!可我从接到通知起,脑海里就无时无刻不是对高粱的思绪。

也罢,没有实物,想象会更加自由。看到那广袤无垠的田地,心中便升起一片红彤彤的高粱,似火海,波涛中汹涌出久远而神奇的意想——

当脑子里显现"高密",注释"本是大禹的字"时,我就揣摩:是不是大禹在此治水之后,种上了高粱,希望它长得又高又密,于是字了"高密"呢?显现"禹所封国",也就知了此地命之为"高密"的缘由。显现"名相晏婴""经学家郑玄""大学士刘墉"……就只叹"地灵人杰"了。

轮到莫言,他则是当下的红人。那时日虽然他还没有获取诺贝尔文学奖,但仅凭电影《红高粱》的播出,他就已经名声大噪了。

照说我们有慕莫言之名而来的动机,但又说不上哪儿有。我们参与的论坛据说始终是于北京既定的计划,一个是由任礼信教授主持主讲的"国学精髓与大智慧",从"内明与醒觉",到"正心之道",先"云里雾里",后云开雾散,喷薄"日"出,宛若绵厚的"心灵鸡汤";另一个是由北大博导黄恒学教授主持主讲的"管理哲学与大商道",共同畅想"世界"之浩渺,探究"大道"之奥妙,可谓脑洞大开,似天马行空。

本以为思维已走得山遥路远的,可不承想只那么轻轻一拽,它就又回来了。那是因论坛中特意安排了一个赠书活动,就让我们迅疾触摸了高密,贴近了莫言,其根本是让我们感知了莫言在高密的地位和影响力。

赠书的是被冠以"青年诗人"的牧文,供职于高密市文化馆,潍坊市作家协会副秘书长,书名《红高粱之歌》。他先是上台讲话,主要表达对莫言的崇拜,以及对莫言给予自己帮助的感谢。其拳拳之心、殷殷之情溢于言表。然后下来和与会者一一握手、递书。三十多人(其中两名台湾代表)发下来,需要一些时间,前面的已看了个大概,便大加赞赏。

书中有莫言的"诗序"《高密东北乡》,全文是:"高密东北乡 / 生我养我的地方 / 美丽的胶河滚滚流淌 / 遍野的高粱高密辉煌 / 黑色的土地,承载万物 / 勤劳的人民,淳朴善良 / 即使远隔千山万水 / 我也不能将你遗忘 / 只要我的生命不息 / 就会放声为你歌唱"从中可以窥见莫言对高密深深的情感。高密东北乡是其生养地,更是其精神家园!

反过来,高密东北乡是莫言在中国乃至世界,用自己出色的想象和神奇的笔触,创造出的一个"文学王国"。作为莫言的小老乡,牧文自然浸淫其中了。他的书中还有《致莫言》《莫言老屋》《莫言家的石磨》等直接写莫言的诗文。显然,莫言家的老屋、石磨等在牧文笔下就成了高密东北乡最有纪念意义的"老物件",是值得珍惜的东西,倾注了牧文厚重的情感。

"红高粱"在莫言笔下已成为特定的意象,充溢着高密东北乡原始的风情,蕴含着高密东北乡神奇的传说,并锁定了《红高粱》中典型的环境、曲折的情节和鲜明的个性形象。

《红高粱之歌》是牧文的散文诗集。牧文徜徉在莫言构造的意境之中,而且继莫言而歌。只不过,他用的是散文诗,也着实落笔、勾勒、着色,许多地方还采用神话来打磨、聚焦,这样就使"红高粱"更加鲜艳了。牧文不愧为莫言影响下的有志青年、有为作家!

论坛期间还组织了一次联欢,这就给我们牵引出了又一位重要的高密人——冯清子女士。她是高密天和思瑞国际大饭店的老板,又是北师大在读博士生。也许是这两头熟的缘故吧,她成了本次论坛的真正操办人。原来是她邀请了北师大的论坛群体,是她提供自己的饭店作为活动的场地,也是她亲自主持了联欢活动。

联欢活动的形式很简单,喝喝酒、唱唱歌、说说笑话而已。可形式越简单,就越难搞起气氛来，主持人是懂的，所以她直接从高潮到高潮，开嗓就起了个《酒神曲》，立马"喝了咱的酒……"的同吼、敲击、共鸣便震天响起，氛围顿时就"高潮"了。于是乎，电影《红高粱》的主题曲、插曲、片尾曲，唱了个遍，而且是唱了个一遍又一遍。喝酒的更是情绪高昂，他们好像一直只唱"喝了咱的酒……"那高门大嗓的，仿佛无论是从哪里来的，全都成了"山东大汉"！也许有人喝高了，居然无比兴奋地说："这'尿酒'真的好喝！"至少七八分醉吧。冯女士则不失时机地推介说："我们这酒，的确是传统工艺酿造的红高粱酒，但新工艺提高了它的纯度，71度，深受本地汉子的喜爱。"难怪这么容易醉人——如是之时，就已"酒易醉人、人亦自醉"了！

自从我见了这冯清子女士，我就觉得，她仿佛是从莫言的作品里走出来的美人，但至于是来自《丰乳肥臀》，还是来自《蛙》，我就"傻傻分不清楚"了。她身材高挑、相貌端庄脱俗、办事能力强……四十来岁，风韵犹存，似乎就是高密东北乡的形象代言人。既好像是在高密东北乡的土地里自然长出来的，又好像是莫言用神笔描出来的，我也"傻傻分不清楚"，反正前后是她把个论坛办了个溜圆！

十年后写感受，其实和十年前依旧差不多，总是觉得有莫言的高密和其他没有莫言的地方就是有那么一些微妙的差异。我们在高密既没有看到莫言在前台表演——他没有明星的那种魅力，也没有听说他在后台指挥——他也没有导演的那种威风，可他就是有影响力。人们那极强的心灵趋附性，也许不亚于信徒的虔诚吧。

我这感受的确真真的，只是有点像看迷你虫虫的蠕动一样，不够分明。所以我觉得，要想真正地"内明与醒觉"，那就还得再到莫言的故乡高密去走一走！

2021年3月1日于松滋

（本文发表于《洈水》2021年夏季号）

"黔"行，前行
——贵州旅游日志

去贵州旅行，只要你肯迈出风雨兼程的步履，计不旋踵，义无反顾，就能领略美不胜收的"黔"景。

过程中有"湿"意、诗意，而非失意！

——题记

2021年5月27日，阴

怪哉，说去旅游，好好的天气就变阴了，还间歇性地下起雨来。好好的行程安排也变了，还变了又变，起初是10:55—12:30宜昌—贵阳的飞机，等我们夫妇赶到松滋汽车站准备上宜昌的巴士的时候，信息变了，变为晚上10:30起飞的飞机。待我们拖箱拽包回到家，东西未放稳，信息又变了，变为高铁，12:30宜昌上车到武汉站，17:17—22:31武汉—贵阳北。如此就一路赶车，到23:30才赶到贵阳财富广场酒店住下。好好的心情似乎也就变怪了，是变为阴雨天的低沉了，还是变出个"风雨兼程"的苦楚来？却都不是，其实是变为笑看世事变幻之隐秘、微妙的诡异心理了，自以为那是一点智趣。

当下人们普遍认为，旅游就是花钱买罪受、花钱买气受，应该不乏实例、不无道理，我则是想花钱买"感受"，要的是真实的体验，无论其正反！

2021年5月28日，阴

5月28日为第二天，导游要求我们6:50在指定地点集合，上大巴车。所谓集合，是说我们参加的旅游团叫做"全国团"，20位团员实为6支，来自不同的省份，6支人马将在大巴上会合。湖北6人，我们夫妇和宜昌4位大姐。4位中有表姐在，昨日又同行一天，所以就自然成为亲友团了。

早晨不是睡醒而是被闹钟闹醒。惺忪迷瞪地一阵忙碌之后，好不容易才踩着点到了集合地。可我们没有受到预想的欢迎，只有一位五大三粗的小伙子引领我们上了车。待基本坐定,车子就开动了。

原来小伙子是导游,自我介绍名"多吉",四川阿坝藏族羌族自治州人,旅游法律专科毕业。他把人员分支命曰"家庭",编为1—6号,原本想温馨一点吧,但由于他讲话太有"震慑力",所以车厢内自始沉闷。特别是听他接了个电话:"喂!我定的时间是6:50,现在都7:15了,你没按时,怪谁?""要投诉?你就去投吧。后面的行程你自己想办法!"好凶!原来他轻易地甩了个人,还给车上的人一个下马威,个个都小心翼翼的,气氛由沉闷转而紧张起来。

行程是从贵阳到荔波县,基本上是朝南走,需3个多小时。大家静默着,忍受着,大多闭目养神,我正好看窗外的风景。

沿途山连山,路连山。这里的山,据查属于喀斯特地貌,本应"壁立千仞""乱石穿空",可眼前的,馒头样,只大小有些不一,皆圆润,大约是植被丰茂的缘故。整体可想象为一只巨大的蒸笼,蒸一屉馒头,且云雾缭绕,恰似蒸汽弥漫。不过那些馒头是一色的油绿,仿佛是可以让人直接吸入肺腑、沁润五脏的东西!这山,仙境般,看上去虽有些高远,但我们正迎着它走,也很有些身临其境、飘飘欲仙的感觉了。

路是高速,逢山开洞,遇壑架桥。乘车行进,似乎有一股不可阻挡的气息,滚滚向前。这凌空飞舞、遁地穿越的高速路,已成为贵州极速发展的标志,更是美景中的美景!

过滤一下导游的话,也有少许可用。他说旧日贵州流行"三无"歌谣,是了解贵州特点的纲。说的是:"天无三日晴,地无三里平,人无三两银!"估计合乎情理。通过这三句话,人们就可以对贵州有个大致的了解。

贵州属亚热带温湿季风气候区,这里阴多晴少、雨多阳光少。据说这里的雨,白天不下,晚上就下;晚上下了,白天还下;白天不下,晚上也不下,那就是天大的变化。因此,阳光是这里稀缺的。来到这里,最明显地感觉就是上有雨雾,天是湿的;下有积水,地是湿的;空气中有潮气,物件是湿的。显然,优点是空气清新。至于缺点嘛,若人有水族动物的习性,也就不算什么问题了。只可惜人是陆地动物,可以想见,"湿"会给这里的居民带来许多的不便,甚至危害。

"地无三里平",是说这里平地少,更夸张的说法是"地无三尺平"呢!贵州的喀斯特地貌是多山、多沟坎,难得有一块像样的平地。所以,人们对生活、生产基地的开发自然就非常难。那层层梯田谁知开了多少年、多少代？那城镇的建设,公路、铁路的铺设等,难度多大、造价多高,山外人最好不要去估算！

"人无三两银"表明此地贫穷。说前两"无"是造成第三者的原因,应该有其客观性,但不完全是,贵州当下的状貌就可成为反论。

今日特别,10:30就下车吃中饭,吃完后进入"小七孔西门"。景区门前横卧一块黑色大石头,上书五个绿字"小七孔西门"。游客们立刻进入抢拍状况,我们的"五姊妹"也抢下了这里的五字合影。

过闸机后,走上木质风雨长廊,尽头接一湖水,牌标"卧龙潭"。

卧龙潭是小七孔风景区的一部分,因拦河坝形成的绿水深潭和滚水瀑布及传说的卧龙而得名。

卧龙潭的水湛蓝清澈,岸上山峰、绿树、竹林倒映在水中,色彩斑斓绚丽。置身其中,犹如画中游。我们由西向东沿岸游走,五姊妹不停地抢点拍照,不停地惊呼景美、人美、照片美。行至卧龙潭瀑布,对面山上飞流直下、水雾拂面,水上月亮弯拦坝扯成一块半圆的白布,丝丝缕缕,飘逸柔顺,可丈余下,却摔为飞花乱玉,染得相机镜头一簇棉白。

大约一小时走到潭尾,然后上观光车转点,到翠谷站下。

进入新的景点,第一个大的拍照点是一个规模较大的瀑布,起点在两座高山的交合处,经山林而下,接近地平水面时放宽、变陡,气势增大,水雾迷蒙当面的广场。游客能通过水上石靠近瀑布,所以是抢点拍照甚热烈的场地。

游览同样是由西向东沿河(后来得知叫"响水河")而下,"68级跌水瀑布"的标牌颇费思量。"跌水"是啥意思?"瀑布"在哪里?

河的两岸都有路,一边平整、干燥,一边坡陡、潮湿。既然是游玩,那肯定选择后者,于是我们上了潮湿的小道。走了一段,两边山上都没有瀑布,吾独自暗忖:68级的瀑布应该很高啊,还没看见,也没听见轰鸣声,难道很远?那选择走平地才对呀?可走着走着,河床响了,水下陡坎,出现了适宜漂流的场景。但跟着水流往下追,居然一个坎比一个坎陡,一个坎比一个坎深。追一段后回头一看,才发现,一个瀑布接着一个瀑布——太壮观了,太有特色了！原来这就是"跌水瀑布"！但是否

68级,已无从数起。

越往前,上下坡越频繁、越陡,弯树挡路的情况越多,几次都险些碰头。

中段,对面山上出现了"飞流直下三千尺"的景观,是谓"断桥瀑布"。它带着呼啸声冲入小河,加大了河流的水量,下游的"跌水瀑布"就更加壮观了。

断桥瀑布威武,但我没有作太多的停留,甩下"忘我"拍照的五姊妹,向前继续追赶跌水瀑布。不知是产生了视力错觉,还是注意力分散的缘故,头着着实实地在弯树上碰了好几下。如是,竟意外地收获一副对联:"弯树连弯树,似倒非倒;老头碰老头,不疼也疼。"横批"碰得其所"。

待河床平缓下来,小路便将我们引向河中央。实木栈桥扩为观景台而止,正对面,约五十米处横一石材小桥,原来它才是"小七孔",一座古老的石桥,据考建于清道光十五年;它是一座跨省大桥,左桥头是贵州,右桥头是广西。

轮番拍完照,我们从"观景台"的左边上岸,走近桥头又一番拍照后,才余兴未了地离开。

14:20上车开拔,走出几里,导游指着右边的新石桥介绍说:"这是'大七孔'。"

下一个景点"西江千户苗寨"。车转头向北,凯里市方向,约需三个半小时。别管这些,累了,睡觉!

17:50到达目的地,先品尝"长桌宴"。

长桌宴是苗寨的饮食习俗之一。一条长桌三三对坐,也就是说一桌六人,人多就将桌子接成长龙。每桌食品一样,一般为酸汤鱼火锅加几盘炒菜,再每人面前一只红蛋。开餐时由一人引领,拿起红蛋,放额头上,边念吉祥语边转圈,尽量让蛋上的红色粘在额头上,然后喊"岁岁平安",就一起在额头上将鸡蛋磕碎,再拿下来剥壳,吃掉。大家在一片欢笑声中完成了上面的动作,然后才动筷子。店主马上便安排一个小伙子吹笙,一个姑娘唱着歌过来敬酒。答应喝的,姑娘就把酒杯放你嘴边,然后用个漏斗式的器具往你酒杯里不断地斟酒,厉害的主可以连续喝几分钟,甚至十几分钟。所以,敬酒的过程十分热闹,乐声、歌声、喝彩声闹作一团,十分喜庆。

吃完晚饭,我们将行李放到酒店房间之后,就自由组合,去夜游苗寨。

西江千户苗寨是贵州新建的最大的旅游苗寨,整体是个盆地,中偏南一条东西向的小河,南边依山是密密麻麻、错落有致的新式苗家吊脚楼,看上去是一个整体,有些像布达拉宫的形体,但要大很多。北面以旅游商店为主,杂有其他的店面。两边都沿河形成街道,河上等距离地建七座风雨桥连接两岸。我们住西头"七号风雨桥"旁,放好行李后,六人家庭组向东漫游——询商品价格,观畅饮场景,拍随心照片,不亦乐乎!中途拍到一块石碑,上刻"以美丽回答一切",落款"余秋雨"。这是对西江千户苗寨最恰当的赞美!

到一号桥头后,坐电瓶车上到山顶观景台,俯瞰整个苗寨,仿佛自己的感觉被颠覆了,眼下完完全全是一个倒过来的天空——夜幕星光密如织,正是千户掌灯时!

瞬息万变的天气,什么时候在下雨,你是难以记清的,前面也就未作描述。大概九点多钟下得大了,大家才认定在下雨,于是,我们不得不回酒店去。

2021年5月29日,阴

这一天清晨,雨下得"哗哗"地响,只要出门就湿鞋、湿裤脚,当然伞不打好就会湿上衣啰。我们要先出去过早,再到停车场,在上车的时候,鞋袜完全湿透,脚泡水里了,非常难受。

10:30到达朗德苗寨,游非遗一条街,其实是安排大家购买银器。相传苗裔乃远古蚩尤的后人,世代收敛,群居深山,集聚苗寨。族内传承银器、银饰制造工艺,以及使用银器、佩戴银饰的风俗。

可大家在银店逗留半天,却少有出手。导游不高兴,回到车上,严厉地训导大家说:"你们出来是干什么的?是消费的。不消费,你是上帝吗?做人要懂得感恩,我安排大家吃、住、玩,你们得回报我。拿什么回报,那就是购物!明天再看你们的表现!"这小伙子够直率,毫不遮掩,直接表明了导游和游客是"赤裸裸的金钱关系"。大家知底了,反而踏实。遗憾的是我没有弄懂导游话里的逻辑,也就不明白他的本职工作是什么了。

下午(13:40—14:40)游下司古镇。由于脚一直泡着水,实在是太难受了,好像小腿已因之隐痛。我好不容易找到估计是镇上唯一的鞋店,随意地买双布鞋换上,这才感受到了干爽的真正舒适。五姊妹仍快意地拍照,乐在其中。我还真不知她们会有所不拍,即不和古塔合影。总算节约了一点时间,可还是最后到集合点,差点受批评。

　　转点目的地向西,准备投宿安顺。并做好充分的思想准备,端正态度,务必完成好明天的购物任务。

　　一路、一夜无奇,不表。

2021年5月30日,阴

　　多吉说:"今天是我们盛大的购物节,我太激动了,基本上是一夜无眠。我的收入全靠推销提成,我是太尊重我个人的收入了! 如果我连个人的收入都不尊重,那我还会去尊重什么呢?"我佩服这不到三十岁的小伙子也太能出观点了。

　　早晨七点上大巴车,八点多到翡翠店。车上多吉占用了全部的时间,详细地讲解了翡翠的特点、用处和辨别方法,周密地部署了整个上午的活动。大家都很冷静,一副处事不惊的神态。"我是去航海的,难道还怕水深吗?"我陡然想到过去自创的诗句。

　　团队进店先集中学习,然后由指定服务员分散带开,然后对你紧跟不舍。店子很大,分低、中、高档区域,服务员重点介绍的是中档区域的商品,主要有观音、弥勒佛和貔貅等。"男戴观音,女戴佛,发财、避邪请貔貅。"多为3000元左右,带身份认证书的。

　　开始没有一个游客认为该买,而且知道买就上当,但店里的神力往往无法抗拒似的。工作人员软磨硬泡,慢慢地熬你,熬得你无奈,熬得你明白。一小时不行就熬你两小时,两小时不行就熬你三小时,神奇的是,一般时间一到,你就被熬通了,觉得这东西要买,并会产生"机不可失,时不再来"的错觉,买了反而就踏实了,就像有意把悔恨留给将来似的。

　　三小时后上车,只有威海的一对夫妇没买,可没想到多吉大发雷霆,咆哮道:"你们还是人吗? 专门出来骗钱的? 我觉得你们可以提着行李下车了!"我听了都血往上涌,身子往上冲,老婆按住我的肩膀才没站起来。难道这还有不吵架的吗? 威海女说:"你是骗子,才说别人是骗子。"一语中的,气得多吉娃娃乱喷一通,威海夫妇气得更是快昏厥过去。我们的一姐出来为威海夫妇帮腔,那夫妇可能是真气糊涂了,竟断然谢绝帮助。好在威海夫妇拨通了旅行社投诉电话之后,多吉的风暴言语传了过去,旅行社才被迫作出"严肃处理"的承诺。多吉无奈,只好勉强赔礼道歉。威海夫妇于是低语:"小样,看你有多狠!"

我则惊喜地发现,这多吉多像"黔之驴"啊!唐朝柳宗元《黔之驴》曰:"黔无驴,有好事者船载以入。至则无可用,放之山下。……驴不胜怒,蹄之。虎因喜,计之曰:'技止此耳!'……"简直太像了,居然"黔之驴"还得以传后?

此处我本无谩骂之意,但实在是愤愤不平,才作此比喻,请看官见谅!

接下来我们又被拉到乳胶床垫销售点,多吉不再张狂,只有店伙计熬着大家,又两小时,以降价的方式完成了规定的销售量才罢休。

出店后,"黔之驴"被替换掉,二导游名"多杰",也是四川阿坝人,那大家就怕他是"黔之驴"二!

下午14:30,进入黄果树瀑布景区,这是最激动人心的节点。我不知进去初都做了些什么,只记得自己好像是直接冲到了黄果树瀑布正对面的观景台,虽然人挤人,面碰面,但大家却似入无人之境,注意力和眼神都集中在景观上。我引颈突起石上,偶得一绝句:"仰眺河道山顶行,滑落岩崖击谷鸣!我觉此为'天幕'下,'黄果树'小不宜名!"我之所观,眼前瀑布似一幅天幕,气势磅礴,宏伟壮观,以为以"黄果树"为名似乎不够威猛。其实,丝毫没有为"黄果树瀑布"更名的意思,仅表达当时的感触而已。

奇特的是,当我们尽情拍照的时候,向上竟然拍出了雨过天晴的太阳,向下更拍出了正好用于装饰瀑布"裙边"的月牙形彩虹。这是何等的祥瑞呀!惊得游客同呼:"祥瑞彩虹!"

再向左走一栈道式的"U"字形弯道,便到了瀑布背面的"水帘洞"。洞右侧有窗口样的小洞,水帘(瀑布)唰唰向下淌。洞内岩壁凸凹,水滴纷落,掉入衣领中,凉起一个个激灵,激活联想:"何不唤回孙大圣,故地重游做直播?黄果树下说黄果,黄果树下游人过。水帘洞里赞水帘,水帘洞里惊叹多!"

出洞后,天蓝、水白、树绿,构成一幅画,它的名字叫"天然"!大家抢着合影,就又成了"天人合一"的佳作。在此我给戴着鲜花花环的五姊妹拍出了一张张妩媚、婀娜的靓照!

这一路是要爬坡上岭的,返途中更是陡坡不断。我真是觉得累了,独自一人闷闷地向前爬行,争取尽快回到车上,好好生休息。可五姊妹仍然沿途拍照,依旧欢声笑语,简直服了她们!

17:20,到陡坡塘瀑布。这里是电视连续剧《西游记》片尾的实景地,所以,面向瀑布,耳边便响起《敢问路在何方》的乐曲,蒋大为的歌声仿佛也在山谷中回荡着,"你挑着担,我牵着马,迎来日出,送走晚霞……斗罢艰险又出发……"好一幅熟悉的场景!

游完陡坡塘瀑布,天就不十分明亮了。我们上车后,迷迷糊糊地回安顺,一路无话。

晚上住安顺多彩温泉酒店,自费晚餐,免费泡温泉,完后各自回房间休息,一夜无话。

2021年5月31日,阴

今天上午逛玉器店,多杰说:"增广见识,逛逛而已,绝不强求大家购买。"进店时,一位不知是真傻还是装傻的小伙子迟钝而又热情地接待我们。先将我们带到讲解室,东扯西拉、断断续续地为我们讲解珍珠,然后不断地用对讲机报告珍珠知识介绍完毕,请求派大师过来讲解玉器。可大师迟迟不到,只进来一位小王总(女,属牛,24岁),说大师忙不过来,自己愿意为大家服务。于是嗲着有意稚嫩的粤普,用小炫富来表真诚,说了她爷爷是刻玉专家,独门绝技是"金镶玉",当然有钱;再说将5000—8000元的金镶玉生肖玉佩,全部用半卖半送、交朋友、求宣传的1500元的价格"送出"。

大多数人不知是否又是"套路",没作反应。好像只有三家动心,他们立刻就成了"VIP",被小王总请到贵宾室去了,我们在外面等,等到贵宾室的门开,进去的人个个笑容满面、拎着小绒布包走出来,才一起去上车。下午逛离此地不远的青岩古镇。

自打踏上贵州的土地,一路走来,虽有些磕磕碰碰和相互抵触、防范,但也还算协调地合上了前行的步伐。

现在贵州是全国大数据示范基地,其优势在旅游上表现得尤为突出,每到一个景区、景点,只需扫健康码、刷脸,即可进入,这是多么先进啊!

到青岩古镇入口,同样是扫健康码、刷脸。虽然游客多,但快捷、顺畅、有序。

青岩古镇给人的第一印象是干净、整洁、鲜亮，不像其他一些古镇那么灰暗。在街道上走一走、看一看，感觉爽爽的。

至古镇中段出现了十字交叉路，我们随意选择向右走了一段就回返了。

就我个人而言，说实话，我对青岩古镇兴趣不浓，那是因为在此之前，我到过的古镇已经不少，而且多是名镇，如周庄、乌镇、朱家角等。但我不否认青岩古镇有建筑保持完好、布局规格独到、地方特色的门店居多等优势。

青岩古镇，望你古而不老！

离开青岩古镇之后，车返回贵阳，我们准备再次入住财富广场。

到达财富广场，可以说本次旅游就基本结束了，导游和司机道别离开，我们各自到酒店房间。拿到房卡，我才发现，巧的是我们第二次仍住39楼001号房间。巧就是缘！岂不正好"随缘自适，烦恼尽去"？

五姊妹放下行李，又到周边寻景致去了，我则享受起"自适"来，舒坦地躺下了。

2021年6月1日，阴

今天的任务是乘交通工具回家。

10：00，送我们的旅行面包车从贵阳财富广场5号楼出发，开往机场；13：30自龙洞堡机场起飞，15：00到达三峡机场。

我们夫妇和宜昌四位大姐在机场告别，都说："与你们同行，实在是太高兴了，希望下次再相约！"这是双方共同的感受和愿望。

我们乘机场大巴至宜昌东汽车客运站，17：20上回松滋的巴士，19：00到家。本次旅游圆满结束。

"贵州我去过了！"这里有完成一项生活使命后的骄傲！

"黔"行中领悟"前行"，这是本次旅游中最大的收获！

2021年6月于松滋

上海"网红"武康路

8月27日,周五,女婿下班回来说:"徐汇区有条旧上海的武康路,现在成了'网红',离我们不远,明天我们也去看看?"大家纷纷表示赞同。

我不是对"网红"赶时髦,倒是对"旧上海"感兴趣。

百度"网红",乃"网络红人",是指在现实或网络生活中因为某个事件或某个行为而被网民关注从而走红的人,或者因长期持续输出专业知识而走红的人。他们的走红皆因为自身的某种特质在网络作用下被放大,与网民的审美、审丑、娱乐、刺激、偷窥、臆想、品味及看客等心理相契合,有意或无意间受到网络世界的追捧,成为"网络红人"。因此,"网络红人"的产生,不是自发的,而是网络媒介环境下,网络红人、网络推手、传统媒体及受众心理需求等利益共同体综合作用下的结果。

"'网红'武康路"中的"网红",应是"网络红物",可视为"网红"的引申义,这用词也算恰当吧?

所谓"旧上海",是指抗日战争以前的上海。那时上海除闸北和南市之外,都是租界。洋泾浜(爱多亚路,即今延安路)以北是英租界,以南是法租界,虹口一带是日租界。武康路在法租界。

就这么一条路,为何会成为当今上海的"网红"呢?即便只怀揣这么一个问题,也有必要到实地去走一走。

说到这里,我们家五人组合中任何一名成员,都着急想晤面那已是"犹抱琵琶半遮面"的"网红"了。

周六,吃了早餐就出发,地铁三站到江苏路站,转11号线,仅一站到交通大学站,出7号口,往北步行四百多米,就能见正前方好似有一艘巨轮向你驶来了。那就是武康路的地标——武康大楼。它位于由西向东南的淮海中路和自南往北的武康路夹角处,受夹角限制,前窄后宽。那窄面就正好像轮船高高仰起的头,而且,两路的车流就像是船只前行时排出的水流,增添了楼的整体生动性。

路的交叉口有红绿灯,红绿灯旁是武康大楼的最佳拍摄点,所以在那拍照的游客多，尤其是有专业相机的情侣，照得交警直向他们作揖求情。可害得我们根本就没有和武康楼合影的场地，只得匆匆拍个楼景后过马路去。走在斑马线回头，发现自己已经不知被拍过多少次了，便想起诗句"你站在桥上看风景，/看风景人在楼上看你"，这才有了最真切的感悟。

过马路就到武康大楼，"船头"就是咖啡厅，据说其历史和楼一样悠久。外孙喜好冰激凌，这里白的、粉的、黄的、褐色的、墨色的冰激凌，看得他眼花缭乱。听说以墨色为上，于是就来一只。开吃便一嘴"胡子"，加扮个怪相，再来张照片，简直呆萌得不要不要的。但他只认这冰激凌一流地好吃，说："真的够网红耶！"

武康大楼始建于1924年，原名诺曼底公寓，由万国储蓄会出资兴建，以法国西北部的半岛诺曼底命名。1953年，诺曼底公寓被上海市人民政府接管并更名为武康大楼，其后一些文化演艺界名流入住此间，包括赵丹、王人美、秦怡、孙道临、郑君里、王文娟等。

武康大楼，占地1580平方米，总建筑面积9275平方米。大楼总体为钢筋混凝土结构，楼高八层，总高30余米，外观为法国文艺复兴式风格。

武康大楼经过多次修缮，状况良好，当下暗红的外墙颜色格外抢眼。

武康大楼的西边，紧挨着的就是武康路。

武康路修建于1907年，2011年6月11日入选"第三届中国历史文化名街"，被誉为"浓缩了上海近代百年历史"的"名人路"。

武康路宽五六米，马路牙子上是参天的法国梧桐树，且因了这梧桐树，所以有"梧桐深处最上海"的流行语，虽句式有些怪异，但似乎有诗意，表达也还明白。再往外是一米多宽的人行道，边上除武康大楼几十米的墙体，其他基本上是约三米高的院墙。院墙内就是旧时的小洋楼，多是过去名人居住过的。因此，武康路和交叉的淮海中路都属于"上海30条永不拓宽的道路"。

其实，这里的游客并没有想象中那么多，一般三五成群的，以家庭组合为多。

游览的方式也比较单一，我观察为：东瞄瞄、西望望，相机、手机拍照忙，倦了、累了靠靠墙。哈哈，爽！

能先让游客形成大致印象的是武康大楼最宽的那头有个"老房子图片展览

馆"，其中就有武康路两旁的老房子。

第一栋印象深的是黄兴旧居，武康路393号。辛亥革命的重要领袖之一黄兴来此居住后，这栋房子就多了几分革命的厚重感。到如今，依然凝重而倔强，不失风骨。我们庄重地留过影，才向前行。

接下来是武康庭、开普敦公寓、周作民旧居、密丹公寓等。我们都一一看了简介，拍了照。

外孙又喊渴了，则只有咖啡屋。也许是为了不破坏沿途院墙的总体格局吧，这咖啡屋对外只有一个2尺见方的窗口加一扇只容一人进出的小门。可进去了则别有洞天，内里居然可坐好几十人。那半尺来厚的树木条桌凳，黑不溜秋的，却有特色、显年份、有辈分，起码是现代桌椅的曾祖父母吧！咖啡是用一色的咖啡豆（称"绿咖啡"）现磨、现煮的。我又观察到：几十、几百花出手，喝得岁月慢悠悠——"一杯咖啡，可以打发掉整整一个下午，再来一块散发着诱人香味和闪烁着晶莹光泽的蛋糕，夜幕就要降临了。"上海女作家陈丹燕描绘的巴黎生活场景在这里再现了，几十人的小屋基本没有声音，多在看电脑和手机。远巴黎、旧上海的风格又成为新上海的风格了？

可我们只坐了十来分钟，外孙的杯子见了底，就起身走人。

这里的老房子好像有两类，一类变为民居，黑漆大门上挂着"此为私宅，非请莫入"的标牌；一类是保留下来的优秀历史建筑或文物，供人参观，但可惜一律只能窥视。

我们走到一幢被藤蔓攀爬的房屋侧，觉得有些荒芜，看门牌"113 巴金旧居"，甚感凄楚。原来这房子建于1923年，1955年9月，巴金一家迁入，并定居于此。巴老的《随想录》等诸多重要作品在此创造。半个多世纪以来，这座小院见证了一代文学巨匠后半生的生命历程和中国文学的风风雨雨。

在我们慢慢搜索前行的时候，无意间遇到两个拍摄组。一个我估计是什么专题节目摄制组，服装、道具靠院墙摆了一地，摄像机的智能化程度比较高，镜头能自动摇摆、转圈，一看就是专业的。另一个我估计是拍抖音、做影集的，被拍摄者做着各种姿势、动作，动静闹得也不小。他们都有一个共同点，那就是想尽可能地和老房子"同框"。

看过拍摄，后面我们还继续观看了陈果夫故居、柯灵故居、陈立夫故居、莫觞清旧居等。

看着看着，我才渐渐领悟：这些不仅仅是一幢幢老房子，还是一部部名人功勋录！这里沉淀下厚重的历史，也留下曾经光鲜过的雅致！

在进一步领悟中，吾随兴偶得一联：百年沧桑武康路，千秋功业"网红"名！

走完武康路已是正午，孩子们说离静安寺不远了，于是我们就索性到久光商城特意品尝了老上海的"本帮菜"，然后才意得志满地回家。

巧的是晚上看电视连续剧《理想之城》，竟然刚好看到了武康大楼的特写。一般影视剧背景在上海的，那就放东方明珠，现在放武康大楼，不就表明它也是整个上海的地标了吗？

于是在我内心便沁溢出一种美妙的感受——游览武康路，那就是在历史存留中领略深邃、厚重、典雅、无限的美！

2021年8月末于上海

试驾特斯拉

周六,七夕节,我们家两位年轻人(女儿、女婿)却扶老携幼去尚嘉中心试驾特斯拉(电动汽车)。试驾队伍庞大、组合齐全,像是去搞家庭联欢的。

原本约定的这个时间是美好的,在上海,七夕节就是中国的情人节。但天公似乎不大作美,吃过中饭,一家五口出门时发现外面正下着雨。好在离地铁口近,三把伞撑过去,基本上没啥问题。可只一站路后出站,雨则大起来,待七扭八拐进得商场,衣裤都湿了些。兴许是心情好的缘故吧,老少都没在意。

尚嘉中心是大型的购物中心,在上海也高大上。然而一楼不是想象的空阔大厅,而是大致和其他楼层相同的迷宫似的店铺,进门靠左就是"特斯拉尚嘉体验店"。

店内陈设简约,摆三四辆车,放四五张桌,设五六间阁,站六七个导购,完事。但大显亮敞、阔气,自带科技感!

我们一走进店门,就受到了"迎宾"的热情导引。预约导购更是热心,先是手捧玫瑰迎上来,向进店的女士献花、祝福,然后将我们一家引入玻璃阁中落座,边询问相关信息,边在电脑上办理试驾手续。

这导购是个小姑娘,白皙、高挑、干练、得体。办完手续,就把我们引上一辆蓝色的 Model Y,指认操作键钮,讲解操作方法。女婿问了几个专业问题,她都一一应对;外孙说出太空舱的联想,她也巧妙地解答。就我从旁边看,特斯拉的操作主要是通过那块硕大的显示屏(电脑)来完成。简单地说,操控特斯拉的新能力就是操作电脑,一般的操作和传统车型差不多。

接下来导购带我们到负四楼试驾。

走出电梯,小姑娘拿出遥控钥匙按了一下,只听右前方"嘀"的一声之后,似乎一楼那辆 Model Y(同款、同色)从车位中缓缓出列,自行停在了过道上。在这之前,自动泊位我见过,而自动出位倒是头一次。

上车坐六人,后座三个大人加个小孩,还勉强坐得下,说明车子是宽敞的。导购坐了驾驶位,她得示范。坐定后她说首先点"驾驶员",在一行名字中点了一下她的名字,座椅、方向盘就动了一下,调到了适宜她的位置。然后点"前进档"、踩"油门"（其实是电门），车就动了。

出地库后，就上了街道，乘坐感觉安静、轻松。车拐两个弯，眼见道上正好无车无人，导购便猛踩电门，汽车就好像飞机起飞似的飞了起来，瞬间就是一百多米，加速性能超强！然后减速，快而平稳！

转了一圈停下来换人，女婿坐驾驶位，先输入姓名，调整座椅、方向盘，点"保存"，然后就进入了行驶模式。导购说电动车和燃油自动挡车唯一不同的是松电门相当于踩刹车，电门松完车会刹死，所以减速要慢慢松电门，否则就会像开碰碰车一样顿挫。女婿之前是开过的，平稳地转一圈，觉得方向盘稍微有点重，导购说习惯了就行。

女儿小心翼翼地转了一圈，只说不错。我没带驾驶证，不符合试驾要求，也兴趣不浓，就让小姑娘把车开回了停车位。

回到玻璃阁，两位年轻人诡秘地相对笑了笑，就掏出证件下了订单（注明待续航640公里的高配新款到店后提车）。未承想是来买车的！

女婿略带解释地说："我们两口子都是研发汽车的，买一辆新型车感受感受。其实也是好玩。"

我确实觉得就是玩玩。他们上下班本来就由开车改为坐地铁了。开车既怕堵车，又担心抢不到停车位，人还累；坐地铁则准时、轻松、节约、安全！他们之前买的宝马就在车库里闲着，仅供节假日消遣。再买一辆岂不更闲？难不成已经到了像玩智能手机一样人手一部的时代？

我不相信，也不理解，更不掺和。唯有兴叹这发展太快，快到连思维都跟不上了！

下完订金，外孙开始不停地欢呼"我们买新车啰！我们买新车啰！""开上特斯拉，低碳走天下！"（广告语）……

欢快的七夕节，一家子踏着稚嫩的欢呼声，兴高采烈地走向回家的站点。

2021年8月中旬于上海

泰人执拗于"泰"

去了一趟泰国,似乎就只得到了一个异于他人的感受:泰人执拗于"泰"!

2017年在上海,孩子们为我们夫妇报了个"春节游泰新马"的旅行团。1月27日(除夕)凌晨三点多,到达泰国,机场转运巴士停在了一个很特别的停车场,看上去像高架桥,只有水泥原色的方柱和天顶,很开阔、空旷,一顺溜停了一大排巴士,才像是停车场。天顶上的灯不甚明亮,觉得有点像怕浪费电似的。我们护着行李下车,两个女孩迎过来,一个身着盛装,绸缎绿衣、红裤,头饰金冠,胸前挂硕大的花球串项链,颧骨略高,眼睛略陷,面色白皙、红润,带微笑,颇显异域风情。另一个看上去是中国姑娘,着便装,辅助迎宾。盛装女子一边口念"欢迎",一边依次给旅客赠送礼品花结,中国姑娘从旁续递。仪式结束后,她们带我们到酒店休息。这情景,就似若干年前到西北旅游一般,只不过那是献哈达的仪程。

再上车,我们就被交给"地导"了。那泰国导游是一位精瘦、精干的男子,四十多岁,讲汉语,且口齿伶俐。他在车上对泰国的概括介绍,就引得大家称道。我们夫妇此次出游是临时决定的,来不及多做功课,好像过去只听说泰国"人妖盛行"之类,所以,听导游的介绍,也是体察泰国的开始。

泰国,全称为泰王国。是一个位于东南亚的君主立宪制国家。泰人自称本族为"泰",据考证"泰"是"自由"之意,即本族群摆脱了高棉人的控制获得自由,故自称为"泰",即"自由民",这大约是公元10—12世纪的事。

暹罗是古代泰国的称呼……

在大家不约而同地称赞导游记忆力惊人的时候,我则萌生了"泰人执拗于'泰'"的感悟。

我们解释"泰"是"平安、安宁"的意思,前提肯定是"自由";泰人解释"泰"为"自由",其实质一定是"平安、安宁"。所以"自由"与"平安、安宁"相关联。

　　我们游览的第一个景点是曼谷大皇宫，游览中导游进行过详细的解说，当然记忆模糊了，但可确定和现在查阅的基本一致。

　　曼谷大皇宫，又称大皇宫，是泰国王室的皇宫，紧邻湄南河，是曼谷中心内一处大规模古建筑群（计28座），总面积218400平方米；始建于1782年，经历代国王不断修缮扩建而成。曼谷王朝从拉玛一世到拉玛八世，均居于大皇宫宫内。1946年，拉玛八世在宫中被刺，拉玛九世便搬至大皇宫东面新建的集拉达宫居住，大皇宫被开放为旅游景点。

　　大皇宫给我的印象就是金碧辉煌，比北京故宫（始建于1406年）新得多，光亮得多，而且室外宽敞，活动自由。临近中午，很大的太阳，只能穿单裤、衬衫，加之要在外面和宫殿合影，就跑得满头大汗。但很开心，因为做下了"金碧辉煌"的留念。

　　大皇宫在湄南河的东岸，中饭到西岸去吃，我们就又观赏到了"东方威尼斯"的美景。

　　湄南河为中文俗称（湄南在泰语里指大河），本名昭披耶河，是泰国第一大河，自北而南地纵贯泰国全境，曼谷段是湄南河的入海口处。

　　站在河西岸，大皇宫的金黄尖顶错落绿树间，让人想见到武当、蓬莱，胜似仙境。河水随轻风荡漾，大小船只表演似地穿行、停靠，很从容的样子，"胜似闲庭信步"，也许由此才得"东方威尼斯"之美誉。

　　下午游览集拉达宫。走进去，相对大皇宫而略显狭窄，很多时候在巷子里行进。我们是二十多人的团队，不混进蹭听讲解的散客还好，混入几个就撞来挤去的，时不时会产生磕碰、争吵杂音。游客估计99%是中国内地的，无端中就担心起旁人会说到"国民素质"类话题。特别是当导游介绍"此处门框、檐口、柱子原本是用金箔包裹的，后来被游客一点点抠走了，才改刷金水"，莫名其妙地感觉有被打脸的羞报。

　　接近主殿，惊奇地看到了一幅特别肃穆的场景——人们身着玄青正装，排着看不明走向，更看不到头的队伍，后面不断增加人，没有声响、不加任何引导地把队形续长。导游似乎明白了我们心中的疑惑，才说这是来吊唁九世王——普密蓬·阿杜德的。

　　普密蓬·阿杜德，拉玛九世，2016年10月13日去世（享年89岁），准备2017年10

月25日举行火化葬礼,中间一年的时间供国人吊唁。

普密蓬·阿杜德是泰国历史上在位时间最长的国王,共计在位70年零126天。他在位期间勤政爱民,致力于推动泰国社会经济的发展,在政治斗争中成功确立并巩固了王室的权威地位,多次依靠自身威望化解泰国国内的危机及动荡局势,广受泰国人民的尊重和爱戴,被尊称为"国父"。

我们的旅游线路从吊唁堂旁经过,走近时,没有听到哀乐,也没有悲鸣,只有无声无息的肃穆。

我就想,此宫殿平时对外开放,难道不担心国王的安全?现在办理国王的丧事还继续开放,就不怕干扰了这里的秩序和氛围?

也许这就是泰国的安定、平等和自由吧!我们对逝去的国王肃然起敬,对泰国的国民肃然起敬!

1月28日是中国人的春节,由于没有氛围,也就团内相互问了个好完事,然后按行程安排游春武里(万佛岁)去。春武里府在泰国东部,她的西南面是泰国湾,北到东南面(顺时针)分别是北柳府、尖竹汶府和罗勇府。春武里距曼谷80公里,是东海岸距曼谷最近的省府。

游春武里,印象深刻的是骑大象。大象家园是一片椰子树林,游客过来,十几头大象排成一队,游客也排成一队,再依次借高台坐到大象背上,两人骑一头,宽绰、平稳,然后慢慢悠悠地走起来。往往是游客激动得大喊大叫,做各种夸张的动作拍照,大象则无动于衷,只管慢慢悠悠地走,一副处事不惊的样子,转完一圈,你若再驱赶,它就一动不动了。停下后,老婆拉我下象,我一时没反应过来,因为还沉浸在对"慢"的思考中,大象行动的慢节奏,好像当时就影响到人似的。思到裉节儿上,那时间一长,人还不被同化了去?正好有资料显示,说泰国人的生活,就是慢节奏。又正是这慢节奏,幸福指数才相对高,甚至说是世界第一。原来呀,"慢生活"使人"知足常乐"。

导游介绍泰国人的生活方式,以下几点我记得清楚。一是泰国人信佛教,只要是男孩,就都得进庙当几年和尚,所以,泰国男人就都养成了吃素、念经、静心的习惯;二是泰国人工作基本不加班加点,经商的也是按时开关张,双休日不开门的店铺,那就只能是泰国人的;三是生、老、病、死、医、读,泰公民全都依靠政府,政府福利保障到位了,他们也就东不担、西不愁地往下过日子,过"国泰民安"的日子,过感恩政府和国王的日子。所以你说他没有更高的追求,甚至思想落后,那倒是实情。

骑大象项目不到一小时就结束了,当我回头再看那"慢悠悠的大象"时,却仿佛羡慕起这里的慢节奏来。

29 日、30 日两天游芭提雅。

芭提雅是泰国一处著名海景度假胜地,属于春武里府,处曼谷东南方,距曼谷154公里。

我们先到是拉差龙虎园。是拉差龙虎园位于春武里府前往芭提雅的途中,是世界上最大的龙虎园,拥有 200 多头驯服的老虎,是一座集环境保护、生态保护、濒危野生动物保护、高科技养殖及旅游休闲于一体的新型旅游景区,于 1997 年开幕,占地 100 多公顷。但我们游过后,留下的印象则是鳄鱼表演、戏蛇表演、猪猪运动会、杂技魔术表演等,特别是"二师兄"那机灵的憨态着实令人捧腹。只是这些项目是不是全是龙虎园的,还真的记不清了。

记得真真地是傍晚参观七珍佛山。山形隐约,而佛身明亮。这工程让人震撼,整座山的一面,用线条勾画出释迦牟尼佛像,那线条则是 24K 真金镶嵌,据说用金18 吨,尽显皇家气派。的确,这佛山与九世王庙相邻,1997 年为庆祝九世王登基 50年而作。寓意九世王在泰人心目中就是佛! 反过来说,泰佛就是九世王!

30 日的重大活动是参观谢国民私家庄园。

谢国民何许人也? 泰籍华人,1939 年生,祖籍广东省澄海县;泰国正大国际集团董事长,卜蜂国际集团主要股东。

谢国民私家庄园,造价 14 亿泰铢(相当于 3 亿人民币),堪比皇宫。可他自己不住,用于旅游参观,年入上亿泰铢,可见其经济手段之高超,也反映了泰国别样的自由。若再描述这庄园的豪奢,也没有多大意义,书籍、网上的夸耀早就不一而足了。

到泰国,尤其是到芭提雅,不可回避的是观看人妖表演,我们在芭提雅的确观看了一场大型的人妖表演。我认为就是一场大型文艺晚会罢了,只不过演员是一色的"人造美女"——人妖。其实说起来挺辛酸的,据介绍,人妖多为男性变女性,靠从小吃药、动手术而成。做人妖，就得放弃正常人的生活，还得放弃正常人的寿命，据说他们只能存活30多岁。听起来，好像和吸毒一样可怕，但在泰国，法律给了他们追求这种独特生活方式的自由，估计简单的评述难以达到辩白或辩黑的目的。

其实，在曼谷游轮餐厅我们就开始接触人妖表演，春武里也有人妖剧场，只是芭提雅的最出名。人妖表演，用我们的"三观"来看，肯定有其不健康的地方，我们也会认为人妖本身就是不健康的人生。可对人妖表演，我们仅把它当艺术来看难道不成吗？去其糟粕之后，让其以独特的艺术品性留存于世，兴许可能吧？

最终，我们揣着人妖之谜离开泰国，到新加坡去。

在泰国走这一遭，浅尝辄止，释泰国的"泰"为"自由"，也为"平安、安宁"，并以此为泰人执拗于"泰"的原因，不知当否。若要深思熟虑，恐怕还得再去走几遭。

2021年元月

往之心乡

A PLACE OF
INNER
LONGING

谁会为秦王嬴政做亲子鉴定？

历史上秦王嬴政的身世真可谓是扑朔迷离，有史料描述为"一时间而满城风语"。要是按照现代人的思路，人们一定会想到做亲子鉴定。那我们就不妨作为趣味话题来说说——假如当时有条件的话，那谁会为秦王嬴政做亲子鉴定呢？走进历史，至少可以厘析出三个具有强烈愿望的人物——吕不韦、庄襄王、秦王嬴政。三人中吕不韦为最。

那就说说吕不韦吧。也未必有趣，为说而说，说说而已。

吕不韦（公元前292年—前235年），姜姓，吕氏，名不韦，卫国濮阳（今河南省安阳市滑县）人，战国末年著名商人、政治家、思想家，官至秦国丞相。公元前251年，秦昭襄王去世，太子安国君继位，为秦孝文王，立一年而卒，储君嬴子楚继位，即秦庄襄王。公元前249年，秦庄襄王以吕不韦为相国，封文信侯，食邑河南洛阳十万户。吕不韦门下有食客3000人，家仆万人。庄襄王卒，年幼的太子政为王，吕不韦为相邦，号称"仲父"，专断朝政。这一切是怎么来的呢？还得从头说起，而且那样才能进入我们的话题。

吕不韦本是卫国人，后来到韩国经商，"往来贩贱卖贵，家累千金"，是韩国有名的大商人。此人经商有道，但不以经商致富为满足。他在致富之后，所羡慕崇拜的人物是春秋末年的子贡。子贡作为孔子的高足，不仅在经商上发了大财，而且在政治上结交王侯，当上了鲁、卫两国的宰相，在春秋末的政治风云中大展奇才，即所谓"子贡一出，存鲁，乱齐，破吴，强晋而霸越。子贡一使，使势相破，十年之中，五国各有变。……常相鲁卫，家累千金。"

吕不韦由阳翟（在今河南禹州）到邯郸，在街头见到了在赵国为质的秦王孙异人。当时，异人是"落难王孙"，吕不韦颇有感慨，动了几分哀怜之心。转念间，深通"人弃我取，人取我予"经商之道的吕不韦想到：十年河东，十年河西，难道面前这位落难王孙就永远不会有困龙得水、飞黄腾达之日吗？莫非说自己想成为当年的子贡，或许会系在这位王孙的命运之上……想到这里，"此奇货可居"的心声似乎更强了。

以经商为跳板步入仕途，是吕不韦的最大夙愿。于是吕不韦便策划了一项巨大的活动——一个"遮天蔽日"的阴谋！他要用吕氏的血缘更代秦国的嬴姓血脉！行动起来自然是一个艰巨而漫长的过程。

第一步是以"立君定国"的想法征得父亲的同意。

吕不韦很孝顺自己的父亲。当他兴冲冲地入堂拜见家父时，未等父亲开口，他便向前请教说："耕田种地，可获利几倍？""十倍。"父亲答道。"贩卖珠宝玉器呢？""可获利百倍。"父亲又答。"那么，扶立君主而安定国家，可获利几倍？""无数。"父亲在回答后，心中不禁对儿子所提出的问题感到有些奇怪。吕不韦便说了遇见异人的事情。接着，吕不韦还把自己所了解到的有关太子柱、华阳夫人、公子异人的情况和自己的打算向父亲作了简要的说明。有道是"知子者莫如父"，父亲对儿子即将从事的活动是赞成的，但是像"立君定国"这样的大事不比经商，这次赔钱，下次可以赚回来，而政治圈里的惊涛骇浪，翻船后如何死里逃生？所以，老人甚多担心。吕不韦见父亲虽没有就此事明确表态，但知道父亲实际上已表示赞同，便告辞离开。

第二步是在异人身上投资。

吕不韦拿定主意，决定在异人身上投资，与异人结交，去干建国立君的大事情。

吕不韦去拜见异人，言明要帮其实现大业。异人被吕不韦深深打动，当即向吕不韦顿首许诺说："如果你说的计划能够实现，我将和你共享秦国。"

于是吕不韦拿出家财，以五百金送给异人，供他广交宾客之用，又用五百金购置奇物珍宝，随身带往秦国去活动。

吕不韦到秦国之后，走的是裙带关系：他通过华阳夫人的弟弟买通了华阳夫人。华阳夫人很快明白了投资异人的好处，马上进入角色，在太子柱面前进行了一番声情并茂的表演，目的在于收养异人。华阳夫人和太子柱没有儿子，太子明白华阳夫人的用意后安慰她说："夫人如果喜欢异人，那就把他养为己子，并立他为嫡嗣，不就日后无忧了吗？"太子柱便携夫人入宫并当面"刻玉符"，立异人为嫡嗣。异人一被立为嫡嗣，华阳夫人便派人给异人送厚重礼物，并正式聘任吕不韦做异人的师傅。

吕不韦选定落难王孙异人为"奇货"，又把取得华阳夫人的赞助作为这场交易成败的关键，他做对了。异人被立为嫡嗣，宣告了吕不韦这笔政治交易的大功告成。

第三步是把赵姬送给异人生儿子。

　　吕不韦在邯郸陪伴异人,但吕的家眷却没有同往。邯郸自殷商以来就是男女多情之地,所谓"桑间濮上""郑卫之音",就是这种地方的风情。吕不韦自然也是风月场上的老手。当异人把精力用在与人交往上时,吕不韦则在邯郸城中用重金买下一个善于歌舞的绝顶美人赵姬,一同居住。过了一阵,时当阳春三月,万物复苏之时,赵姬信潮偶然停断,吕不韦认为赵姬受孕了,时机成熟,要干包藏祸心之事——移花接木,把赵姬送给异人,让自己的孩子冒充异人的后代。

　　吕不韦精心安排了一次"钓奇"的饮宴。他把异人请到家里畅怀饮酒,饮至酒酣耳热醉意方浓之时,就把赵姬推出来与公子异人相见,献舞伴酒。醉酒之时,孤男逢美女,如同干柴烈火,怎能自持?事后异人向吕不韦请求赵姬,吕不韦先是故作发怒以加重他对异人的厚情,然后表示我为公子你倾家荡产,当然也不能再舍不得赵姬这个美人了。自怜自叹一番之后,就把赵姬献给了异人。异人哪里知道吕不韦在设计用吕氏的血缘更代秦国的嬴姓血脉呢?之后,赵姬果然产下了一名男婴——这个男婴就是后来的秦王嬴政,也就是中国历史上赫赫有名的秦始皇。

　　第四步是帮助异人回国做太子。

　　秦昭襄王五十年(公元前257年),吕不韦和异人买通邯郸守城门的人逃出邯郸后,便奔往驻扎在邯郸城外的秦军营寨。秦军将士见是太子柱(安国君)的贵公子前来投奔,哪敢怠慢,接待之后,便调拨车马,选派护卫,好好地护送二人去往秦国。

　　异人回到秦国后,首先得拜见安国君和华阳夫人。吕不韦让异人楚冠荆服,勾起华阳夫人的故国情思,华阳夫人深受感动,也欣赏和称赞异人的才智,更坚定了认异人做儿子的决心,为其改名子楚。

　　吕不韦真不愧是有智谋的人,他挖空心思,不动声色地辅佐异人,终于帮异人争取到了秦国嫡嗣的位置。

　　公元前251年秋,秦昭襄王在位56年时宾天,安国君承继了王位,为孝文王。吕不韦又拿出他的通天本领,让异人做了秦太子。这一夺嫡之功,吕不韦用了十余年的时间方告实现。

　　第五步是考虑到赵姬母子,直至扶嬴政为王。

　　让异人做太子远不是吕不韦的目的,对他来说,事情还没有完结,他还存心思于赵国,这就是赵姬母子。吕不韦不得不考虑他们,他帮助异人夺取秦国的大业,最终的目的是要让这个产业落到赵姬生的那个婴儿手中，才算了结。正因为这样，尽管赵姬在赵国受苦受难，但她不愁在秦国没有应援，两个"丈夫"不会忘记她的，尤其是吕不韦在把她送给异人时是有山盟海誓的。她带着嬴政顽强地活下来了。

从为人来看，异人应该说是个较厚道而少猜忌的人，也是个知恩图报的人。现在他当上了秦太子，可他并没有忘掉做质子时与自己相依为命的赵姬。他并不喜新厌旧，尤其在"将恐将惧，维予与女"之时，赵姬跟随他并为他生了儿子，在他离开赵国之前，这个儿子从牙牙学语到蹒跚学步，使他在寄人篱下之时得到了无限的欢乐，看到了光明的希望。如今他做太子了，他怎能忘了他们，何况身边还有吕不韦这个大恩人的提醒。

异人成了秦太子，嬴政也结束了屈辱的命运。当秦人向赵国索要赵姬母子时，赵国只好屈己待人，忍下对秦人的怨恨，把嬴政母子送回秦国，借以讨好秦国和秦君。

孝文王即位不到一年就去世了，子楚继位，是谓庄襄王。嬴政被立为太子，时年约十岁。为了培养少年太子成为承国之才，吕不韦对他悉心教诲。

是命运的安排还是人为？继孝文王短命之后，庄襄王享国也仅三年。十三岁的嬴政继立为秦王，吕不韦也由丞相被尊为相国。秦王年少，国家大事表面上由太后和相国共同主持，实际上军政大权皆由吕不韦操纵。至此，吕不韦的目的才全部实现。

从以上内容不难看出，自始至终，吕不韦都是围绕"血缘"这个核心在实施行动。若有现在的条件，难道他不想为其做个亲子鉴定吗？"立君定国"的工程，早已押上了自己的身家性命，核心的"血缘"问题，哪怕在内心有百分之百的确认度，他也会不断地采用不同的方式确认直到生命的最后。这就像得到了一件不容易得手的宝物，即便将其藏得再好，但心里是放不下的，始终会去做辨别真伪、估算价格等事情一样。它们还有一个共同点，就是都有保守秘密、不露真相的巨大的无形的心理压力和不能有丝毫内心外露的痛楚。吕不韦最终也未能为秦王嬴政做亲子鉴定，他只能把想法深深地埋在心里，把想向世人炫耀的话烂在肚子里。所以他的内心，既有成功的喜悦，又有不确定、不踏实、孤寂虚妄的抑郁。

吕不韦的"立君定国"也算得上是历史上开天辟地的伟业，因为历史上出现的始皇帝，客观上和吕不韦有意无意地促成有关。可惜吕不韦的初心不在于为国利民，而是"血缘"。正是源于"血缘"，所以这一伟业中，始终暗藏的是私心、私欲、私念。

这些东西从表面上看似乎是成就了一个人,实质上是更彻底地毁掉了一个人。

吕不韦越来越感到自己要极力隐藏的东西最终会"见光死"。比如:将自己怀孕的女人送给异人,其用心之险恶,一旦曝光,有机会辩解吗?庄襄王死后,吕不韦又与太后私通,一旦败露,难道不是身败名裂吗?吕不韦为施金蝉脱壳之计,竟将市井无赖嫪毐以太监的身份带入太后宫中,任其与太后苟合,且生二子,并作政治叛乱。最后嫪毐被"斩于好畤(今陕西乾县东)",二子被装入口袋扑杀,太后被迁于雍城棫阳宫。若是有人知道这是吕不韦"李代桃僵"之作,那又会是什么结局呢?

"血缘"之争,其实是政治之争、权力之争。

秦王政九年(公元前238年),秦王22岁,按照秦国的礼制,正式加冕亲政。处理嫪毐事件,已显秦王政有"虎狼之心"。吕不韦是否还在想,为秦王做个亲子鉴定吧,这是不是就是自己身上的野心野性呢?可已经来不及了,吕不韦心里明白,自己不是业已"养虎为患"了吗?是的,当秦王知道吕不韦与嫪毐事件也有牵连时,便立即免去了吕不韦的相位,并下令禁止他再登朝堂。

吕不韦是"哑巴吃黄连,有苦说不出",所谓聪明反被聪明误,脚上的泡是自己走的,还有什么好说呢?

不久,嬴政又把吕不韦撵到其封邑去了。吕不韦的宾客们来说情,是受到吕不韦的默许和指使的,嬴政因此在赐书中质问吕不韦:"君何功于秦,封君河南,食十万户?君何亲于秦,号称仲父?"与此同时,下令命吕不韦及其家属迁往蜀地。

吕不韦的内心再也扛不住了,于是饮鸩自尽。

所有自杀者均为心理疾病患者,吕不韦的内心简直是太复杂了:自己精心设计的计划究竟错在哪里了呢?明明成功了啊,为何没有了活路?吕不韦走进了坟墓也许还会问:秦王政是我的儿子吗?应该为其做个亲子鉴定!

读历史的你,会为吕不韦的遗憾而感到悲哀吗?

在战国末期的历史风云中,吕不韦本是韩国的一位大商人,在经商致富活动中,他预测屡中,是幸运者。当他在邯郸见到秦国人质异人时,他便决定在政治上投机。他所策划的华阳立嗣、邯郸献女,以及身为相国、号称仲父、受封河南乃至于献嫪毐于太后,步步都如愿以偿。可未承想到"血缘"之争、"立君定国"的大举,在不知不觉中出乎意料地演变成了相权与王权的斗争,"仲父"未能成"父",反而成敌,等待他的是饮鸩而亡的命运。

至于吕不韦在秦国执政期间,秦国在对外战争中所取得的一系列胜利,那是有案可查的事实,他主持编纂的《吕氏春秋》是他为未来秦国所设计的政治蓝图,至今仍不失为一部有学术价值的著作,但当时随着他的自杀而未能为秦王采用。

吕不韦死后送葬者之多,以及秦王政的严惩,说明秦王政与吕不韦之间的斗争已是一场激烈的政治斗争。秦王政除掉了吕不韦,同时也摈弃了吕不韦治国的政治蓝图。后来秦王政按照自己的意志,在法家理论的指导下缔造了一个空前统一的中央集权制大帝国。就是这样一个吕不韦想不到的发展和辉煌,在无声中宣告了吕不韦的彻底失败。

吕不韦为秦王政做亲子鉴定有意义吗?人间血缘对秦王政还有作用吗?答案显然是没有,因为他已成为"天子"!

说到这里,似乎就有了这样一个结论:吕不韦要是不涉政治,不搞"血缘",安心经商,专注写书,就好了。可大家都知道,从来都没有假设假想的人生,更没有可以改变的历史。再则古时虽有孟子说的"术不可不慎",但它不能完全成为吕不韦不该从政的理由。"术不可不慎",是说选择职业要谨慎,我们也承认职场环境对人会产生一定的影响,但我们不可以偏执地完全否定做某些职业的人或者硬性取消一些行业。其实最重要的是怎么去做,总体原则应该是坚守社会准则、道德标准以及法律条例等规范,不能触碰法律。吕不韦为了达到自身"血缘"的目的,不择手段,不守底线,最后才酿下苦果,怎么能完全归咎于从政呢?吕不韦是个聪明而有过失的人物,这些经历构成了他传奇而多元的人生。所以说说吕不韦,目的在于从本质上还原历史。

你若还要问谁会为秦王嬴政做亲子鉴定呢?最后可以更肯定地回答:最有可能的还是吕不韦。因为他为了秦王嬴政的"血缘"付出了自己毕生的心血和死亡的代价。

2016年11月

(本文发表于《浍水》2017年冬季号)

"自我"主客相对论

我们这代人习惯用笔记本(相对为原生态的),用完一个又找来一个新的,翻开,原本是"优秀青年职员奖品",主题词却书写的是卞之琳先生的《断章》,顿感有点"文化味",索性帮着咂摸咂摸吧。

"你在桥上看风景,/看风景的人在楼上看你。/明月装饰了你的窗子,/你装饰了别人的梦。"这几句诗用的都是普通具象,所表现的却是抽象而又复杂的观念与意绪,又未言明,也未直抒胸臆,而是通过客观形象和意象的呈现,将诗意间接地加以表现。得奖者会作何理解,就连分析家们也颇费心思揣测。曾几何时,当解析集中在"装饰"上的时候,卞老先生发话了。他撰文说:"'装饰'的意思我不甚着重,正如在《断章》里的那一句'明月装饰了你的窗子,/你装饰了别人的梦',我的意思也着重在'相对'上。"这才明确了,表达形而上层面"相对"的哲学观念,才是《断章》的主旨。

可"相对论"玄妙得很,它本是研究时间和空间相对关系的物理学说,延展开来才到了哲学范畴。相对论分狭义相对论和广义相对论。前者认为物体的运动是相对的,光的速度不因光源的运动而改变,物体的质量与能量的关系为:能量等于质量乘以光速的平方。后者认为物质的运动是物质的引力场派生的,光在引力场中的传播因受引力场的影响而改变方向。相对论是爱因斯坦提出的,这个理论修正了从牛顿以来对空间、时间、引力互相割裂的看法以及运动规律永恒不变的看法,奠定了现代物理学的基础,在物理学、天文学以及工程技术等方面起着非常重要的作用。

相对论难懂,一时半会也懂不了,那就听诠释家通俗的解释:相对论的核心就是相对。比方说一个男人和一个美女在一起,时间再长也觉得短。

再吟诵《断章》,你一定会去追寻"相对"了。这时才惊讶地发现作者怎样巧妙地在单纯朴素的画面背后传达他的哲学沉思:这宇宙与人生中,一切事物都是相对的,一切事物又都是互为关联的。当"你"站在桥上看风景的时候,"你"理所当然是看风景的主体,风景则是被看的客体;到了第二行诗里,就在同一个时间与空间里,人物与景物依旧,他们的感知地位却发生了变化。同一时间里,另一个在楼上"看风景人"已经变成了"看"的主体,而"你"这个原是看风景的人此时又变成被看的风景了,主体又同时变成了客体。为了强化这一哲学思想,诗人紧接着又推出第二节诗,这是现实与想象图景的结合:"明月装饰了你的窗子,/你装饰了别人的梦。"这些画面,已不再在一个构架里,但就大的时间与空间而言还是一样的。"你"是这幅"窗边月色"图中的主体,照进窗子的"明月"是客体,殊不知此时此夜,你已进入哪一位朋友的好梦之中,成为他梦中的"装饰"了。那个梦见你的别人已成为主体,而变为梦中人的"你",又扮起客体的角色了。

更重要的应该是"一切事物都是相对的",包括"你"这个意象人称,本身也有主客之分。"你"也可以是"他"或"我",人称而已,人之"自我"代称罢了。"你"看风景是"主我","你"成为风景被别人看是"客我"。理论表述:作为意愿与行为主体的是"主我",作为社会评价和社会期待的是"客我"。

那么,这就自然会引发另外一个问题:我们是应该重"主我",还是应该重"客我"呢?

通俗地讲,"主我"就是"真实的那个自己","客我"是指自己评价中或他人评价中的那个自己。主我是感知者,客我是可以和整个宇宙一起被指称的对象。人的自我意识是在"主我"和"客我"的互动中形成、发展和变化的,同时又是这种互动关系的体现。虽然"主我"是形式,是个人围绕对象事物从事的行为和具体反应的体现,"客我"是内容,是自我意识的社会关系性的体现,但孰重孰轻是很难作理论判断的。只是现实生活中似乎人们越来越害怕"差评",为赢得好评拼命地"装饰""客我",这样就在无形中迷失了"真实的那个自己"——"主我"。

有了过多的"客我",人自然就有了世俗化的倾向。看上去越鲜彩艳丽,内心就更麻木不仁;看上去越喧腾热闹,内心就更空虚寂寞;认识的人越来越多,情感却越来越冷漠……人到后来几乎是公式化地活在世上,失去了真实的自己。

如若有人猛然间问你:你会哭吗?你会笑吗?我敢肯定地说,你还真的不会,因为我们这些现实人已经或正在失去尽情欢乐或尽情悲哀的能力。你不觉得可怕吗?而相反,自然人或古代人尽管对自然界、社会和历史进程的所知有限,也无法摆脱与生俱来的忧虑,他们却对自己在宇宙中的存在有着全面而完整的理解,他们对自己的灵魂有着真诚和敏锐的感受。因此,他们可以更真切地感受到喜怒哀乐。能哭哭，能笑笑，那是多放松、多自然呀！

现代人你就端着，你就"装"吧！自欺欺人地藐视着自然人的"低俗"，且以高雅自居。可未承想，其实你已俗不可耐。主客我相对失衡，轻则造成社会化主我"面瘫"，重则造成"自我"痉挛扭曲，直至死亡。但是你还是不会哭，现实中有专业的"哭丧团"就是明证。但话说转来，我们并不是主张不要控制情绪，而是说要保留完整的情感，也就是要保持完整的"自我"。

那么，怎么拯救"自我"？答案是：明"相对"哲理，找回"主我"。

但"主我"一旦迷失在世俗之中，找回是十分艰难的。这正像当下人们陷入雾霾里一样，这就是追求"快速发展"的结果。已经"高大上"了，一时能下得来吗？可人们总得原始性地呼吸。雾霾扫除得越多，人的呼吸就越轻松。大家共同保持低碳环保了，你的身体就健康正常了。

明白了吗？"明月装饰了你的窗子，/ 你装饰了别人的梦。"

哦，奖品主题词题得精妙！

2017年1月10日

（本文发表于《浼水》2017年冬季号）

随感于负诗意

看娱乐节目,听主持人口若悬河、妙语连珠。正得劲呢,可不妙的是主持人却拿古典诗词来打趣,闹得适得其反,大煞风景。于是"负诗意"一词回萦脑际,感触便滑于键盘了。

诗词是艺术品,本可"把玩",但不可亵渎,尤其得尊重诗意。

诗意指向诗里表达的给人以美感的意境,否则反之,就是"负诗意"了,这样往往就会出现负效果、负影响。负诗意可理解为对诗意的曲解。"曲解"是指不顾客观事实,歪曲原意,作错误的理解或解释(多指故意的)。

稍作揣摩,可以推测,出现负诗意的状况可能有以下几种:

(一)过于政治化

最典型的是杜甫诗《茅屋为秋风所破歌》,里面有:"南村群童欺我老无力,忍能对面为盗贼。公然抱茅入竹去,唇焦口燥呼不得,归来倚杖自叹息。"诗意为:南村的一群儿童欺负我年老没力气,居然忍心在我眼前做出抢盗的事来,毫无顾忌地抱着茅草跑进竹林去了。我喊得唇焦口燥也没有用,只好回来,拄着拐杖感叹自己的不幸和世态炎凉。可在"文革"中,某老权威则把它曲解为:南村群童是有反抗精神的,他们不畏地主老头的淫威,敢于公然抱走他的茅草,让他气急败坏,解恨!难道某老权威不知道这是天大的笑话吗?这种刻意的曲解,则是政治性的负诗意。

再如,毛泽东主席的词句:"俱往矣,数风流人物,还看今朝。"其实这句话挺好解释的:古代那些帝王都过去了,数一数英雄豪杰,还得看今天的人们。这意思不是很明确吗?可"文革"刚结束的时候,却有人偏要这么解释:三个短句,以排山倒海之势,雷霆万钧之力,了却了二千年的历史。"俱往矣"三字,斩钉截铁地指出这些帝王都早已过去,他们的功业已成为历史的陈迹,他们所代表的封建时代也一去不复返了。新时代已经到来,无产阶级作为历史的真正主人登上了历史舞台。"数风流人物,还看今朝"是在说是英雄创造历史,还是奴隶们创造历史的问题,这是马克思主义历史唯物论和形形色色的历史唯心论长期斗争的焦点。我们认为,当然是

"奴隶们创造历史","数风流人物,还看今朝"的意思是"数一数英雄豪杰,还得看今天的无产阶级"。这种解释非常有时代特色,但显然多出了一些信息,看上去像"分析",而就"诗意"而言,就应该是"负诗意"了。

(二)过于生活化

艺术源于生活而高于生活。诗歌过于生活化,也会产生负诗意。

唐朝柳宗元的《江雪》:"千山鸟飞绝,万径人踪灭。孤舟蓑笠翁,独钓寒江雪。"这首诗写江上雪景。全诗句句写景,合起来是一幅图画,正如黄周星在《唐诗快》里所说:"只为此二十字,至今遂图绘不休,将来竟与天地相终结始矣。"就诗意而言,首先,它创造了一个峻洁清冷的艺术境界。一场大雪纷纷扬扬,覆盖了千山,遮蔽了万径。鸟不飞,人不行。冰雪送来的寒冷带来了一个白皑皑、冷清清的世界。其次,形象地反映了作者被贬谪永州以后不甘屈从而又倍感孤独的心理状态。在江雪背景下,"孤舟蓑笠翁"独自垂钓。此时此刻,他的心境该是多么幽冷孤寒呀!

这就是艺术。可把它作为一般的现实生活就有人会挑刺了。真的,还真有人公然在会上讲过这样的话:做任何事情都要注意安全,包括写诗,"独钓寒江雪"是极不安全的,做法不可取,诗也不合情理。

无独有偶,又有人分析歌词《纤夫的爱》,就说"……纤绳荡悠悠"不安全、不保险。这种说法完全失去了歌中的情趣和情调。

过于生活化也就失去了诗的艺术特征,失去了原有的诗意而产生了负诗意。

(三)过于娱乐化

"过于娱乐化"就是拿诗歌开玩笑。我开始提到过的"主持人拿古典诗词来打趣"就是这种状况。记不住他说的原句,但记得技法是这样的。如:"锄禾日当午"——我要去跳舞。"飞流直下三千尺"——吃饭绝对不能迟。"黄河远上白云间"——这鱼是煮还是煎……其实就是借了个诗词的韵,要是小孩儿这么跟着学诗,那还不被带偏了?

再一种玩法就是——前不久,日本要和我们争钓鱼岛,中国人无不义愤填膺,在微信上的反应也很强烈。其中疯传"李白的藏头诗",意思是四个字"XX去死",还说李白有预见性,这"XX"天生就是一个坏家伙。不错,这骂法够艺术的,也该骂。

但我们拿李白"玩艺术""开玩笑",那是不是让古人也跟着受了点伤害呢?

还有的玩笑开得就更低俗。比如"紫烟的妈是谁?请从古诗中找。"你知道吧?"你懂的"。这样的一些负诗意我也就不多列举了。

另外有一种特殊的诗歌现象——和诗。"和"是和答。"和诗"是依照别人诗词的体裁、题材、原韵,或者针对原作的思想内容,作的酬答诗词。所以原诗与和诗之间一般可同诗意。也有的互为负诗意,但目的不是曲解对方。比如毛泽东主席的《卜算子·咏梅》,诗头写明:"读陆游咏梅词,反其意而用之。"这是逆向思维的立意。可见诗意和负诗意是相对的,但就每一首诗自身而论,都有各自的诗意。

从以上分析可以看出,负诗意是否都是消极的,不可一概而论。但诗,尤其是流传久远的古典诗,它们都是珍品,正规、珍贵,你说它允许有不相协的东西关涉它们吗?在这里,我们正好品评到"纯净"一词的含义。

所以,对待诗歌我们应该尽量发掘和维持它的诗意,也就是它的原诗意或正诗意。这大致相似于现如今提倡"正能量"的意味和意义。

生活本来就是一首诗,可以品评出无限的正诗意。只要我们挥去那一心想洞察别人"皮袍下"的小瞬间的好奇,就会在无限美好的现实世界里,采用欣赏诗的美好眼光和审美情趣去看待对方,世界就一定会充满诗情画意,人间心河就一定汩汩流淌源源不息的正能量。

正道直行吧,用真、善、美占据我们的思维界面和生活领域,那就会一路诗意一路歌。

2017年5月5日

(本文发表于《浍水》2017年冬季号)

钱锺书先生笔下的"魔鬼"有特点

《韩非子》里有这么一段文字："客有为齐王画者,齐王问曰:'画孰最难者?'客曰:'犬马最难。''孰易者?'曰:'鬼魅最易。'夫犬马,人所知也,旦暮罄于前,不可类也,故难;鬼魅无形者,不罄于前,故易之也。"可译为:有人为齐王作画,齐王问他:"画什么最难?"他说:"狗和马最难画。"齐王又问:"画什么最容易?"他说:"画鬼怪最容易。"原因是狗、马为人们所熟悉,早晚都出现在你的面前,不可仅仅画得相似而已,所以难画;鬼怪是无形的,不会出现在人们面前,所以容易画。意思是说,"犬、马"之所以难画,是因为它们有为人们所熟悉的形貌特征;而"鬼魅"易画,则是因为它们"无形",没有具体的形态展示,不存在其自身的特点。

但没有特点就是最大的特点。想怎么画就怎么画,想画成什么样就画成什么样——这就是易画的"鬼"!

可《魔鬼夜访钱锺书先生》一文中的"魔鬼"却很有特点,估计没有钱锺书先生"太极式"的功力,就很难将其"描画"出来了。

读得钱锺书先生的文章,兴许你会对其散文题材独特、艺术魅力奇妙以及作者态度从容感到惊讶,也许会对其目光敏锐、观点独到、文辞犀利、语言幽默的为人为文风格领悟欠深,但若仅对钱锺书先生笔下"魔鬼"的外在特点从文中进行检索的话,那就不算太难。

魔鬼特点一:冷屁股。

文中魔鬼自我介绍说:"我少年时大闹天宫,想夺上帝的位子不料没有成功,反而被贬入寒冰地狱受苦刑……我通身热度都被寒气逼入心里,变成一个热中冷血的角色。我曾在火炕上坐了三天三夜,屁股还是像窗外的冬夜,深黑地冷……"他还补充说:"(巴贝独瑞维衣)在《魔女记》第五篇里确也曾提起我的火烧不暖的屁股……"

看来魔鬼的这一特点是真的了。难怪人们常说:"遇到鬼了,热脸贴了个冷屁股!"但暂不以此来引证鬼的屁股是冷的。此语钱文也并未收入,系"迁移"范畴。

这屁股"深黑地冷"可极端为"阴间"的特点,也正好是"魔鬼行径"的特征。

据说魔鬼可行走在阴阳两界之间,但他是不喜光的东西,玩的是"阴谋艺术",

干的是害人索命的勾当。他就是"阴森恐怖"的代名词。他作恶多端,而又偏偏"不以为耻,反以为荣",常常傲世于诡计之高明。

他标榜自己就等于"阴谋曝光",可他自有高招,"捏造点新奇事实"作自传,而"作自传的人往往并无自己可传,就逞心如意地描摹出自己老婆、儿子都认不得的形象,或者东拉西扯地记载交游,传述别人的轶事……自传就是别传。"

不料,大行于世的自传性"回忆录"却有类于此。

要是魔鬼真能把自己的"精明与算计"写下来的话,那倒是一部不错的反面教材。

魔鬼特点二:跛足。

注曰:魔鬼跛足,看勒萨日《魔鬼领导观光记》可知。又笛福《魔鬼政治史》可知。

钱文中,魔鬼说:"我的腿是不大方便的,这象征着我的谦虚,表示我'蹩脚'。我于是发明了缠小脚和高跟鞋,因为我的残疾有时也需要掩饰,尤其碰到我变为女人的时候。"

"跛足"就是"蹩脚"。说"蹩脚"似乎委婉一些,是无奈,而不是"谦虚"。因为所有阴谋诡计都有曝光的一天,都是蹩脚的。正如"纸包不住火"!谁不知道你魔鬼"冷屁股"下的阴险,谁又不知道你魔鬼背后使的那点坏呢?即便你再作掩饰也是徒劳的。

看魔鬼如何伪装自己吧。

一是骗人缠小脚和穿高跟鞋。他想把别人都变跛,可这种"美丽"下的坑人术,虽然能害到人,但人们终究会醒悟的。

二是把自己变成美丽的女人,比"人妖"还"女人"的那种。只是一旦被剥开"画皮",那面目就狰狞难耐了。

三是扮作领导亲信,狐假虎威,责任上下推。恶行一旦败露,就说"阎王"指使。但阎王又好惹吗?惹恼了,阎王比鬼狠。所以,恶毒的魔鬼常常反转过来欺负小鬼。

四是自抬形象,自吹自播、甜言蜜语,又或是"猫哭老鼠"。扇阴风,点鬼火。害人无底限但吹嘘无上限。其实谁还心里没个数呢!

五是"无形"藏无情。损人不利己,最终是加深了自身的黑暗,落得个"见光死"。

看来这"跛足"还真是魔鬼一虐心的短处。

魔鬼特点三:牛相。

又注曰:魔鬼常现牛形,《旧约全书·诗篇》第十六篇即谓祀鬼者造牛像而敬事之。

文中魔鬼说:"是的,有时我也现牛相。这当然还是一种象征。牛惯做牺牲,可以显示'我不入地狱,谁入地狱'的精神;并且,世人好吹牛,而牛决不能自己吹自己,至少生理构造不允许它那样做,所以我的牛形正是谦逊的表现。"

为什么魔鬼总要口口声声说"谦逊"呢?估计他总认为自己已有"出色成就"的前提了,所以话是"谦逊",神态则是"牛逼哄哄"。

"牛相"就是牛逼哄哄的样子。

这魔鬼还真的是厉害,"拿魂索命",打遍天下无敌手,谁人能逃过一劫!执掌生杀予夺的大权,行使草菅人命的职分,哪能不"牛"?世上有权有势的人,有"不牛"的吗?

魔鬼的作为给人类带来了无限的灾难、无限的痛苦,让人产生了厌恶与悔恨、抗争与妥协等一系列矛盾心态。而魔鬼一族始终是不讲仁慈的,这反而激发了人们的斗志。表面上看,健康者是与魔鬼斗争的勇者,长寿者是与魔鬼斗争的智者,只有长生不老者才是与魔鬼斗争的胜利者。而长生不老只是世代人的理想,是难以实现的。但按常理说,正义哪能输给邪恶呢?积德行善是人类的宗旨,是历史中的主流,不仁作恶终将遭到报应。应该说"魔鬼不入地狱谁入地狱呢?"而且必被打入"第十八层地狱"。

其实魔鬼在弱者面前才"牛",在强者面前也只是一只羊。文注曰:"后世则谓魔鬼现山羊形,笛福详说之。"

到这里,魔鬼的嘴脸已昭然若揭,爱恨情仇也早已铭刻人心。至于"易画"与"不易画",就无足轻重了。

2017年12月30日

(本文发表于《浍水》)

"罗生门"之思

最近的一次听闻,让人极不情愿地想到了芥川龙之介笔下的"罗生门",给人的感觉自然就怪怪的!

前几天,和同事到西片学校去督导,发现乡间学校议论的热门话题是"优等生考出去后的下落"。

有一位副校长念念不忘的是从"猪窝"里走出去的学生。可他说:"真脏!我从来都没有看到过竟会有人把猪喂在堂屋里的。"大家以为他讲的不合时宜,正吃饭呢,就试图把他的话压下去。但他坚持往下讲,大家也就只好停箸倾听了。

原来他要讲的故事是这样的:好多年前,他到一名辍学学生的家里去走访,那情景可谓是"不堪入目、不堪入鼻"! 房子是歪歪斜斜的、破败欲倒的样子。往里看,堂屋里面一边喂着猪,一边放着饭桌、椅子。喂猪的那边,粪土总有一尺来高,恶臭扑鼻。孩子的两位家长从黑咕隆咚的深处发出拒绝来访的指令,而后走出男的,穿的真不知是否能叫作衣服的东西,露在外面的手、脸红白得瘆人,身上的腥臭味比那猪粪臭气更难闻。当时这位副校长退让着,仅打听了孩子的去处之后,就立马找到孩子,逃回到了学校。

我本来觉得这学生的家境与《月亮和六便士》里主人翁临终前的处境相似,但也许是对"罗生门"的印象更深的缘故吧,就脱口说:"你们那是逃离'罗生门'!"副校长则似懂非懂地说:"那孩子好像再也没进过那个家门。"

小说《罗生门》里的"罗生门",是一个荒废的地方。"可这片荒芜,却也另有一番光景,方便了狐狸、小偷在此栖息,就此安居。末了,连无主尸体也纷纷被扔到这里,丢在一旁,习以为常。于是,日落时分,这一带便有点儿令人毛骨悚然,再没人敢在附近转悠了。"然而,"家丁"就在四五天前,被东家辞退了,所以,他才来到罗生门。"与其说是家丁在避雨,不如更确切地说成'家丁被雨浇得湿淋淋的,徘徊街头,走投无路'。"当他上到罗生门的最上一级,一看之下,果如耳闻,"楼内尸骸遍地"。"强烈的腐尸味,让家丁一下捂住了鼻子。可紧接着,另一种更强的冲击漫过了他的嗅觉,连捂鼻子都忘了。"这家丁注意到,尸骸中蹲着一个小老太。只见她"两手扶着尸体的脑袋,像母猴给小猴子抓虱子一样,一根根去拔长长的头发。"这使家丁"对一切罪恶的反感越来越强烈"。家丁握刀吆喝,吓得老婆子不得不解释,这头发拔下来去做假发,这女人"生前就把蛇肉切成一段段,晒干后拿到兵营当鱼干儿卖。要不是得瘟疫死了,说不定现在还在干这营生呢。"

老婆子的话让家丁不再在"饿死还是当强盗"这个问题上犹豫,"甚至根本不去考量还有饿死这一说"了。于是,他麻利地扒下老婆子的衣服,夹在腋下,消失在夜色里。

这"罗生门"是个阴森恐怖的抛尸场,不料,却成了个牟利场!

这《罗生门》里的家丁就这样不顾老婆子的死活,夺衣而逃了。

那"猪窝"里出来的孩子呢?

故事的续篇是这样的:孩子的父母都患有严重的麻风病,靠政府医治、养活。孩子读书也靠政府资助。不久,那父母病逝,房屋、用品由防疫部门处理掉了。后来,那孩子很争气地考取了大学,走了,就再也没有回来,似乎和那"家丁"一样"消失在夜色里"。

副校长又说,直到现在,才听说他是当官了,最近却出事了,有人说是跳楼自杀了。这怎么就连罗生门人物的命运都不济呢?逻辑结论很简单——他一定是从旧的罗生门踏入了新的罗生门——有甚于旧的罗生门的罗生门!

这让我想起一名在外闯荡的学生对我讲的话,他说:"外面的利益圈,就似一个个无形的'罗生门',阴森恐怖!"他那"子丑寅卯"的举例说明,同样让人惊心动魄,又同样让人确信无疑。

还有,《罗生门》里的老婆子、家丁怎么就都不怕感染瘟疫呢?难道是作者不懂常识?还是兴许跟"另一种更强烈的冲击漫过了他的嗅觉"一个理?如果是后者,那么可见他们不想饿死的意念是多么强烈,行为是多么地不管不顾!

再者,即便命运会有再多的无奈,如若像他们一样抛弃"善",而选择了"做强盗"的"恶行",那本身不就是一大灾难吗?而且采取"以恶治恶"的方式行事,就只能使人类行为更加芜杂、无序,以致造成更大的"恶"。

一般来说,"善",是指行为的有序化,"恶"则反之。无序则乱,善恶不分则坏,因之,"罗生门现象"值得深思!

2020年11月1日于松滋

泡茶和作文

——代为《晚晴浅唱》序

把本不相干的泡茶和作文两事儿,放在一起来说,还为的是给编辑的文集作序,这不是在为难自己吗?但按"联系观"可知,世上万事万物都是相互影响、相互牵连、相互作用的,即有联系的。所以,慢慢地说说,兴许会有意想不到的收益呢!

先说在最近"茶局"上听来的一则笑话,是这样的:

有个茶痴,极讲究泡茶,就干脆住到山高泉冽的地方。他常常浩叹世人不懂品茶,如此,二十年过去了。

有一天,大雪,他煮水泡茶,便茶香满室。门外有个樵夫叩门,说:"先生啊,可不可以给我一杯茶喝?"

茶痴大喜,没想到饮茶半世,此日竟碰上闻香而来的知音,立刻奉上素瓯香茗。来人连尽三杯,大呼"好极好极",几乎到了感激涕零的程度。茶痴问来人:"你说好极,请说说看,这茶好在哪里?"

樵夫一边喝第四杯,一边手舞足蹈:"太好了,太好了,我刚才快要冻僵了,这茶真好,滚烫滚烫的,一喝下去,人就暖和了。"

……

也许是这笑话笑值不高,也许是茶局本不该如酒局热烈,说的人还算生动,可笑的人却不够开怀,好在有个活脱的人举杯说:"来,快喝,快喝,这茶真好,滚烫滚烫的!"场面才勉强欢畅开,大家共同举杯,齐呼:"喝!"

我没大笑,在想,要笑可能一是笑茶痴渴求"雅评"而不得知己的痴,二是笑樵夫"俗答"而不解风情的傻,三是笑"雅评"与"俗答"的反差之大。而不笑,则是樵夫爽爽朗朗的本真!

所以,我听完笑话,主要得"本真"二字。

再说老年大学文学班的作文。

松滋市老年大学首届文学班已完成两学年学业,正在做第一本文集,班主任定名"晚晴浅唱",我觉得很贴切。"天意怜幽草,人间重晚晴。"(李商隐《晚晴》)显然有文学底蕴:"晚"贴"老年大学"之"老年";"晴",天气晴好,心情也晴好;"浅唱"是不想唱高调,是谦虚,亦为本真。

我读了全部文稿,尽量少做改动。基本分三类,诗歌类、散文类、小说(或报告文学)类。拟编为三辑:第一辑为"律韵心声",第二辑为"形随意动",第三辑为"直尽人情"。

"律韵心声",有格律的韵味,但不一定完全合乎格律,说的全是心里话。这就是我们的学员写的诗歌,没有茫然地去追寻"诗和远方",而是懂得"我就是我"!

"形随意动",散文讲究"形散神聚",这是理论课的内容,大家是知道的,但我们没有专门教授散文的写作,这就反而少了一些"框框"。写什么,怎么写? 形随意动,想写什么就写什么。运用最原始的材料,写自己内心萌发的意念。这就是老年大学文学班的散文。

"直尽人情","直"在说这就是文学,"直"在不拘泥于文章的起、承、转、合,"直"在不刻意构置故事情节,却能鲜明地表达出人世间的复杂情感。颇具"直尽人情"特色的《口罩沉浮记》,很值得一读。我叹于作者从国际纷争中厘清观念、观点的能力,我叹于作者在文中表达了中华民族"大爱无疆""生命至上"的情感、情怀。作者有意无意地学着记者钱刚,而成与不成,他终究都是一个"坦诚的自己"!

我要讲的"编辑说明"就这么简单,也很本真吧,我认为较之汪曾祺先生评沈从文先生的课,好像还说多了。汪曾祺先生曾在西南联大听了沈从文先生几年的课,每每向人介绍的时候,他说的大意总是:沈先生好像只讲了一句话,写作就是要"贴着人物写",写本真的生活,再讲了什么就全然不知了。

我顺便将"贴着人物写"的经典写作经验转授给大家,望大家共同谨记。

说到这里,其实不可回避,茶馆和文坛都还有个雅俗之分,并且世俗早作"高雅""低俗"的限定和界指。

然而,"雅俗"一般归属美学研究范畴,它们之间的关系只是相对的。

《红楼梦》的大观园中,林黛玉无疑可作雅的代表,来了个未见世面的刘姥姥则正好补了俗人的缺。

话说妙玉备茶在内室款待黛玉，不料，黛玉问了句似乎有失身份的话："这也是旧年的雨水？"妙玉冷笑一声："你这么个人，竟是个大俗人，连水也尝不出来！这是五年前我在玄墓蟠香寺住着收的梅花上的雪，统共得了那一鬼脸青的花瓮一瓮，总舍不得吃，埋在地下，今年夏天才开了，我只吃过一回，这是第二回了。你怎么尝不出来？隔年蠲的雨水，哪有这样清凉？如何吃得？"

风雅绝人的黛玉竟也有被人看作俗物的时候，可见俗与不俗是相对的。

那乡下来的刘姥姥，也喝了妙玉的茶，她却大大方方地说："好虽好，就是淡了些。"敢于这么随意地评价"雅"，反而显得是那样的不俗。笑话里樵夫能发现茶之温度的作用，并不经意地说出来，也是不俗。

再没必要多说了，写文章亦如此！

大家尽管大胆去写，没什么要紧的。越是放得开，就越会不俗。我敢肯定地说，大家入集的作品，都有可取之处！

2020 年 11 月 19 日于松滋新江口

人亦经得寒彻骨

凛冽的风呼啸过后，邻居们就传"蜡梅盛开"了。于是一早大家便不约而同地往北赶，顺玉岭山沿着一中西院院墙走约三百米，浓郁的香和出墙的枝条就是要寻的第一目标——我清楚地记得院墙内有三十多株蜡梅树，曾经被细心打理过。再往前十多米，在通畅的丁字路角处，有一蓬一人多高的壮硕植株，金黄的花朵缀满枝条，芬芳馥郁。围观点就在这里，大家都兴奋地长吸气、大惊叹。

但热烈的场面很快就被寒冷的空气冷却了，当有人喊出"好冷"的时候，人群就纷纷散开了。

观蜡梅，容易让人想到唐代黄檗禅师的诗："尘劳迥脱事非常，紧把绳头做一场。不经一番寒彻骨，怎得梅花扑鼻香。"意思是：摆脱尘念劳心并不是一件容易事，必须拉紧绳子、俯下身子在事业上卖力气。如果不经冬天那刺骨的严寒，梅花怎会有扑鼻的芳香。黄檗禅师借此诗偈，表达自己坚志修行得成果的决心，也说出了对待一切困难所应采取的正确态度。

实际上，蜡梅花开就是一件很自然的事，我所亲见，今年开放的蜡梅花，往年适时也就开了，且不难推测，只要植株不出意外，来年它依旧会开。

观花的人，甚至是同气温环境下的所有人，都得和花一样经着冬寒。诌一诗句："人亦经得寒彻骨，霜雪消融待日出！"

人一生一边受着自然的滋养，一边又无处可逃地受着自然的侵袭，这许是上苍安排的磨炼。人在降生时的那一声"呱呱"哭喊，就是对母体外不适环境的强烈反应。后来穿上的衣服，最根本的功能是御寒。人类几千年的文明史表明，御寒条件和经验的完善是人类经历磨炼后进步的标志之一。

可人类还必须经受和抵御"世态炎凉"之"凉"，就不知是否进步了。

《竹坡闲话》（清代，张道深，字竹坡）几乎全篇都在说"炎凉""真假"问题。虽用以评《金瓶梅》，但有普遍意义。"因财色故，遂成冷热，因冷热故，遂乱真假。"这里的"冷热"并非指气温的高低，而是人情冷暖。《金瓶梅》的开卷，即以"冷热"为言，"西门庆热结十弟兄,武二郎冷遇亲哥嫂",其冷热就是交往场面或状貌,以及人的情绪、态度。西门庆富有,就受人巴结、奉迎,是为热;武大郎穷困潦倒,就受街坊四邻歧视、疏远,则为冷。但书以西门庆的死为界,在其死之前,西门庆官运、财运亨通,生活花天酒地、纸醉金迷,清河县内,为最骄奢淫逸、横行霸道之主,此甚"热";而其死后,虽转世附身"孝哥儿"(儿子),可孝哥儿在十五岁那年,被普静大师点化而去,此即"冷"。用竹坡先生的话说就是:"富贵,热也,热则无不真;贫贱,冷也,冷则无不假。""真假"问题,《金瓶梅》于煞末为言,本不在话题内,不表。

"贫在闹市无人问,富在深山有远亲。"此之为"世态炎凉"之真实写照!其实可以理解得适当宽泛一些,人生旅途顺风顺水,呈上升趋势,兴旺发达,处处逞强,就是"热",反之则为"冷"。

至于"高处不胜寒",那只是苏轼的想象,真正想到天上去了,当了神仙,又唯恐不接地气。此言出自苏轼词《水调歌头》,其小序中有"兼怀子由",表达了对胞弟苏辙的无限怀念,可见其渴求亲情温暖的愿望之迫切。

"打入冷宫"又是咋回事呢?原来是古代皇帝把失宠的后妃软禁于冷僻宫内,让其青灯冷炕,自受煎熬。"疏远、冷遇"成了直接的惩罚方式。而且,那被禁后妃的寒彻骨,多是解不了冻的致命之寒。这世态之凉,胜似一把刀!这也就好理解鲁迅《祝福》里的情节了:"'祥林嫂,你放着罢!我来摆。'四婶慌忙的说……"四婶的话就相当于把祥林嫂打入了"冷宫",甚至可以说是它把祥林嫂逼向了死路。没有抵御冷遇的强大心理和能力,就会被"寒潮"击溃。

在我的认知范围内,明末"公安派"的代表袁中郎是真正悟得"寒意"的性情中人。他谈人生,见解独到。比如他说人生"快活"有五,读之令人咋舌:"然人生受用至此,不及十年,家资田产荡尽矣。然后一生狼狈,朝不谋夕,托钵歌妓之院,分餐孤老之盘,往来乡亲,恬不知耻,五快活也。"句首"然"字有转意,前面的四"快活"均为"热",无外乎"富贵、名利、福禄"之类,顺普通思维,人们好接受,好理解,哪知至"五"却笔锋猛转,由至热到至冷,人们来不及醒悟,似撞到一飞来之物,顿时发蒙。而袁则以为顺理成章,欲尽享底层人的快活,并觉得能经历多重人的生活,人生再无遗憾!原来对于这个洋溢生命热情的人来说,最大限度地穷尽人生的各种可能性,就是他最大的快乐。于是,吾亦由衷感慨,即便是有幸慢慢悟明此胸襟,也可姑为"六快活"也！这恰似醍醐灌顶——人亦经得寒彻骨,效梅冰封不为苦!

似乎无独有偶,明朝张岱的《夜航船》里写道:有"铁脚道人,尝爱赤脚走雪中,兴发则朗诵《南华·秋水篇》,嚼梅花满口,和雪咽之,曰:'吾欲寒香沁入心骨。'"这是多么地享受啊!

再从客观上讲,凄冷的人、事、物,大多也能"寒彻骨"。譬如这冬季里,有个"腊八节",属传统节日。相传佛教的始创者释迦牟尼,在腊月初八,夜睹明星而悟道成佛,从此为"法宝节"。民间在腊月初八有祭祀祖先和神灵、祈求丰收吉祥的传统,一些地区还有喝腊八粥的习俗,这样就直接称为"腊八节"了。

我们老家还有在这一天为逝去的亲人整理坟墓的习俗,出嫁的姑娘也回娘家参与活动,说明这个节日是比较隆重的。

腊八节过得喜庆,节日而已。腊八节更容易过得凄楚,因为面对乱岗荒坟,往往悲从中来,甚至撕心裂肺,近似于"清明时节雨纷纷,路上行人欲断魂"的心境。

"不经一番寒彻骨,哪得梅花扑鼻香?"最终可以这样解释:事物在成长中,经历冬寒、冷遇或灾难并非坏事,反而会使自身更加成熟,更能积蓄潜在的能量,激发出稀缺而神妙的元素。

几天后,当我再次经过蜡梅林闻得那"扑鼻香"的时候,天依旧冷,而心却不再那么寒了。

2021年1月30日(庚子年腊月十八)草就于松滋

聚会是个境界

当下聚会已成风气,同学聚会、同事聚会、战友聚会、老乡聚会……"聚会热"是热得不得了,仿佛已达到高潮了。于是我便关注起这聚会来,当翻开国学课本,寻得"境界"一说时,倍感新鲜,且陡增几分认同感。

"境界说"大致是这样的——北京大学医学系教授马文昭先生表示,我国古人将饮食分为八个境界,分别是:果腹、饕餮、聚会、宴请、养生、解馋、觅食、猎艳。饮食境界,就是我国古人对饮食文化的细分。其中聚会境界中的吃,已经上升到分享阶段,一个"聚"字,说明饮食已经掺杂了联络感情的成分,而不仅仅停留在吃的基础之上了。

虽然饮食境界以古代社会为背景,但文化有很强的传承性,所以,至今所说的"聚会是个境界",仍是一种深层次的贴切认识。

现流行的聚会,普遍采用轮流做东和AA制两种方式,比起用公款吃喝来,不说高尚纯粹,也能显得更为真诚、踏实。私费者不怕别人说"吃不到葡萄说葡萄酸"的勇气,也是一种境界。

境界是人的觉悟和修为,是一种适宜性的微妙感觉。我觉得,境界就是人们共同在思想意念上的舒适,所以不要把它说得那样的神渺虚幻。"聚会是个境界",简单地说,就是通过聚会这种形式,不仅满足人们的饮食需求,更重要的是满足人们的某些精神需求。

当下聚会,从理由上分,一般有生日聚会、节假日聚会、迎来送往聚会、慰问答谢聚会等,各有特定的情感内容的输出和输入,也有聚会的一般性意义。这样聚会者就会得到和谐的场景感染、真诚的情感按摩和宽松的精神抚慰等多种适宜性支撑。

聚会的英文是"party",音译为"派对",意思指小部分人聚在一起。如"生日派对",一般是一小群具有情感关联或某种关系的人,在特定的时间、地点聚在一起,开展吃蛋糕、喝酒、跳舞、唱歌等较为欢娱的活动,人人都高兴起来,都得到了饮食和精神的双重享受。

我们这地方的聚会有其特殊的内容,比如喝酒、打牌。也有开展其他活动的,但占比较小。

这酒的话题芜杂得很，算得上是窖藏历史中的双刃剑。憎恶的，说它是"人生四毒"之首——"酒、色、财、气"；喜欢的，极尽赞美之能事——"葡萄美酒夜光杯"之类，积集起来，估计也能使"洛阳纸贵"。聚会中的酒，提倡有益身心，渐入佳境。我曾以诗的形式在微信群里发表过浅见——《饮酒哲学》："烩一锅云朵下酒，聚一堆的饮者。酣醺时，尽说人间悲欢离合！此第一境。炒一盘星星下酒，三两套杯筷。微醉中，依旧能天南地北！此第二境。温一壶月光下酒，'对影成三人'。自足了，哪还管功名利禄？此第三境。"前两境适宜聚会，有希冀的食物，有追求的状态，是聚会中时常出现的境况。

打牌则是传统的博弈项目，现归于体育。玩得合适，也是有益于身心健康的。尤其是适宜于打发时间的人群。但此技容易过而又不可过，一旦过了，则为赌博。赌博是违法行为，谁都知其危害，无须多说。

我国古代的"雅集"应该是一种特殊的聚会形式。雅集——专指文人雅士吟咏诗文，议论学问的集会。它因未涉及饮食，也可置于聚会之外，而其内容，倒可为聚会借用。

我说聚会，不是想推波助澜，而是想说生活的丰富多彩中，可以有聚会。平常生活中，适时、适地、适度地聚一聚、玩一玩、乐一乐，相信利大于弊！

可万事万物都是有其两面性的，聚会同样会有其负面的东西，就是说，也会出现聚得不成功的个例。成不成功，靠感觉，我估计，如果聚得自己不高兴或者让别人不高兴，那就是失败了。

所以，我的最终体悟特别简单：说聚会是一个饮食境界，这就是要人们吃出名堂来，聚出意义来。不信的话，你可以照着我说的聚着看！

2021年2月5日（庚子年腊月二十四）于松滋新江口

感受静谧

感受静谧,古人中已不乏范例。如"千山鸟飞绝,万径人踪灭。孤舟蓑笠翁,独钓寒江雪"。柳宗元仅用二十字,就开拓了一个空灵、空无的境地,幻化、美化出一个孤寂的渔翁形象,无须听,用视觉"看出"静谧,以此来表达不染世俗、超然物外的情感。又如"蝉噪林逾静,鸟鸣山更幽",这是王籍首创以声写静的手法,创造出的静谧的艺术境界。而后王维的"倚仗柴门外,临风听暮蝉",杜甫的"春山无伴独相求,伐木丁丁山更幽",都是以声衬静的典范,均能让人感受静谧的美妙。再如"随风潜入夜,润物细无声""野旷天低树,江清月近人""落霞与孤鹜齐飞,秋水共长天一色"等,则用"夜""野""月""落霞""秋水"之类特定的意象(意境)来写静谧,更能让主客观融合一致地抒发享受静谧的情怀。

可我只想用诗意来轻轻"拍一拍"向往静谧的心灵,将其拽出别样静谧的遭遇,以求取出世、入世的彻悟。

本月3日,我从三峡机场飞浦东国际机场。刚下飞机,耳内嗡嗡的,还有些胀痛,只见同机人员顺着箭头方向快速驱动,逃也似的,很快,同行的人就少了。环顾四周,航站楼一片死寂。

到航站楼中段,"咯噔"一下,吓自己一跳,原来耳朵通了,才听得似乎只有行李箱拖出的"嗡嗡"声响。

向着"取行李"的方向匆匆赶,和我们同行的就那么两三个人,于是又"咯噔"一下,顿时觉得有恐高的心缩感,原来面前是一个深深的踏步电梯。顺着电梯下到底,又深得有点吓人,脑袋恍恍惚惚的了。就在这个时候,我们迷失了方向!正好有人怯怯地问从身边走过的一个工作人员,可那家伙不作任何反应,依旧走着他的路。在那静谧中,无须怀疑他听不见,除非他是聋子!遇见鬼了?真让人不寒而栗!

标识箭头被疑似地铁栅栏的东西挡住了,没有了去路。好在果真是地铁,当我们回过神来的时候,地铁开过来了,并打开了门。我估计同行的所有人都没思考就上去了。鉴于刚刚问路的尴尬经历吧,大家都不出声,听凭地铁带着在黑暗中穿行,也不觉地铁有声,似乎更加静谧了!

老实说,我坐过无数次的飞机,国内国外的都坐过,专说到浦东机场就不下十次吧,但航站楼内坐地铁还真是头一次。

幸运的是,坐地铁没有失误,上去就是行李传送处。

只见那传送带慢慢悠悠地转动。我们提了箱子,便朝有阳光照进来的方向冲出去。好不容易才和来接站的人会合,真的是出了好几身冷汗!

别样静谧的航站楼,再见了!

在车上,我自然就想到了庚子年居家的静谧。那静谧,就更是可怕。在夜晚,静谧还多少带有些生活的常理因素,人们勉强可以习惯;可是在白天,大街上没有车、没有人,连狗叫声也没有,你说那静谧还不令人毛骨悚然吗?整个街道,那样静谧,就像一只无形的手压住了你的心口,让你噩梦连连。

病毒不仅侵害人的肉体,而且还打压人的心灵,颠覆人的情感意识。

世事沧桑,这静谧时空也随之翻转着!

诗人的"静谧时光"是指安静的日子。它是柔性的,按摩人的情感,放松人的心灵。

而我说的别样的静谧,实则是危及生命的暗魅。它是尖锐的,只会刺伤人的情感,勒紧人的咽喉。

生命是最宝贵的东西,在一般意义上讲,"怕死"不是懦弱,而是珍视生命、敬畏生命的本能反应。

我想在这里十分直白地说一句庸俗的话:无论你是"出世",还是"入世",只要你还在世,那么你就一定会怕去世!

愿人类命运共同体真正做到同呼吸、共患难,保护好全人类的生态环境,力争达到人与人、人与自然和谐共生的目标!

2021年8月上旬于上海

叹"人坚强"

此"人坚强"之谓,是我仿"树坚强"之谓而得之。

而我听说"树坚强"的称谓,记得是在张家界景区。若干年前组团去旅游,当我们走在那高高的山岭之上的时候,只见前侧深壑千尺,其间石柱林立,柱尖大多劲松如盖如帽。却也有少数草木不生,细观则纯色石质赫然,不见生机。然而就在其中一侧顶,却长着一颗矮小、细瘦的松树,能见其根似猴爪牢牢抓握着石柱的凸起处,尽可能地附着石壁延伸,网上了那略有肩头的石柱,支撑起向上的身躯。估计它主要靠吸收雨水和雾水为营养。导游说它这样存活不知多少年了,仅被人们发现就有好几十年了。虽基本不见其长大,但可感觉它已有偏老的年轮,于是人们就送了它一个特有韵味的称谓——"树坚强"。记得当时大家无不感叹此树是真"坚强"、此名是真恰当。

后来我又在不同的地方看到过姿态各异、情景不一的"树坚强",发现它们的共同点是:其生存难度均达到了人们难以想象的地步。

不料竟有人完具了"树坚强"的遭遇,更让人叹惋悲戚,于是我才置换出"人坚强"的称谓。

2021年的暑假,我们夫妇要陪同外孙留在上海度过。上海的公园和其他公共场所一样,必须扫码、测体温后进入。而公园空旷、人稀,是遛娃、休闲相对安全的地方。

我们进公园的时候人不算多,却意外地碰上了一位特殊的人物。他坐在电动轮椅上,注视着面前的电脑,人们称他为郑教授。很明显,他目光呆滞了,和他打招呼都没有了反应。

他是被苦难折磨的不幸者,从他近旁朋友的谈论中,我才大致了解了他的遭遇。

他居然遭受过两次巨大的打击。

第一次是十多年前,他老家发生大地震,他家刚好处于震中,所以,几乎所有亲人都遭遇了不测,包括其父母兄弟。

死亡是不可弥补的损失,死亡是不可找回的失去。而这是生者的意识!死者的意识连同"失去"而失去，也就再无所谓痛苦，但对生者，主要是亲人，那将是致命的痛——当时是撕心裂肺的痛！过后是刻骨铭心的痛！

成语"如丧考妣"已经形容不了郑教授当时受打击的状况。他能活下来，可以说是精神的重生。

第二次是去年，他老婆和儿子相继去世！据说他在得到噩耗时是直接撞了墙，好在有人机警地拽了他一把，但也还是当场昏迷过去了。他被送进医院后，一住就是一年多，出院时就成了现在的样子。

他已失聪失语，自然分离了多半的人世，走进了自己的世界。但他喜好科学，所以他的呆滞，也有入迷的成分吧。他整日电脑不离身，即便是坐电动轮椅出来透气的时候，也在工作，眼睛几乎没有一刻离开过电脑。看护他的人说他的课题即将结题。

我们所游的公园叫"长风公园"，在这里偶遇郑教授，我便不由自主地咂摸起"乘长风，破万里浪"的余韵来。

郑教授的遭遇使我理解了余华《活着》的文学真实性。

小说人物徐富贵，本来是地主家的少爷，年轻时不懂事，又赌又嫖，后来龙二设赌局骗光了他的家产。后又被抓去当壮丁，被俘虏，返乡，与家人重逢。本以为就此可以安心过日子了，但又不得不经历一系列运动和变故。更加让他悲惨的是，他的儿子、女儿、老婆、女婿、孙子，一个个都离他归西，剩下的就只有他以及和他一样早已老不中用的黄牛。

《活着》就是为了写人对苦难的承受能力，对世界乐观的态度。人是为活着本身而活着的，而不是为了活着之外的任何事物所活着，这是一种"活着观"。

没有比活着更美好的事，但更要明白，没有比活着更艰难的事！

现代作家萧红的人生，不幸的，她是个"人坚强"；所幸的，也是个"人坚强"！

"何处是归程？长亭更短亭。"李白的这句诗是对萧红一生最好的写照。她从家族逃离之后，便一生都在逃亡。

"我不知道，原来苦难可以在一个人的身上这样集中。脱离家庭、被做人质、失去孩子、贫穷、战乱、情变、疾病，这些人世间最为痛苦的经历，萧红一个都没能躲过。天地不公，似乎悲愤与责骂，才应是萧红该有的表现。可在她的作品中，尤其是在她的巅峰之作《呼兰河传》中，你能读出她对人生的失望吗？你能读出她对生活的消极以待吗？不，你不能。"这是《呼兰河传》编者《代序》中的一段话，道出了"不幸者"萧红的人生态度。

《人生海海》的作者麦家倒有一声喟叹："人生海海，山山而川，不过尔尔！"这艰涩的语句，竟吐纳出人生的彻悟，意思是：人生像大海一样茫然，总是起起落落，有许多不确定因素，走过平湖烟雨，跨过岁月山河，最终发现其实也不过如此。

那么，行走在长风公园，就不大适宜吟诵庾信（南北朝）的《枯树赋》了。就怕当你吟"此树婆娑，生意尽矣！"的时候，转眼却是古木苍翠。

不如吟"天连五岭银锄落，地动三河铁臂摇"。

这是毛主席《送瘟神》里的两句诗，长风公园的主要景物"银锄湖"和"铁臂山"的名字均来自这里。这两句诗，正好拥有铲除灾祸的气势和豪情。

"借问瘟君欲何往，纸船明烛照天烧！"

忽然觉得，银锄湖、铁臂山给了我续接毛诗想象的神力——世界都是全新的景致，从此人们就有了综合性的"免疫力"，可以避免一切人类灾害，再也没有所谓的"人坚强"，人人都能过上完整、轻松、快乐、幸福、美满的生活！

这想法不也太俗了点吧？但窃以为俗得正合乎时宜！

2021年8月中旬于上海

观星火

我在上海，于2021年9月5日（周日）同家人一起观看了"星火"，你信吗？我们在中华夜幕下、神州荒原上，真切地看到了"星星之火，可以燎原"的盛况，你信吗？

可在高度发达的"东方明珠"上海，哪来的"荒原""星火"呢？即便晚上，也是霓虹满城，连"夜幕"都难见到呀！

告诉你吧，我们是参观了"中国共产党第一次全国代表大会纪念馆"，你可懂了？

当天，我们选择了便捷的地铁出行，到人民广场转1号线往莘庄方向坐一站后从2号口出来，就看到马路上特殊的标牌了。白底红字"中共一大会址"加左箭头，右蓝底白字"黄陂南路"，特别清晰明了。左转不远就进入灰砖墙窄巷，特有的陈旧意韵，似乎在特意带人渐入那收藏版的历史境地。

曲里拐弯向前，迷宫似的，汇入人多的巷口是最佳的选择。果然，走出来就是闸机口。

过闸机口，女儿先上前验预约票，然后我们再依次按乘飞机过安检的标准受检通过，显得无比警肃、庄重。

这纪念馆从外观看是一层平房，进门是大厅，正上方挂着以天安门城楼为主体的巨幅油画，大气磅礴，是拍照的不二背景。集聚大厅的家庭组合居多，年轻夫妇带一娃的最多，上前抢镜的娃娃居多。我们带的娃也好不容易抢了个空当闪拍，而后才答应走下程。

纪念馆的特别之处是展厅在地下层，左拐乘踏步电梯下去。

地下层往里有幽深的感觉，估计比地上层大。环顾四周，大多年轻夫妇带着娃，已经开始阅览，或瞩目展板，或小声讲解、议论，或拍照记录，娃也显得很懂事，大小全一副认真、入迷的神态——他们对党史居然有如此浓厚的兴趣，是我万万没有想到的。看着这默契的组合，我们老两口就单独行动了。

参观时间为一小时，工作人员提示我们得抓紧了。于是略去"前言"，直接进入第一部分，"前赴后继，救亡图存"。资料显示，中国逐步沦为半殖民地半封建的国家，列强对中国进行着疯狂的侵略和掠夺，中国必须救亡图存。

辛亥革命终结了统治中国两千多年的君主专制制度,在华夏大地树起了民主共和的旗帜。但是,中华民国的成立并没有给人们带来预期的民族独立和社会进步,北洋军阀的黑暗统治,给中华民族带来无穷的灾难,使广大人民陷于水深火热之中。

第二部分,"民众觉醒,主义抉择"。主要变化是中国无产阶级成长壮大,"五四运动"开启了新民主主义革命。"十月革命一声炮响,给我们送来了马克思列宁主义。"(毛泽东)

第三部分,"早期组织,星火初燃"。中国共产党的发起组织在上海成立,南陈(独秀)北李(大钊)相约建党,各地共产党早期组织建立并活动。围绕建立一个什么样的党和怎样建党等重要的问题,中国早期马克思主义者进行了积极的探索,初步明确了党的根本性质、奋斗目标、组织原则和革命手段,为建立新型的无产阶级政党筑牢了理论基础。

第四部分,"开天辟地,日出东方"。通过筹备,1921年7月23日,中国共产党第一次全国代表大会在上海法租界望志路106号开幕。大会听取了各地党组织的汇报,讨论了党的纲领和工作计划。7月30日晚举行第六次会议时,因法租界密探袭扰,大会被迫中止。最后一次会议转移到浙江嘉兴南湖的游船上召开。

展厅以展板为主,图文并茂。也许是为了强化重点部分的效果,这里专门辟出影视放映室,专题播放还原大会场景的影像,其间,推举毛泽东为书记员的镜头用了特写。

中共一大通过了党的第一个纲领和第一个决议,选举产生了中共局成员,宣告中国共产党正式成立。一个新的革命火种在沉沉黑夜的中国大地上点燃起来。

我们一家在上海模型厅会合了。此厅顶上闪烁着"光荣的城市"五个大字,同时在模型中投影出的许多共产党活动点,正熠熠发光。此时我才意识到,上海原来还是一座伟大的党史城!

这里有一面墙是"留言栏",外孙提笔就写下"共产党加油!",可见这是他的内心呼喊。接下来他又在爸妈的指导下,写了"只有共产党,才能救中国!""没有共产党,就没有新中国!""中国共产党是无产阶级的政党,是最了不起的政党!"等。本人也激动万分地留下了"伟大的中国共产党万岁!"的心声。

这里也是最热闹的场地,留言的人多,主要是娃儿多,抢笔、夺"至高点",还能不出声吗?(很有趣,娃儿们都想把自己的留言卡挂到栏里的最高处,所以,高处的卡是矮个的娃娃挂的,反而低处的是高个的大人挂的。)

留言完,我们便走在了"光辉历程,砥砺前行"(第五部分)的卓越中。"作始也简,将毕也巨!"这是展馆的结语,也正好借用为我之观感。

走出馆门的时候,已超时15分钟,好在下一轮隔着中饭时间,所以,我们还能在大门外停下来庄严地留影后再退出。

坐在回程的地铁上,我依旧凝视着那纪念馆方向,仿佛满眼仍是那星火,又仿佛她永远让人感到无比地温暖、亮堂!

如果你也参观了"中国共产党第一次全国代表大会纪念馆",会作何感想呢?我相信,你也会这样!

2021年9月上旬于上海

茶道之于我

在上海,"灿都"(2114号台风)过后,那秋味就浓了,恰合"入吾室者,但有清风;对吾饮者,惟当明月"的时宜(引自《南史·谢谟传》)。只是我不会饮酒,饮茶而已。而饮茶又不及"禅茶一味"的境界,亦难饮至"明白"处。因此,仅读读《茶经》之类文字,再饮饮常茶作消遣罢了。然而,似乎正是这无所用心,才让人恍然大悟——茶道之于我,"好之矣,淡淡的!"

好茶道文字,明知其浩如烟海而不求广博;读遇到的,则圆了缘分。

《太平御览》卷八六七引《世说新语》:"晋司徒长史王濛好饮茶,人至辄命饮之,士大夫皆患之,每欲往候,必云:'今日有水厄。'"饮茶是王濛之所好,可客人却当成"水祸"了。可见,这自己的爱好自好为好,饮茶也应该有"耐得住寂寞"的境界。

或有《卢仝七碗》说得全乎:"一碗喉吻润,二碗破孤闷。三碗搜枯肠,唯有文字五千卷。四碗发轻汗,平生不平事,尽向毛孔散。五碗肌骨清,六碗通仙灵。七碗吃不得也,唯觉两腋习习清风生。"这"吃不得"不知是否有适可而止的意思,可有人说,喝就要喝到最高境界,那不就是"醉茶"了吗?和"醉酒"一样,不好。

读了再喝,便喝得得法,兴许也就可叫懂了茶道。

昨日寻茶于广场茶社,正好遇到做活动。厅内设三张茶桌,分别由三人表演茶艺。每桌前坐二三个品尝客,嗅的、啜吸的、咂摸的,或若有所思的样子,或若入定禅坐。

我是一心去买茶的,便向吧台询问。吧台内是一位五十多岁的男人,是那种长期处于室内的白脸,很平静,有店主样。询问中他把我当了内行,邀我于小阁间"先尝后买"。小阁间可容三人,一主位,两客位。我们两人进去,店主坐了主位,我坐了客位。茶桌为实木石盘套装,玻璃茶具,桌下陶坛盛水。坐定,店主边开电源边说:"大哥,我们来点龙井?"我应:"好的,来那绿包装的。"因为我在外面用心看了,绿的中等,准备买它。两句话后,水就响了,我们都盯着水壶看,看着看着,气孔冒出白气,水鼓气泡,便关火。店主提壶温杯、烫茶壶,接着再烫茶壶,放入茶叶(置茶),说:"闻闻。"我闻到清香甚浓,夸一字:"香!"店主又提水壶,却不是向茶壶注水,而是将水注到了公道杯,待大气散过,才将公道杯的水倒进茶壶,并不等待,就将茶壶的水倒入茶杯。

店主说:"这是我的第一泡茶,大哥,尝尝。"他递杯给我,我看完全是白开水,抿一口,没有茶味,却有悠悠的清香入鼻喉,就又吐一字:"妙!"店主说:"我把它叫作'君子之交淡如水',哈哈!""不错,不错!"我本觉得过淡,但还是赞叹他用心考究。再静心细品,才觉出"淡"的真味。第一杯喝完,茶壶里已显绿黄色。第二次倒出来的就是色香味俱全的绿茶了——国茶龙井,那口感的清幽、淡爽、绵延,真的是无与伦比!

在品茶的过程中,我们十分融洽地敲定了买卖。当我起身准备走的时候,店主真诚地说:"大哥稍等,我送你个茶杯,再泡上一杯带着喝。"他拿过一只便携杯,先烫杯,再注水,待大气散过,置入茶叶,这就妥了。其实他是为了演示龙井的又一泡法,似乎有遇得知音的激动。

说是品茶,其实我们说的话远比喝的茶多,因为我们说话是没停的。据我听来,店主的喝茶主张是"清淡"的。他还说到普洱分生普和熟普,铁观音分清香和浓香,"生普"和"清香"就是人们后来追求"清淡"而创的新品。他还说,茶要是泡浓了,无论什么茶,最后就都是一个苦味,那还有品茶的必要吗?

我很认可他的观点,这让我想到了饮食文化中一句很"哲学"的话——"菜如果都只有辣味了,那就是没有味。"那么,茶假若都只有苦味了,不也同样就没有味了吗?

茶文化里好像有"茶如人生"的说法。人生是浓好,还是淡好呢? 我说不清,看来只好去喝茶,难怪赵州禅师动不动就说"吃茶去!"

我买的茶,优惠了,一千以内。店主介绍说,他这里的龙井有过万的,普洱、猴魁过万的更多,基本上其他品牌的高档货都是几千。我相信他说的不假,这价位和"暂坐茶庄"(贾平凹《暂坐》)的差不多。

我买了一千以内的茶叶,那茶道之于我,到最后就更是只剩一句话了——"好之矣,淡淡的!"

2021年9月中旬于上海

鸽王,鸽王

1969年9月15日下午5时整,"鸽王和平"口中念着"和平,不要干仗! 和平,不要干仗……"一手拿着马鞍高凳,一手提着军用水壶——装的烧酒,脸微红地走出堂屋到台坡边,放下凳子,定定神,然后从口袋里掏出一只铮亮的铁口哨使劲吹响,只听一阵风似的,屋顶上一群鸽子飞起,瞬间,悦耳的鸽哨声悠扬地响起。"哈哈,和平,不要干仗!""鸽王和平"满面笑容地望着天空,随着鸽子转动着脑袋和身子,兴奋得差点让自己也飞上了天。好几十只鸽子的鸽群伴着"哇、哇、哇……"的哨音,始终在"鸽王和平"的视线范围内打转,时而翻飞俯冲,时而盘旋上升……"哈哈,和平,不要干仗!""鸽王和平"坐在凳子上,一边呡着酒一边欣赏着——这是他最享受的时刻。大约半个小时之后,"鸽王和平"又一声哨响,鸽群便俯冲下来,又一阵风似地落到瓦上。鸽哨声终止,随即就是此起彼伏的"哇哇咕咕……"的公鸽叫声和"唔、唔、唔……"的母鸽叫声。"哈哈,和平,不要干仗! 开饭!""鸽王和平"放下酒壶,跟跟跄跄地走到阶檐上提起半布袋玉苞(玉米),一步一滑地爬上梯子,好不容易才上到"天台",然后艰难地解开布袋系口的带子,抖抖索索将玉苞粒倒到天台上。"嗯"地一下,鸽子们蜂拥而上,一阵"哆、哆、哆、哆……"啄食声和"咕咕咕"争抢声,"鸽王和平"呵斥:"和平,不要干仗!"那一堆纯黑、纯白、瓦灰、酱灰、石斑、大黑花、小黑花们才各自分开,有的到旁边水槽去喝水了。"鸽王和平"这才慢悠悠、晃悠悠地从梯子上下到地面。

此时,有一个声音来自天外,是鸽子带回来的:"我是唐三藏,我取经成仙了,可我还是常犯迷糊,在这芸芸众生之中,谁是'白骨精'呀? 我仍然分辨不清,那可怎么办呀!……"鸽王脑子里又出现了幻听。

"鸽王和平",本名董四海,1932年出生,曾参加抗美援朝战争,立二等功,属特等残疾军人。转业后被安排在县里"专政机构"工作,且娶妻生子。由于在战场上"伤了脑子",他在工作中时常出现特殊状况。其实开始只是一些常见的问题他自己想不通而已,比如:这样的老干部应该抓、应该判吗? 这个人还能再打吗? 打死责任谁负呢? 这家伙才是真正的坏人吧,怎么反而没有人管他呢? 尽想些"不该想的问题"。后来有些人就说他已经分不清"敌我"了。从此他也落下一个毛病,只要接触"谁是好坏人"之类的问题就表现异常。于是医生说:"需要静养!"

组织上考虑得很周全,先是征求董四海的意见,大致问了他三个问题。一个是:"你想到哪里去养病?"回答:"农村。"二是:"你妻儿跟着去吗?"回答:"不去。带鸽子。"三是"回你自己的老家好吗?"回答:"不好。"这样意见就明确了,经过一番考察,董四海就被安置到了这高家湾(村庄名)。按"特等残疾军人的标准"安置,公社安排人建一简易平房,大队安排人打一简易木床,自己再搭一简易鸽笼,这家就安下来了。

自1968年9月15日起,他就开始了在高家湾的新生活。高家湾人发现他"伤了脑子"的表现,就是喜欢自言自语地说"和平,不要干仗"。其实他不爱和别人讲话,没有别的;特长是会养鸽子,不讨人嫌。于是高家湾人就送了他"鸽王和平"和"和平鸽王"的美称,或简呼"鸽王""和平",大家基本忘了他的真实姓名。

为什么当初要选高家湾呢?因为高家湾是一个干部、群众都说好的地方。首先它属于"人少田多,日子好过"的生产队。董四海不爱看那"日子不好过"的状况。高家湾只有二十来户人家,一百多口人。每年的工分价格都超过八毛了,所以别处的人们都羡慕不已。其次,湾子里的人家住在同一个具有二三百年历史的老台子上,台子东西长约两里,南北宽约十丈,高两丈多。一色的三间正屋加一拐角厨屋,呈现着古朴天然的地方特色。屋子坐北朝南,门前有一条和台子平行的水塘,相距50米的样子。水塘是祖上为垒台子挖就的,起到了一举几得的作用。垒高台,防潮、防水、视野亮敞;挖水塘,饮水、洗涮、浇地、养鱼,功能多多。高台、水塘可说是农居的最佳配套。台坡下到水塘边,除了留有几条必要的路以外,中间这块地正好用来种菜,是一家家的自留菜地。屋后一律是竹园和树园,适当春夏,高家湾就是一团绿林。水塘南边是一排队屋,队屋前是禾场。水塘上有一三木小桥,恰好构接"阡陌交通"。于是乎,住房和队屋这样的两重建筑,便构成了一个"高家湾生活大场院"。场院外,是一展平阳的良田。由此来看,高家湾算得上是最佳格局的生产队了。可在董四海眼里则是绝好的养鸽基地。并且高家湾地处县区边缘,又显得相对独立宁静。因此,董四海对这里非常满意。

然而"世事难料,人生无常",谁承想这"满意"中竟会出现那天大的"不满意"呢?

"15日"在董四海心里是十分确切的,因为它是董四海领工资和抚恤金的日子。今天恰巧又是他"高家湾生活周年纪念日",上午,他到指定的地方领了钱(用来做他和鸽子们的生活费绰绰有余),顺带打回一壶酒和两样熟菜,早准备好一醉方休。基本上每月都如此,已成惯例,何况今日特殊。

他喂完鸽子,把凳子、酒壶带进屋,继续就菜喝酒,嘴巴"吧嗒、滋溜"响,更显四周安静。尽管已三四分醉,但他还是十分清醒地听着鸽子们的动静,他能从轻微的动静中,准确判断它们在做什么。他要等到它们上笼了,才爬到床上醉倒。

鸽子安静下来后,鸽王立马鼾声雷动,再哪怕来了真的雷声,他也会一夜不醒。

第二天上午9点多钟,鸽王的小邻居高红旗慌慌张张地从湾西头往鸽王家跑,跑得上气不接下气,到大门前,边捶门边喊:"和平叔,吓、吓死人了,'猪头'(高柱头)把他妈给毒死了。"十多岁的孩子吓得声音都在发抖。至少喊了八九遍才有回音:"哎哟,和平,不要干仗!"

鸽王门一开,红旗便一头撞进去,紧紧抱着鸽王不放,哭着说:"吓死了,大人说,那人已经死了,可她眼睛还睁着,嘴里吐着白沫,还有玉苞粒。"原来鸽王也怕听说死人,他两手抱住红旗的头,结结巴巴地说:"别、别怕!别、别、别、别、别!和平,不要干仗!"说到熟悉的话,鸽王才缓过气来,"来,喝口酒,压压惊!"两人抱在一起移动几步,鸽王喝了一口,再出口长气,给红旗喝,红旗摇头,他才放下酒壶。

安静片刻,鸽王觉得不对劲。"噫,鸽子怎么没动静?走,我们出去看看!"

鸽王放开红旗跨步出门,踏上梯子才两步,他就看到厨屋上死了一片鸽子,于是眼前一黑,滚下梯子,倒在地上不省人事了。

红旗哭着往台坡下跑,13阶台阶,一个小孩只用了六七步就下去了。他在小队部找到了父亲,二话没说,拉着父亲的手就往回跑。鸽王好像醒了,嘴巴里发出微弱的声音:"和平,不要干仗!"好在没了力气,不然的话,他会拼命地拍打自己头部的。

红旗的父亲扶他坐到一把椅子上,经验性地检查了一番,发现没有受伤,大概是气晕的。再上梯子,证实鸽子全被毒死了,个个口吐白沫。鸽王在椅子上缓了缓,站起来一声长嚎,接着便捶头顿足,咬臂扯发,如丧考妣,然后呆呆的,又瘫坐在椅子上,完全失去了动静。

红旗看到死鸽,又"哇"地一声哭了。"爸,它们和'猪头'的妈一样,口吐白沫,太可怕了。"

红旗把鸽子的死和高柱头妈的死联系起来了，有可能高柱头是投毒者，但没有人理睬。后来据说连高柱头的妈死了也没有人过问，他们几弟兄将其草草埋了了事。

红旗的父亲上房将死鸽子全部清理下来，然后在竹园刨个坑埋了，再安慰鸽王几句之后，带着红旗回去了。

鸽王不吃不喝，昏睡两天两夜之后方醒。醒来时是上午9点多钟，出工的出工，上学的上学，退学的娃们也都帮家里干点什么去了，四周挺安静的，所以间或听得微弱的"咿咿"叫声，他判断出这是鸽雏的声音。他立刻振作起来，竖起身就往外跑，几阵眩晕都差点倒下，但他还是坚持搬梯子爬到屋檐，伸手到鸽笼捉下一只才开始长毛的雏鸽。

他不顾自己饿得发晕，赶紧给雏鸽喂水，再把饼干泡发一片喂下去。这才摇摇头，眨巴眨巴发昏的眼睛，停下休息。

待喘过气来，鸽王弄了点吃的、喝的。稍稍吃了、喝了点之后，才慢慢恢复了元气。

下午他不放心，又爬上屋檐检查了所有鸽笼，还到房顶看了个仔细，最后确定就这么一只雏鸽存活。

通过勘察，他确认事发在中毒事件的头一天晚上，是有人趁他醉酒之际，偷偷爬上房屋那专门用来喂鸽子的天台上，把用毒药浸泡的玉苞粒撒在了上面，早上鸽子们起来，做早餐食用了。

鸽王要多后悔有多后悔，悔自己竟未曾想过高家湾也会有如此歹毒之人；悔自己不该醉酒。他觉得要不是因为自己喝多了，那天晚上有人来上房投毒，是不可能不惊动自己的。

但他不想去查找投毒者，又开始自言自语："和平，不要干仗！"对他而言，这是一剂灵丹妙药，念一念心里就平和下来了。另外，当他看到"咿咿"叫唤的雏鸽时，他就有了重振鸽业的希望。他找来一只养八哥的旧铁笼，先把它修理好，然后把雏鸽放进去，每天定时亲自给它喂食。空闲时，像遛八哥一样出去遛一圈。其实是从湾中央先向东走，到头了，回过来再向西走，一般快到高柱头家时，转过头再向东走。为什么不走到高柱头家门前去呢？他也不知道。遛的时候，当然是边走边语：

"和平,不要干仗!"湾里人除高柱头之外,其他人对他都是十分友好的。当他和湾里人相遇的时候,人们便主动地和他打招呼,大家都知道他少言寡语,不习惯主动和别人打招呼的。面对别人的友好,他就是回以友好的笑。有时他也会走入三五成群的聊天堆里,但不插言,要是人们问他问题,一般也就几个字作答。越是这样,大家越是认为他有故事,但大家懂得不去为难他,他不爱说就不逼他说。连孩子们都知道他是唯一一个有战斗故事而不讲战斗故事的战斗英雄。而他讲"和平,不要干仗",人们则似懂非懂。

说高柱头对鸽王不友好是真实的,他曾说:"一个傻子能是什么英雄,更不能成什么鸽王,有朝一日,老子会养出比他养的好十倍的鸽子来。老子才是真正的鸽王!"红旗说是高柱头毒死了鸽王的鸽子是真实的,那天晚上就是他和知青苏为富来投的毒。甚至红旗说"高柱头毒死了自己的母亲"也可说是真实的。因为当他母亲发现他们在配制毒药时,他母亲制止过他们,并威胁说:"你们拿它去害人,我就用它毒死自己。"高柱头说:"你想怎么做就怎么做。"所以当晚其母食毒而亡。

这些事实真相湾里人不会完全知道,也不会完全不知道。而和平鸽王则是根本不想去知道,因为他最怕评判是是非非。

高柱头真的在他母亲死后养起鸽子来。先是把他母亲死前住的"偏搭子"改成了鸽舍,接着是让苏为富帮他搞来了一对日本种鸽。

但和平鸽王从来不关心他的事,甚至从来都不提高柱头这个人。

鸽王八哥笼里的雏鸽长得飞快,不几日,毛长全了,原来是只全黑的雄鸽,鸽王从此称它为"小黑"。

鸽王现在只需喂养这一只鸽子,显得十分从容,加之不俗的穿戴长相,让人看上去觉得挺有派头——方正庄重的国字脸,三十大几的成熟年龄,1米75左右的中等身高,70公斤左右的标准体重,加之翻皮鞋、黑裤子、白衬衣的正装打扮,极有大干部的风范。可以说他仅在笑中略带点憨傻像才显出点问题来,"和平,不要干仗!"的语言习惯也太特别了点。

再看他这日程多清净自在:早上拎着小黑,在场(念阳平声,小街,3里路距离)里过早,鸽子跟着吃,再带点菜回家,放下小黑后到队上走一圈以完成工作任务;吃中饭、喂鸽子(已会自己啄食)、睡午觉;再到队上转,喂鸽子、喝点夜酒;洗洗睡觉。

之所以要到队上转，那是因为住在这里，给看看场之类求个"不白住"的说法，拒绝报酬。这样病就好多了，念"和平，不要干仗！"的频率低了很多。

鸽王给小黑的伙食开得好，因此小黑个子飞长，雄壮得很。不知不觉中小黑那娇嫩的"咿咿"叫声已变为雄浑粗壮的"哇哇咕咕"，同时也多半时间在笼外活动了。主人和鸽子之间的默契度可说到了极致，因为小黑连主人的眼色都十分懂得了，叫它飞上屋，使个眼色它就上去了，再招下手它又下来了。

但大约过了一周，小黑却有点不听话了，一是白天会擅自飞出很远；二是晚上坚持不回八哥笼，而是到屋檐下的鸽笼过夜。

大约又过一周，它则大胆地带回自己的女朋友——"小雪"——一只雪白的年轻母鸽，它们两个那个腻歪，鸽王都羞于去看。于是它们很快就有了自己的宝宝。一年多时间就形成了一个初见规模、活力无限的鸽群。小黑自然成了鸽群的首领，它那组群的能力让鸽王和平佩服，由此改叫"小黑"为"老黑"了，并由衷称赞："和平，不要干仗。你才是真正的鸽王！"从此"鸽王和平"和"鸽王老黑"并存，他们可不争霸，而是更加亲密、默契，共同进步，共同发展。

鸽王和平恢复了观看表演的惯例，这才算是彻底地从失去前一群鸽子的阴影中走出来。但他还是悟出了缺失的东西——鸽哨声。

时季已进入1972年的仲夏，一般人已感觉热得有点受不了了，高红旗成天就在鸽王和平家的后门口躺着吹"过门风"，有时候待外面的太阳不大时，他也会偷偷地跑出去打探一些"猪头"们的情况，回来便"噼里啪啦"地讲给鸽王和平听，鸽王和平从来不作任何反应，但高红旗知道对他有作用，所以坚持了"去打探"和"回来讲"的做法。鸽王和平不管是热还是凉快，都一个劲地闷在屋里做鸽哨。

不知他是从哪里学来的三种制作方法，那可真是技巧活。一是选内径大约中指粗的干竹管，用锯条刀（用半截钢锯条磨成）将其刮得薄如羽翼，再锯为约一寸长的两段，比齐放在一起，中间用皮带蜡粘连起来。同一头的两个口，一头做哨口，先将其稍稍削成斜面，形成前低后高的两个管口，用葫芦瓢切下两块同口径的椭圆，再在小片上斜雕一个小长口就是哨口了，然后用皮带蜡将小片粘到竹管口上；另一端的两个口，也要用葫芦瓢切片封口，两管中间粘插一根小竹签作为哨脚。最后用砂纸打磨光滑，就完工了。有条件的可以上一次清漆。二是采用照相胶卷卷管，用皮带蜡粘连固定,其他工序同上。这两种做法做的都是双音哨,只做一管就是单音哨。不过管状单音哨的效果不大好,做单音哨一般采用第三种方法,即用乒乓球做哨体,先开一圆孔做哨口,再在下方开孔安哨脚,开孔点的选择要保证哨脚插入鸽子尾部后,哨口略朝前,而不是朝上。

要将鸽哨安装到鸽子身上去,方法比较简单,将哨脚从鸽子尾巴的根部从上向下穿过,然后在下方用线或插销固定就行了。

背哨一定要找身体强壮的雄鸽,而且哨子要做得越轻越好,否则鸽子背不动,就容易疲惫。

鸽王和平连续工作了两三天,采用前两种方法均告失败,最后用第三种方法做成一个,能否吹响还是未知。

但他相信老黑一定能背得动,而且会不大吃力。老黑是传统的家鸽,是否变种,和平鸽王不知道,但他看到老黑的体格比一般的公鸽要大出个三分之一,比小雪几乎大出一半了。所以,他对老黑的体能是一点也不担心的。

做好哨子后的第二天早上,鸽王和平喂完鸽食,他便唤下老黑,按安装方法将鸽哨安好,然后喊来红旗等小朋友,十分庄重地在台坡前站好,和平叫红旗倒数五个数,红旗便高声喊:“五、四、三、二、一,放!”老黑从和平手上冲了出去,随即“哇、哇、哇……”的哨音响起。“我们成功了!我们成功了……”鸽王和平也兴奋得手舞足蹈——“和平,不要干仗!”——这是他最高情绪的表露。

哨声虽是单音,但粗放响亮。鸽子们全部跟随老黑飞出,就像早已熟悉那哨音似的。鸽子们似乎也都兴奋得很,表演更加精彩,多次出现翻飞、直降、急速等动作。小朋友们手舞足蹈,欢呼声相连,欢笑声不断。“鸽王、鸽王,老黑、鸽王……”的叫声尤其响亮。热烈的场面持续半小时之后,和平鸽王吹响口哨,老黑鸽王便带着它的群体俯冲下来,平稳降落在屋顶上。老黑扭头啄了啄乒乓球,顺势转了个圈,更是兴奋不已,鼓粗脖子叫个不停,并且和小雪做了最亲热的动作。

鸽子们继续欢呼雀跃,孩子们继续嘻嘻哈哈,和平却累得不行了,准备回屋去休息,边走边唠叨:“和平,不要干仗!”似乎是在嘱咐孩子们,也像是在告诫鸽子们。其实都不是,只是他要回屋补觉了。

太阳已经发白,鸽子们纷纷回到屋檐下的笼中或跳板上,孩子们则坐在了屋台左角约两抱粗的一棵梧桐树的树荫里。

高家湾这十二三岁的孩子有八九个吧,自从董四海搬到这里,他们就喜欢上了鸽子,但在农村,这么大的孩子是很难有条件和能力自己喂养鸽子的,就连一般家庭也无条件和能力喂养,所以他们只能欣赏别人家的,关心关注所有有关鸽子的事情。今天到场的一共有五个孩子,高柱头也有一个弟弟属于这个年龄段,但他从不合这个群。此时,孩子们正热火朝天地谈论着鸽子,主要是说什么什么时候,看到鸽王老黑如何如何厉害,再就是从鸽王和平的这样那样的表现,可以推测他一定是了不起的英雄。说到激动处,高红旗总是站起来,拍着胸脯"担保",因为他是邻居哟。后来的话题转到了高柱头,其实他们对"猪头"的鸽子同样具有浓厚的兴趣——"那鸽子才叫大呢,听说全是优良品种的信鸽,可惜没有看到它们飞过。""那是'猪头'和几个坏知青偷来的,他敢让它们飞吗?"高红旗又站起来了,愤愤地说:"坏'猪头'肯定没有好下场,我就是喜欢和平叔和老黑他们。"高红旗坐下后还小声说:"我敢保证,和平叔前一群鸽子肯定是'猪头'毒死的。"大家就都骂"猪头"不是个东西。

孩子们这一坐一议不打紧,时间很快就到中午了,湾里陆续高扬起叫孩子回家吃饭的喊声,于是孩子们站起来,拍拍屁股就散了。

孩子们那么喜欢鸽子,却十分讨厌养鸽人"猪头",那究竟是怎么回事呢? 原委是这样的:

一是高柱头家老前就是出名的"一屋黄浑"(蛮不讲理),尤其是他的父亲高光海,人称"高光拐"("拐"在湖北方言里是坏的意思),完完全全是湾里的头号无赖,有利就占,逮谁骂谁,和任何人有矛盾他都下死手,常打人"闷棍"(趁人不注意用粗木棍将人打伤、打残,甚至不怕打死)。湾里人都怕他、恨他。

二是高柱头本人,二十郎当岁,长得一脸凶相,一身横肉,活脱的"高光拐"之二,在湾里早就成了讨人厌的主。他那满笼的鸽子,总共有二三十只吧,全是他和苏为富一伙打扮成蒙面人,在二十里开外的知青点偷来的。据说有一次被人当场发现,双方发生了激烈冲突,他们即下狠手,将对方打伤后逃走。

高柱头用来养鸽子的设备和粮食也全是"顺"来的。他们习惯夜晚活动,通过踩点,去的都是邻县的多强(地名)方向。主要活动结束后,在回来的路上,见啥顺啥。他改建的鸽舍,用的是别人建房的正料;鸽舍下整麻袋整麻袋的玉苞、麦子,全是别人的口粮;鸽子饮水用的是别人家的铜盆……

在高柱头那里,还有一个怪现象。他养的鸽子一律不能飞,他始终担心信鸽记路,放它们飞,恐怕它们飞回老家去了;自己抚大的新雏,又怕跟别的鸽群跑了。他知道自己的鸽群里没有鸽王,同时他也知道董四海家老黑的厉害。所以,他家的鸽子,翅膀统统都用针线缝合着,只能靠跳动在圈定的范围内活动。主人做贼心虚,把本来好端端的鸽子养得也贼头贼脑的,对人还极不友善,喜欢啄人。

更有一怪是:整个高家湾的人对董四海念"和平,不要干仗"都习以为常了,根本没有人去深究其意,唯有高柱头特别反感,认为是在教训自己。这还不怪? 其实他们双方还未曾谋面,各自对对方的了解仅停留在"听说"上。

一晃到了年底,董四海得一机会又"听说"了高柱头更多的信息。

区委书记要来看望董四海。阳历12月的最后一天,快到驯鸽时辰(9点)了,和平鸽王正琢磨今天的项目,却闯进几个人来。董舍少有客来,不知怎么接待,好在领头的是队长,那就由他安排。队长喊红旗的父亲搬几条长板凳过来,那边应了。先是红旗扛来一条,接着红旗的父亲扛来三条。队长说:"几位领导请坐! 老董,你也坐吧。今天几位领导来看你,这是公社的杨书记、王副书记,这是大队的汪书记、张队长,等会儿,区委谢书记还要来。"说话间,大队汪书记正准备出去看情况,就见谢书记上坡了。连忙迎上去,"欢迎谢书记!"谢书记问:"老董呢?"董四海迎出门,愣住了。谢书记先开口:"老战友啊,想死我了!"董四海一个劲地笑,等到屋里坐定才小声念:"和平,和平。"省了后半句,结果谢书记误会了,说:"我不叫'和平',我是'谢春和'。"董四海说:"和平,和平,不要干仗!"突然,桌上的闹钟响了。董四海只顾自己9点前想好的程序,拿上鸽哨、口哨往门外走,谢书记说:"我们去欣赏一下老董的鸽子。"于是都跟着出门。和平鸽王不慌不忙,和往常一样,先是站定,观察瓦上静候的鸽子。鸽王老黑从屋脊向屋檐下走,小雪跟着。和平鸽王说:"老黑,下来。"老黑便飞到他手上。"今天给你换个更好听的哨子,双音的。"边说边换鸽哨。换完就喊:"红旗,准备倒计时。"大家都扭头看,五六个孩子早立在旁边了。红旗高喊:"五、四、三、二、一,放飞!"老黑冲天而上,"哇啦、哇啦"的哨音响起,小雪带着鸽群跟了上去。和平鸽王喜笑颜开,"和平和平"地念个不停。鸽子们开始表演,谢书记带头鼓起掌来,接着一片掌声、欢呼声。鸽群平缓地飞几圈后向正南方攀升,红旗喊道:"注意了!"只见鸽群排成单列,先似长线来个大回环,然后老黑领头呈"一"字向下俯冲,"近了近了近了……""哇啦、哇啦"越来越响,当老黑即将撞入眼帘的时候,一股风,一阵翅膀拍击的响声,鸽群便从头顶掠过。"啊……"大家倒吸一口凉气……"哔、哔"的哨音响起,鸽群往回飞,落到屋上,挤向天台,吃食、喝水,鸽王和平已为它们准备好。

"好了。太精彩了!我们进去吧。"谢书记招呼大家进屋。

谢书记和董四海坐一条板凳,并一直握着他的手。"你还记得我吗?我们是一个连队的,我叫谢春和。"老董笑着点头。几乎所有问题的回答都是笑或点头。看来老董是没有说话的兴致了,坐到旁边,研究起他的鸽哨来。谢书记转向大家,叫队长支开孩子们,慎重地表达了要说的内容。老董边研究鸽哨,也边听着讲话。

"我这次是来看望战友,更是来慰问功臣。请大家记住我的话,董四海同志在部队、在战场上多次立功,但也多次受伤,需要我们的关心、关照,请大家务必照看好,照顾好!""一定,一定!"公社书记表态。

"董四海同志爱好养鸽子,现在有这么一群鸽子陪伴他,他的生活很安稳,他很快乐,身体也很正常,所以,我很欣慰。我们要吸取之前的教训,他家属不让他养鸽子,闹得他经常犯病,那样不好。"

"另外,大家要注意治理好地方上的治安环境。我听我们的马特派员说,高家湾有个叫高柱头的有偷盗行为,并且多次参与打架斗殴。区里的警力十分有限,还得靠最基层的组织管好自己的人。"队长表态:"是的,是的。一定,一定。"

"知识青年,我们先要爱护好,再要管理好。高家湾有个'苏为富'也是在特派员那里挂了号的。高柱头和苏为富都去垒过戏台(一种惩罚方式),再不能让其往下发展,不能让这些人伤及无辜,更不能让其伤及功臣。"轮到大队长连连保证了。

谢书记拿出一个信封给老董,"这是党和人民的心意,请收下!"老董没有去接,但笑了。"和平,不要干仗!"

谢书记坐上吉普车走了,公社书记和大队书记进一步向小队长作了一番交代后方才离开。

没过几天,鸽王和平听红旗说"猪头"这回是被别人给打了。

年关将至,对知青而言,放假回家前的时日更是难熬,领头的几个天天缠着队长放他们早几天回去,队长实在拗不过,就同意了。

知青们离开后的第二天,村西头乌泱乌泱地来了一大帮人,把高柱头家围了个水泄不通,领队的说:"这鸽子全是我们的,这鸽舍、粮食也是我们那边庄户人家丢失的,你还打伤过我们的人,今天你必须一五一十地偿还给我们。"柱头真是个猪头,这时候还"抱着门框子狠",居然先动手打人,来者等的就是这个时候,捉鸽子的捉鸽子,搬东西的搬东西,教训柱头的几个小伙更是下力,一下子打得他连滚带爬,接下来是"浑身散架",躺在地上成了一摊"烂泥"。然后,这一帮人旋即离开了。

柱头的两个弟弟将他抱到床上,他则一直昏睡不醒,到半夜吐出血来才睁了睁眼。还听说连喝两次大粪才止血(传说是止内出血的最好办法,也是没得办法的办法)。

这柱头闯了鬼门关再过年关,这一躺就是两个年头。大队赤脚医生说:"不躺个一年半载下不了地。"

而这鸽王和平不断地"听说""听说",自己也吓得直哆嗦。他对红旗说:"我再也不想听'听说'了——不好,要出事的——和平,不要干仗!和平,不要干仗!"鸽王和平还想说:"这高柱头被人给打了,这又谁是谁非呢?往下会发生什么事呢?"他想不明白,烦恼得很,转着圈地念"和平,不要干仗"。

1974年9月15日,鸽王和平还是没有避开红旗的"听说",得到两条信息:一条是苏为富等几个知青拿到了返城通知,第二天回省城武汉;另一条是高柱头除了瘸了一条腿,其他方面好像完全恢复了,中午和苏为富一伙在一起喝得可欢了。

这个"15日",鸽王和平不知是心情好还是心情坏,鬼使神差又喝高了,还不到点,就上床"雷动"了。

第二天清早,红旗的父亲起来去赶场,发现老董门前又满地都是死鸽子,他考虑到老董的状况就没有声张,把死鸽子收集到一只旧箩筐里,然后把箩筐搬到他的屋后才离开。

红旗的父亲赶场回来了,老董还没起床,他就让红旗叫上小伙伴们等会儿安抚好和平叔,一定不要让他过于激动或悲伤。交代完后才去出工。

红旗和小伙伴们先是清点辨认了死鸽,共15只,孩子们一致认为鸽子是被掐死的,死鸽里没有老黑和小雪。之后,红旗做主将死鸽埋了,然后把该打扫的地方打扫干净。又数了数瓦上的鸽子,大概还剩30多只吧,也没有老黑和小雪。红旗愤愤地说:"我觉得'这是庙里拉屎,没有外人',肯定又是'猪头'一伙干的。"其他人也纷纷附和。

和平叔开门出来,看到孩子们,高兴地笑,挥手。孩子们围上去,亲热地叫:"和平叔,和平叔!"和平连连应和"和平,和平"。

和平开门后第一件事就是观察鸽子,他和孩子们打招呼的时候就已经在做这件事了,所以他立马就发现了不对劲,开始大声叫:"老黑、小雪!老黑、小雪!……"其他鸽子慢慢往下走,却不见老黑和小雪的身影。和平叔哭着说:"出事了,不要干仗,和平!"这是他第一次把"口头禅"倒过来说,效果却出乎意料地好,说完"和平",他的心情就平静下来了。他语气正常地对红旗说:"他们把老黑、小雪带回去养了。是的,一定是带回去养了!不要干仗,和平!"

9点钟,鸽王和平吹响口哨,但鸽子们不起飞,他只好开始喂食。清点后他知道少了哪些,一一在笼口对应之后,转移下来6只鸽雏。他对孩子们说:"我敢肯定,它们的父母回不来了。你们有认养它们的吗?"孩子们呼啦一下围过来,刚好一人一只。

和平叔给他们讲解了喂养方法和要领,又分发了食物。孩子们各自捧起自己的"宝贝",头也不回地跑了。

好多天,鸽王和平都是没精打采的,念口头禅的频率明显高了。

半个月后的中午,鸽王和平正在睡午觉,朦胧中他听到了老黑的叫声,激灵一下竖起身,开门就看到小雪掉在门口,一点动弹的力气都没有了。和平捧起小雪,再走几步向屋上看了看,老黑就向他飞了过来。和平激动得眼泪都掉出来了。"几百里路哇!"他嘀咕着,连忙给小雪、老黑喂水,缓过几分钟之后,又给它们喂食。小雪休息了半个多小时就站起来了。鸽王和平仔仔细细地给老黑和小雪检查了一遍,发现它们没有受伤,只有老黑背的鸽哨坏了。鸽王和平说:"你们吓死我了。和平、和平!"老黑"咕咕"地叫,小雪轻声"唔、唔"两声。好和谐呀!老董高兴坏了,又念"和平,不要干仗!"居然用了唱腔。

第二天,孩子们也发现老黑、小雪回来了,自然抱着自己的"宝贝"来了,这次孩子们增加了许多,有大一点的和小一点的。这里的孩子上学的不多,一般男孩上到小学毕业,只有大约三分之一的继续上初中;女孩念个初小,条件好的念到小学毕业,能上初中的就是凤毛麟角了。所以留在家的孩子多。

孩子们集中在一起欢呼雀跃。当和平叔给老黑安上哨子放飞的时候,场面就更是热闹了。半个时辰,惊叫不断,欢呼不已,就连和平叔也兴奋了好一阵子。

夜晚,鸽王和平躺在床上心里都还在笑,可他对自己说:"我想儿子了。"这是头一次。自打董四海来到高家湾,他就总结了一条经验:只想鸽子不想人,就少烦恼。他一直把控得很好,不知为什么今天走神了。

其实他是这么说,父亲哪有不想儿子的?中途他回城里跟妻子办离婚手续的时候,努力争取过儿子的抚养权,但未成功。加之,他判断不了妻子究竟是好人还是坏人,就索性不想这些了。几年不见儿子,心里难受得很。

突然听到鸽子的躁动声,他连忙爬起来打开门,看到两个黑影向竹园逃跑了。他借星光观察了四周,又仔仔细细地检查了鸽笼,才进屋关门回到床上。这就更加睡不着了,不自觉地把"和平,不要干仗"念出了声。

没有办法,只好爬起来喝了点酒,迷迷糊糊的,才慢慢睡着。

早晨起来,其实已经八九点了。只听红旗喊"特大新闻",大致是说,有个卖豆腐袋子的人从多强方向过来,他在那边听说两个知青点的人都被杀了。一个点只剩一名女知青没返城,昨晚被强奸杀害了;一个点还剩两姊妹没返城,昨晚也被强奸杀害了。可惨了,多强那边,一块方都闹得人心惶惶的。

鸽王和平听了身上发抖,不停地念:"和平,不要干仗! 和平,不要干仗! ……"鸽王和平草草地喂了鸽子,到队部去,那里人多,心里会好受一些。到队部后也印证了信息的准确性。

真是越怕越有鬼。晚上关门的时候,猛然间溜进两个人来,顿时吓得老董不敢动弹。后一个人随手关上门,故作亲近地说:"和平叔,我们两个您可能都听说过,我是苏为富,队里的知识青年,是好人;他是高柱头,也喜欢养鸽子。我回来看柱头,和一帮知青闹了点误会,他们在到处寻我们,我们就在您这里躲躲。您可是最大的好人哦。"老董听完惊呆了,他感到那"不知要发生的什么事"终于发生了,只是万万没有想到会如此严重。于是他猛醒过来,应允并配合他们,弄吃的、打地铺,全部停当了才去睡觉。但今晚他装得特傻,苏、高背着他说:"终于找对了地方。"

老董睡下后心里暗暗说:"和平,不要干仗! 我知道你们干了大坏事,十有八九多强的事就是你们干的。"并且他看到了高柱头衣服上不易被看到的血印,已是百分之九十九点九地确定了。此时他反而不害怕了,心里早有了应对的策略,所以平顺地睡着了。那两人一夜叽叽咕咕,也没怎么影响老董睡觉。那两人越发觉得老董"可靠"。

老董醒来,那两人没有醒,老董给他们留个纸条:我去买早点、买菜。老董真的去场里买了早点和菜,回来了他们才醒。看到老董提的东西,他们俩又一次庆幸找对了地方。

老董先过完早,口里念着"和平,不要干仗",晃晃悠悠地出门也就没引起那两人的怀疑。

老董出来后直奔队长家,没说缘由,就是借马,并交代他不要声张。队长信得过老董,二话没说就把队里的枣红马牵来给了他。老董一个鹞子翻身上马,队长喊出声来:"好身手!""驾!"枣红马一溜烟地跑了出去。

老董要去的地方是区委会,七八里路,一会儿就到了。他直接到书记办公室,看到谢春和,招呼没打就说:"快去抓两个杀人犯,我家!"谢书记也来不及说别的,高喊"司机、马特派员,有紧急任务",自己径直上到吉普车上,跟着上来4人后,司机打火,就出发了。老董上马,紧随其后。

没有悬念,马特派员等人到了老董家,就直接把那两人给抓了。谢书记高兴得无以言表,他主要是觉得董四海恢复正常了,不容易。老董留谢书记在家吃饭,谢书记欣然应允,队长恰到好处地作了安排。

谢书记激动地连连和老董干杯,老董也一一高兴地接受。酒过三五巡,吃了点饭,谢书记说还有事,饭局就结束了。

老董用马送谢书记,这很特别,谢书记在马上又是一路欢笑。

一个月后,区里开"公捕公判大会",会上以抢劫、强奸、杀人罪判处高柱头、苏为富死刑,立即执行,群众拍手称快。

转眼,到了一个新的春天,县里给董四海寄来一封"工作安排"的信函,老董接收后,便慎重地做着思考和安排,其中再举行一场观鸽仪式是不可少的。

这一天,晴空万里,"春和景明"。之前的那六个孩子捧着已会飞的小鸽子来了,大一点和小一点的孩子带着欢笑来了,尤其是队长带着一帮大人也来了,鸽王

——报以微笑和点头。鸽群已有上百只鸽子，鸽哨也有10只，规模可大了。当口哨和鸽哨响起，那六个孩子放飞了手中的新鸽，它们入群了，实现了高空飞翔的梦想。你看，领头的仍是老黑，它那势头，看来是想过云穿天吧！

董四海——鸽王和平，眼神跟随鸽王老黑，恍惚中他不仅看到了蓝蓝的天空，而且还看到了九霄天宫——看到天宫外一个模糊的身影，想来应该是那成仙的唐僧，正在那里飘忽着、徘徊着，并且时不时地摇头、嘀咕着……

待老黑们从"天宫"回来，观鸽仪式就尽兴而散。

鸽王和平回神回屋，寂静中仿佛听清了唐三藏那无奈的话语——"……谁是'白骨精'呀？……"

如此"天上人间，云里雾里"之后，鸽王和平反而忽然清醒了，这才完完全全地回过神来，那接通知后的"思考"此时才有了明确的结论。

几天之后，鸽王和平——董四海，正式将自己的"人事关系"迁到了高家湾。

2018年10月20日于松滋胡府

跋

对散文写作产生兴趣,还是在闲居之后。偶尔翻书,看到散文界的写作动态便甚觉新奇,再在收集整理散文写作方面的理论时又稍有所悟,于是按键写作,而后又组合出课件《观大散文》。《观大散文》其实是借鉴别人的一些东西来谈自己的写作主张,因之将其置于文集之后,以备释疑之需。

松滋市校园文学社团活动研讨会课件:

观大散文

主讲:胡如奎

一、散文是什么?

文学大家贾平凹先生在20世纪90年代如是说:散文是什么,如"人是什么"陈旧而新鲜、无意义而有意义一样。有人讲"散文是灵活的轻便武器",散文是"一切文体的基础",这些话对不对? 对,但也不对。又有人讲"文学"——当然也包括了散文——"是一种宣泄",是"玩儿",是一种精神的"符号",这些话对不对? 对,但也不对。如果说散文是"轻便武器",也就是武器论、工具论,古人有"文以载道"的观点,道的指向很大很广,那武器论就狭隘了。但"玩"文学,"宣泄",则又偏执过火……

其实,文学的功能是多方面的,"我的创作"来源于社会生活,反过来又满足社会需要,而具体到散文,就是一种你觉得要写的,最无规则最自由最易表现情绪的文体。

散文是飞的艺术、游的艺术,它逍遥自由。一是心灵之自由,二是形式之自由。世上万法便是我法,世上万物皆入我文。但散文的自由,又不是自任涣散,它之所以是艺术,是因为它有其艺术之规,也即有其约束。

如何统一"两个自由"呢？有以为在于"气、象"二字。

"气"是一种不可明指的东西，是一种底蕴、一种境界、一种背景。"象"则是一种符号。古书上讲"仰观象于玄表"，以象见意，意在象中。庄子的《逍遥游》就很明显，它以大鹏取象，充斥扶摇直上之气。

这里关键在"气"，若"大气"，那就会底蕴深、境界高、背景大。

二、"美文"和"大散文"

"美文"是贾平凹先生等人在20世纪90年代办的一份杂志《美文》的名字。在发刊词上就讲得很明白了，《美文》是散文月刊，取名时，觉得别人把直接带"散文"的名都取遍了，正好看到一本《中国古典美文选》，就定了"美文"。"美文"还是散文，只是正好倡导美的文章，也就是要把散文写好，近乎一个文字游戏，"美文"，就是"文美"。但当时已普遍摒弃了"杨朔模式"（从写景入手），却又写得内容琐碎，文笔靡弱，很多"初为人妻""初为人母"之类的篇什，关注个人小感情，追求华丽形式，走向"唯美"。于是提出"大散文"概念，其粗略想法是：

（1）弘扬散文的清正之"气"。写大的境界，追求雄沉，追求博大感情。

（2）拓宽写作范围，让社会生活进来，让历史进来。明确提出赓续古典散文"大而化之"的传统，吸收域外散文的哲理和思辨。

（3）发动和扩大写作队伍，视散文为一切文章，以不包专写散文的人和不从事写作的人来写，以野莽生动力，来冲击散文的篱笆，改变其日渐靡弱之风。

"美文"就是散文，只是希望是"大散文"。

而"大散文"当然需要大手笔，但所谓大手笔，并不一定就要落笔惊风雨，能够把人情事理表达得很精当，同样也可以称得上大手笔。

三、传统"文化大散文"和"新文化大散文"（以及"非虚构写作"散文）

提到"文化大散文"，就得说余秋雨先生的《文化苦旅》。《文化苦旅》虽有一"旅"字，作家在自序中也表明漂泊旅程的感悟心得，却与常规的"游记"大相径庭：其重心并非见闻描述，也非一般意义的借景抒情，更少有游记特有的"轻快笔调"，反而"一落笔却比过去写的任何文章都显得苍老"。这"苍老"是由于《文化苦旅》的起点和终点不止于地域和空间，而是穿越了千百年的历史，从身体的艰难跋涉到心灵的强烈冲击，作者不仅仅是用眼睛来欣赏景物，而且还把对历史的深刻感悟融入其中。一般站在正史的立场上，以整体性、中心主义的历史观和价值观去评判历史，是为传统"文化大散文"。

说到"文化大散文"，还有一个不得不提的作家夏坚勇。夏坚勇最出名的是两部历史大散文，《湮没的辉煌》和《旷世风华：大运河传》。学术界把夏坚勇和余秋雨放在一起，称为文化大散文"双璧"，说余秋雨是文化大散文的开创者，夏坚勇是大成者。《湮没的辉煌》曾获鲁迅文学奖，全书以残存的湮灭不清的断垣残简为出发点，追诉历史现象，描述文化形状，解析文明兴衰，感叹文化命运。以感性的笔触探讨了文化与政治、文人与社会变革、文化与时代的关系……作者以敏锐的文化感悟写下了一组系列文化散文，既揭示了中国文化的巨大内涵，使行将湮灭的文化碎片重现辉煌，同时也有助于人文精神的反思与批判，有助于民族文化和民族精神的重建。《旷世风华：大运河传》以时间为经、空间为纬，将史传记载、实物考察与民间传说结合起来，完整地勾勒出了大运河两千多年来，从开掘到更道、先军事后漕运的由盛到衰的历史，表现了大气象、大格局、大精神的悲情浪漫主义风格。

近几年来，散文界又出现了一种新的文化历史散文写作，其代表作家是李敬泽、祝勇与穆涛，他们以不同于余秋雨们的写作立场、历史观和呈现历史的方式，为文化大散文注入别样的元素，并由此引发了文化大散文的新变。

"新文化大散文"，虽然落笔还是历史文化，但他们的立场和散文观念与余秋雨们却大相径庭。在写作立场上，他们更愿意站在民间，或者从个人的视角来品评历史。对他们来说，民间传说和历史人物的生活点滴、历史背景的故事比重大的历史事件更具吸引力。此外，"大史小说"注重细节和心灵介入，也是"新文化大散文"的显著特点。比如，李敬泽的《青鸟故事集》。

另一股散文潮流是近年大热的"非虚构写作"。"非虚构写作"虽受西方"新新闻小说"的启迪，但它立足中国本土，面对的是当代中国社会转型期丰富复杂的新经验。因此，在某种意义上，产生于新世纪的"非虚构写作"散文潮流，仍是"散文突围"过程中的求新求变，也可以说是一种新的写作姿态，一种文学的求真实践。所谓"非虚构"，即为真实，如黄灯的《大地上的亲人：一个农村儿媳眼中的乡村图景》

和《我的二本学生》。

"新文化大散文"与"非虚构写作"两种散文潮流的意义,在于让我们重新思考散文与时代的关系。当下的散文既要俯贴大地,又要仰望星空;既要面对复杂的现实生活,又要表达这个伟大而壮阔的时代,还要与人类共有的经验和精神相通。唯有如此,我们的散文才有可能呈现出新的精神质地。

"文章千古事",我们要有大社会的大责任,要有大时代的大格局。观大散文,建立大散文观;观大散文,呼唤散文天地的"万千气象"!

2021年12月22日,于松滋高成初级中学会堂

是为跋。

胡如奎

2022年12月5日